UNA PROMESSA MORTALE

LE INDAGINI DELLA DETECTIVE KAY HUNTER

RACHEL AMPHLETT

CAPITOLO 1

Estelle Hastings-Jones trasalì quando l'estremità di un ramo basso sbatté contro la carrozzeria della macchina sportiva, con uno schiocco acuto che risuonò attraverso la pioggia che martellava sul parabrezza.

Accanto a lei, suo marito Mark stringeva il volante in pelle, mentre il potente motore fremeva per scattare in avanti nonostante la strada davanti a loro si stesse restringendo.

Proprio quando pensava che non potesse diventare più precario, la ruota anteriore sinistra precipitò in una profonda buca con un tonfo che le provocò un brivido lungo la spina dorsale, e Mark imprecò a bassa voce.

«Quel maledetto sito non diceva nulla sul fatto che la strada per questo posto fosse praticamente inesistente», borbottò. «Chi è stato l'ultimo a passare di qui, i fottuti romani?»

«Guglielmo il Conquistatore, secondo...»

«Non fare la sarcastica». Nonostante le sue parole, lei

notò il lieve sorriso che gli passò sulle labbra nella luce del cruscotto. «Quanto manca ancora?»

Lei guardò il suo cellulare, facendo attenzione a schermare lo schermo da Mark per non rovinargli la visione notturna. «Circa quattrocento metri. Le istruzioni che mi hanno inviato via e-mail dicevano di cercare un nuovo cancello e una cassetta delle lettere verde fissata a uno dei pilastri. C'è un pannello di sicurezza sotto la cassetta per il codice d'ingresso».

«Va bene».

Abbassando il telefono, Estelle osservò le profonde pozzanghere che costeggiavano la strada, poi il suo sguardo si spostò sul fitto fogliame che si curvava sopra l'auto come un tunnel nelle profondità della terra, e rabbrividì nonostante il riscaldamento dell'auto le scaldasse i piedi.

«Forse avremmo dovuto prenotare in quell'hotel più avanti lungo la A20 invece che qui», disse.

«Era tutto esaurito, te l'ho detto. Non c'era posto», disse Mark, guardandola di sfuggita. «E poi, non vedo nessun posto per fare inversione, tu sì?»

Lei strinse le labbra e cercò invece di rilassarsi.

La mano di lui trovò la sua coscia. «Sono sicuro che il posto valga tutto questo. Ci darà l'opportunità di ricaricarci e rilassarci prima di tornare a casa domani, giusto?»

«Lo scopriremo presto… eccolo, sulla sinistra».

Un paio di spessi cancelli con telaio in acciaio emersero dalla vegetazione sotto il bagliore dei fari dell'auto, bloccando il loro cammino. Le liste di legno ricordavano quelle di un mastio di un castello, dando l'impressione di una fortezza impenetrabile attraverso la quale solo pochi eletti potevano passare in sicurezza.

Mark rallentò l'auto fino a procedere a passo d'uomo, avvicinando il muso verso i cancelli. «Qual è il codice?»

«5371».

Abbassò il finestrino, imprecò quando il vento gli sferzò la pioggia in faccia, e allungò la mano verso il pannello di sicurezza.

Estelle udì il lieve *bip* del tastierino, e poi un debole ronzio mentre il meccanismo del cancello entrava in azione.

Mentre Mark guidava l'auto tra le fessure spalancate, la strada passò da un asfalto vecchio di decenni a ghiaia appena posata che scricchiolava sotto gli pneumatici e schizzava nei passaruota.

Rallentò automaticamente per evitare di scheggiare la vernice.

Il vialetto si allargò, ed Estelle vide le sue mani rilassarsi mentre una stupenda proprietà Tudor appariva alla vista.

I faretti si accesero improvvisamente quando si trovò a poche centinaia di metri, bagnando l'area di parcheggio e la facciata della casa di una luce soffusa che li invitava ad avanzare, e lei sentì parte della tensione nelle spalle svanire.

Le tende erano state lasciate aperte al piano inferiore, così poteva vedere la calda luce delle lampade nelle stanze che illuminava le pareti, e mosse le dita dei piedi in attesa.

«Vado nella vasca idromassaggio prima di fare qualsiasi altra cosa stasera», mormorò.

«Sembra ottimo, ma prima mi puoi aiutare con le valigie». Mark sorrise, spense il motore e si sporse per baciarla. «Non è più il Sud della Francia, ma penso che sarà una fine perfetta per la vacanza prima di tornare nel Cumbria».

Lei sorrise, con la mano sulla maniglia della portiera. «Devo portare dentro un po' di champagne con noi?»

«Ottima idea. Non dobbiamo partire fino alle undici domani, quindi portane due».

Con questo, si precipitarono fuori sotto la pioggia, ridendo mentre venivano colpiti dalle gocce mentre recuperavano le valigie dal retro dell'auto e correvano verso la porta d'ingresso, con le scarpe che sollevavano spruzzi dalla ghiaia bagnata.

Mark inserì lo stesso codice nel pannello di sicurezza accanto alla porta, ed Estelle si ritrovò in un ampio ingresso, con un pavimento piastrellato rosso cremisi e bianco che era stato lucidato fino a risplendere.

Con i tacchi che battevano sulla superficie, lasciò cadere la valigia alla base di una scala in quercia e alzò la testa per ammirare il lampadario che brillava sopra le loro teste.

«C'è un biglietto laggiù», disse Mark, indicando col mento verso un paio di sedie antiche e un tavolino abbinato.

Una busta era appoggiata contro una lampada da lettura, e quando Estelle la aprì, sospirò. «Oh, questo è carino. È da parte di Penelope e Stephen, i proprietari. Dice "Servitevi liberamente del vino e delle bevande analcoliche nel frigorifero, così come degli snack e dei dolcetti che abbiamo lasciato per voi sul tavolo della cucina. La nostra donna delle pulizie, Katrina, sarà passata qualche ora prima del vostro arrivo quindi dovreste trovare tutto in ordine", e poi ha lasciato il suo numero di telefono in caso di problemi».

«Sembra favoloso. Dovremo usare di nuovo quel sito di prenotazione». Mark lesse velocemente il biglietto da sopra la sua spalla, poi le accarezzò il collo. «Andiamo a mettere lo champagne in frigo, e poi possiamo esplorare».

Togliendosi le scarpe, lo seguì a piedi nudi attraverso una porta sul retro dell'atrio, sussultando quando entrò in una cucina modernizzata con un lucido piano cottura a gas a otto fuochi incastonato in un piano di lavoro centrale.

Il perimetro dello spazio era stato progettato con un misto di piani di lavoro e armadietti abilmente nascosti. Un vaso di lillà emanava un sottile profumo dalla sua posizione su un enorme tavolo da pranzo apparecchiato per dodici persone, e frutta fresca era stata sistemata in una ciotola di cristallo accanto a confezioni di diversi snack sul piano di lavoro centrale.

Quando Estelle aprì il frigorifero, i suoi occhi si spalancarono per lo stupore. «Ci hanno persino lasciato bistecche fresche e verdure. E formaggi, e...»

«Beh, *stiamo* pagando settecento euro per una notte», rispose Mark. «Un bel tocco però, devo ammetterlo».

Mentre Mark depositava lo champagne in frigorifero e recuperava una bottiglia di vino omaggio proveniente dalla Valle della Loira, lei cercò un cavatappi, meravigliandosi della maestria della falegnameria mentre i cassetti si chiudevano silenziosamente.

Trovando un paio di bicchieri di cristallo, si girò verso di lui e sorrise. «Che ne dici di trovare quella vasca idromassaggio?»

«Fai strada». I suoi occhi brillavano. «Ci preoccuperemo delle valigie più tardi».

Estelle insistette per esplorare le stanze del piano terra prima di salire al piano superiore, meravigliandosi davanti alle librerie a tutta altezza nella biblioteca, e poi estasiandosi per gli arredi lussuosi nel soggiorno prima di intrecciare le dita con quelle di Mark e salire le scale verso un ampio pianerottolo.

Arricciò il naso e si fermò sotto un dipinto a olio che raffigurava un paesaggio bucolico. «C'è uno strano odore qui sopra».

Annusando, Mark aggrottò la fronte. «Pensavo che il biglietto dicesse che la loro donna delle pulizie fosse passata prima?»

«Lo diceva. T...tu non credi che la casa sia stata svaligiata, vero?» La presa di Estelle sulla sua mano si strinse. «Voglio dire, si sentono dire cose di ogni tipo su ciò che i ladri fanno oltre a rubare, no?»

«Non credo ci sia stata un'effrazione. Non ho notato finestre rotte o cose simili di sotto, tu sì? E la porta d'ingresso era chiusa a chiave perché abbiamo dovuto usare il codice d'accesso».

Lei si morse il labbro. «Lo abbiamo dato per scontato: non ho provato a spingerla finché non hai inserito il codice».

«Ma ha fatto click. La serratura ha fatto click, ne sono sicuro». Mark le strinse la mano, poi la lasciò andare e le consegnò la bottiglia di vino. «Controllerò prima io le stanze. Aspetta qui».

«No, vengo con te». Stringendo la bottiglia per il collo, raddrizzò le spalle. «Cominciamo dalla parte anteriore della casa».

Girando a destra in cima alle scale, lo seguì lungo il pianerottolo che si affacciava sull'ingresso piastrellato sottostante, con le luci del lampadario che scintillavano verso di lei, quasi a prenderla in giro.

L'odore non persisteva da questo lato, e quando Mark aprì la porta della prima camera da letto, lo sentì emettere un sospiro di sollievo alla vista di una camera immacolata completa di letti a castello coordinati e un murale di personaggi d'animazione che copriva una parete. Un laptop era stato lasciato su una scrivania di dimensioni per bambini, con la password e il codice Wi-Fi della famiglia scritti su un biglietto attaccato allo schermo, insieme a un invito per gli ospiti ad usarlo se necessario.

«Non credo che siano stati derubati», disse. «Quello è proprio il tipo di cosa che sarebbe stata portata via altrimenti».

«Allora da dove viene quell'odore?» Estelle percorse il pianerottolo fino alla stanza successiva e trovò una camera da letto ordinata con due letti singoli. Le pareti avevano una decorazione semplice, completata da tende dai colori vivaci che lei chiuse con un fruscio prima di chiudere la porta.

«Non ne ho idea. Forse c'è una perdita in bagno».

«Cristo, è meglio controllare. Se dovessimo chiamare un idraulico a quest'ora della notte...»

Annusò mentre attraversavano di nuovo l'altro lato del pianerottolo. «È decisamente più forte da questa parte».

Mark aprì un'altra porta. «Questo è il bagno principale».

Accendendo le luci, Estelle sbatté le palpebre mentre i LED brillanti si riflettevano sulle piastrelle appena pulite, con un lieve aroma di agrumi che emanava dalla doccia a cascata larga quanto la stanza a un'estremità e dalla vasca da bagno scintillante.

Non c'era acqua raccolta intorno alla base del bidet o del water, e quando sollevò il coperchio, un simile profumo di limone si diffuse nell'aria.

«Ok, quindi qui non ci sono perdite».

«Forse viene dal bagno privato allora». Mark stava già camminando verso l'estremità opposta della casa prima che lei lo raggiungesse. «Altrimenti, potrebbe essere uno dei tubi fognari sotto le assi del pavimento».

Nonostante la preoccupazione, Estelle sorrise alle sue parole. «Una volta costruttore, sempre costruttore».

«Posso anche gestire l'azienda adesso, ma ricordo ancora alcuni dei problemi che avevamo nei cantieri». Spinse la porta della camera da letto principale, poi si fermò improvvisamente, emettendo un rumore di conato. «Gesù Cristo».

«Mark? Che succede?»

Lui non rispose e invece barcollò indietro di qualche passo. «Oh mio Dio».

Estelle aggrottò la fronte e gli passò accanto.

Poi vide la donna distesa sul letto, le lenzuola sporche attorcigliate sotto il suo corpo prono, e le macchie di sangue che schizzavano i cuscini lussuosi che erano stati disposti lungo la testiera.

Una ferita cavernosa tagliava la gola color alabastro della donna da un lato all'altro, lasciando una pozza scura di sangue rappreso che copriva la sua felpa. I suoi occhi erano spalancati dal terrore mentre la sua bocca aveva esalato l'ultimo respiro.

Estelle urlò.

CAPITOLO 2

L'ispettrice Kay Hunter tirò su il cappuccio della sua giacca impermeabile e uscì dal calore dell'auto di servizio, scrutando con lo sguardo la scena davanti a lei.

Sul vialetto erano stati montati dei riflettori che illuminavano un percorso delimitato che conduceva dal gruppo di veicoli che intasavano la ghiaia inzuppata fino ai gradini d'ingresso dell'imponente residenza in stile Tudor.

La Stradale aveva istituito un posto di blocco più avanti lungo la strada, deviando qualsiasi veicolo sfuggito al controllo che avesse mancato i segnali di avviso sulla strada di Faversham e mandando i veicoli su un percorso contorto che avrebbe garantito una conoscenza approfondita della campagna del Kent prima che raggiungessero la fine.

Kay infilò le mani nelle tasche cercando di ignorare il fatto che uno dei suoi stivaletti alla caviglia aveva sviluppato una perdita dall'ultimo acquazzone.

Invece, osservò lo spettacolo di un'indagine per omicidio ai suoi primi passi, posando lo sguardo su due agenti in uniforme ai margini del perimetro delimitato dal nastro.

Il più robusto dei due, Kyle Walker, era tornato al lavoro a tempo pieno dodici settimane prima dopo un periodo di malattia, qualcosa che Kay sapeva fin troppo bene essere una diretta conseguenza della sua presenza quando un collega era stato colpito da un proiettile e Kyle aveva quasi perso la vita nel frattempo. Se ne stava con la testa chinata verso la radio sotto una tettoia che era stata allestita per fornire un minimo di riparo, con il tetto di tela che sventolava nella brezza.

Accanto a lui, Aaron Stewart torreggiava sul collega, la sua imponente corporatura smentiva l'uomo devoto padre e marito che era. Stava parlando con una coppia sulla cinquantina, entrambi avvolti in calde coperte.

Due furgoni appartenenti alla squadra della investigatrice capo della scena del crimine Harriet Baker erano parcheggiati direttamente davanti ai gradini d'ingresso della proprietà, con le porte laterali aperte e un flusso costante di tecnici che trasportavano attrezzature e scatole per campioni vuote dentro la casa.

Kay si voltò al suono di passi che scricchiolavano sulla ghiaia e vide il sergente detective Ian Barnes che si affrettava verso di lei, mentre una tuta protettiva avvolgeva la sua forma robusta.

Il volto del suo collega più anziano era tetro, i suoi occhi tradivano l'orrore che aveva visto all'interno della casa.

«Capo. Harriet è pronta quando lei lo è». Si passò una mano sui capelli bagnati, scuotendo l'acqua a terra. «Ho pensato che avrebbe voluto vedere cosa abbiamo prima di

11

parlare con la coppia che l'ha trovata. Kyle è riuscito a prenotare loro una stanza in un hotel poco distante per una notte, sua sorella conosce qualcuno lì, quindi staranno negli alloggi del personale, ma...»

«Fuori da questo e al caldo».

«Esattamente, e a disposizione se abbiamo bisogno di parlare con loro di nuovo domattina prima che tornino a casa a Cumbria».

«Va bene, diamo un'occhiata». Kay raddrizzò le spalle, poi lo seguì fino al nastro che li separava dalla scena del crimine. Dopo essersi registrata, restituì il blocco a Kyle con un breve cenno di ringraziamento. «È bello vederla, agente Walker».

«È bello essere tornato, capo». Abbassò la voce. «Peccato per le circostanze, però».

«Infatti».

Barnes le porse una busta di plastica sigillata contenente un set pulito di tute anti-contaminazione, poi indicò una grande tenda bianca accanto ai gradini d'ingresso. «Le indossi qui dentro, capo».

Grata che uno dei membri della squadra di Harriet avesse pensato di stendere un telone blu sul terreno bagnato all'interno della tenda, Kay indossò l'abbigliamento protettivo, tirò i copriscarpe abbinati sopra le sue scarpe e prese un paio di guanti da Barnes.

«Cosa sa finora?» disse mentre si cambiava, alzando la voce per sovrastare il tambureggiare della pioggia sul sottile tetto in poliestere.

«Mark ed Estelle Hastings-Jones, la coppia che sta parlando con Aaron, hanno prenotato questo posto un paio di mesi fa come tappa nel loro viaggio di ritorno da una vacanza in auto in Francia. I proprietari, Penelope e Stephen Brassick, trascorrono molto tempo a New York: Stephen lavora come perito per una società di investimenti internazionale, quindi affittano questo posto tramite uno di quei siti esclusivi. Quando Mark ed Estelle sono arrivati, hanno notato un odore mentre esploravano il piano superiore. Hanno trovato la vittima nella camera padronale. Sul letto».

Barnes tirò il cappuccio protettivo della tuta sopra la testa, poi tenne aperto il lembo della tenda per Kay e si diresse verso i gradini d'ingresso. Si fermò nell'atrio per lasciare passare una coppia di tecnici investigatori forensi che scendevano le scale con una scatola piena di prove. «Non è uno spettacolo piacevole, capo».

«Ferite?»

«Da dove cominciare?» Sospirò. «Ha lividi sul viso, un occhio completamente chiuso, e chiunque le abbia fatto tutto questo poi le ha tagliato la gola».

«Santo cielo. Lucas è qui?»

«È venuto ed è andato via: ha ricevuto una chiamata per un'altra scena a Rochester cinque minuti prima che lei arrivasse, ma ha detto che telefonerà con l'orario per l'autopsia quando sarà tornato in ufficio domani».

«Grazie». Kay fece un respiro profondo, poi si tirò su la mascherina mentre i due tecnici le passavano accanto. «Mi mostri la strada».

Osservò l'arredamento pacchiano mentre salivano le scale, le luci brillanti del lampadario che quasi la accecavano mentre si arrampicavano. Si chiese se i proprietari sarebbero mai tornati dopo questo, la sua mente che poi si rivolse ai compiti che avrebbe assegnato alla sua squadra, e ai potenziali testimoni che dovevano essere rintracciati e intervistati il più rapidamente possibile.

«E i vicini?» chiese quando raggiunsero il pianerottolo. «Chi parla con loro?»

Barnes scosse la testa, il movimento fece increspare il cappuccio che copriva i suoi capelli. «Non c'è abbastanza personale, capo. Aaron sta aspettando che arrivi un'altra pattuglia da Sevenoaks, e poi si divideranno le interviste tra loro. Ci sono solo altre tre proprietà qui intorno, quindi non ci vorrà molto».

«Comunque, è un ritardo di cui faremmo volentieri a meno...» Kay trattenne la frustrazione e si guardò intorno.

Le opere d'arte alle pareti non erano di suo gusto, ma sembravano costose come il resto dell'ambiente circostante, e i suoi stivali coperti affondavano nella spessa e lussuosa moquette che rivestiva il pavimento in ogni direzione.

Nonostante la mascherina, poteva sentire l'inconfondibile fetore della morte.

Rimasero in silenzio mentre Barnes la conduceva verso una porta all'estremità del pianerottolo, e sentì i suoi copriscarpe in plastica scivolare quando i suoi piedi trovarono il percorso protettivo rialzato che i tecnici di Harriet avevano allestito in modo che nessuno calpestasse la moquette vicino alla vittima dell'omicidio.

Ogni fibra sotto il percorso sarebbe stata analizzata prima che il loro lavoro qui fosse terminato, e nulla veniva lasciato al caso per quanto riguardava la contaminazione incrociata.

Il fetore di urina e feci penetrò attraverso la mascherina di Kay quando entrò nella stanza, e cominciò a respirare più superficialmente, cercando di contrastare l'assalto olfattivo. Anche così, dovette trattenere un grido quando Barnes si spostò di lato e lei vide il corpo della donna disteso sul letto king-size.

Una massa di capelli castano scuro chiazzati di radici grigie nascondeva gran parte del viso della vittima, ma anche dalla soglia Kay poteva vedere i brutti lividi che le coprivano le orbite degli occhi e gli zigomi.

I jeans erano stati abbassati fino alle ginocchia, e una rete di graffi le copriva le cosce e l'addome, alcuni più profondi di altri.

Un brivido le percorse le spalle quando vide la profonda ferita da taglio che aveva devastato la gola della donna, la felpa di colore chiaro appena visibile attraverso il sangue rappreso che si era raccolto dal suo corpo martoriato.

«Buonasera, Kay».

La sua testa scattò al suono della voce familiare e vide uno dei tecnici in tuta che la osservava dal lato del letto.

«Harriet».

L'investigatrice capo della scena del crimine era l'unica persona alla quale Kay si sarebbe sottomessa durante il suo tempo lì, e teneva l'esperta in grande considerazione.

«Se cammini tra le bandierine gialle, puoi raggiungermi qui. Abbiamo quasi finito di esaminarla, e poi la faremo spostare per prelevare campioni dalle lenzuola».

Barnes fece cenno a Kay di procedere. «Ho già visto abbastanza, capo. Aspetterò qui».

Resistendo all'impulso di fare un respiro profondo, Kay camminò con cautela tra le bandierine di plastica che

Harriet aveva indicato, annuendo in segno di ringraziamento a un tecnico che spostò la sua cassetta dell'attrezzatura, poi rivolse la sua attenzione all'investigatrice capo della scena del crimine.

«Sei stata impegnata».

«Stavamo avendo una serata tranquilla fino a questo», disse Harriet. «Meglio così, perché penso che dovremo rimanere qui ancora per un bel po'».

«Allora non ti tratterrò troppo a lungo. Cosa puoi dirmi finora?»

«Beh, una volta tolto il lenzuolo, abbiamo scoperto tutti questi graffi anche sulle gambe e sull'addome». Harriet fece una pausa e tracciò i contorni con le dita guantate.

«DNA?»

«Abbiamo fatto tamponi ovunque, ma credo che questi siano stati fatti con un coltello, la lama è andata sempre più in profondità man mano che l'attacco proseguiva. Lucas confermerà all'autopsia se sono stati fatti con lo stesso coltello che le ha tolto la vita».

Kay deglutì. «Intendi dire che è stata torturata e poi le hanno tagliato la gola?»

«Penso di sì, ma ovviamente Lucas avrà l'ultima parola. Io posso solo riferire quello che vedo qui. Guarda anche come le sue unghie affondano nel lenzuolo sotto di lei».

«Quelli sono segni di legature intorno ai polsi?»

«Causati da una corda sottile, un cordino, lo stiamo ancora cercando, non preoccuparti», aggiunse Harriet, poi posò la mano sul braccio di Kay. «Guarda i suoi piedi».

16

Si spostarono ai piedi del letto e Kay spalancò gli occhi.

«Ma che diavolo...?»

«Qualcuno ha usato la piastra per capelli là per bruciarle le piante dei piedi e le dita».

«Santo cielo».

«È interessante che non sia stata imbavagliata o messa a tacere in alcun modo. Lucas e io abbiamo dato un'occhiata prima che se ne andasse, e non c'è alcuna indicazione di materiale forzato nella sua bocca. Si è morsa la lingua a un certo punto».

«Merda...»

Harriet sospirò. «Questo è un caso brutto, Kay. Dio solo sa cos'altro troverà Lucas durante l'autopsia».

Kay passò ancora una volta lo sguardo su tutte le ferite. «E nessuno ha sentito nulla?»

«A quanto pare no - i vicini più vicini sono in fondo al viale, a circa quattrocento metri, e la centrale non ha ricevuto chiamate per disturbo prima che Mark Hastings-Jones telefonasse», disse Barnes dalla sua posizione sul percorso delimitato. «I proprietari di questo posto hanno detto ad Aaron che volevano un luogo privato, fuori dai sentieri battuti».

«È riuscito a contattarli?»

«Hanno lasciato un numero di telefono per gli ospiti da chiamare in caso di problemi». I suoi occhi si offuscarono. «Anche se non credo si aspettassero una cosa del genere».

«Dovremo comunque interrogarli formalmente. Conoscevano la vittima?»

«È la loro donna delle pulizie, Katrina Hovat».

«Abbiamo trovato il suo cappotto e la borsa di sotto in

una dispensa vicino alla cucina», disse Harriet, vedendo la sorpresa di Kay. «Patente, chiavi di casa, tutto quanto».

«Indirizzo di casa?»

«Ce l'ho scritto», disse Barnes, e si toccò il taschino sotto la tuta. «Ho già comunicato alla centrale di mandare una pattuglia là appena possibile».

«Come è arrivata qui?»

«La sua auto è parcheggiata sul retro, probabilmente perché è più facile accedere alla dispensa da lì; è dove tengono tutte le cose per le pulizie, come l'aspirapolvere».

«Ho una coppia di tecnici che sta analizzando la sua auto in questo momento», disse Harriet. «Ti farò sapere se troviamo qualcosa di utile».

«Grazie. Aveva anche un mazzo di chiavi per questo posto?»

«Non ce n'era bisogno», disse Barnes. «La porta sul retro usa lo stesso codice di sicurezza della porta d'ingresso e i proprietari hanno confermato che era quello che avrebbe usato».

«E chi le ha fatto questo? Come è entrato?» Lo sguardo di Kay si posò sulla forma spezzata sul letto. «Segni di effrazione?»

«Nessuno», disse Harriet.

«Capo, mi chiedo se conoscesse il suo aggressore, e quindi lo abbia fatto entrare dal cancello del vialetto, poi gli abbia aperto la porta d'ingresso», disse Barnes.

«Abbiamo preso le impronte digitali dal sistema di tastierino, quindi ti farò avere i risultati a tempo debito», aggiunse Harriet.

«C'è una cosa», disse Barnes. «Non abbiamo ancora trovato un telefono cellulare da nessuna parte».

«Neanche nella sua borsa?»

«No, e in nessuna delle stanze che abbiamo perquisito finora», disse Harriet. «Faremo una ricerca più approfondita qui una volta che il corpo sarà stato spostato, quindi ti farò sapere se questo cambia qualcosa».

«Va bene». Kay sentì che si stava formando condensa sulla sua mascherina e represse l'impulso di strapparsela dalla faccia. «Puoi mostrarmi la dispensa, Ian? Vorrei vedere dove sono stati trovati i suoi effetti personali, e la sua auto».

«Ti chiamerò con un aggiornamento sui miei risultati domani», disse Harriet. «E farò in modo che due dei miei vadano al suo appartamento domattina presto».

«Grazie».

Mentre seguiva Barnes di nuovo al piano di sotto, i pensieri di Kay tornarono al numero di telefonate che avrebbe dovuto fare prima che la notte fosse finita.

Gran parte del suo ruolo di Investigatrice Capo consisteva nell'organizzare un'ampia squadra di persone, molte delle quali ricoprivano ruoli specialistici e quindi non erano di base alla centrale di polizia di Maidstone. Ancora più numerosi erano ormai i collaboratori privati, poiché le forze di polizia rinunciavano a competenze interne a favore di aiuti esterni per risparmiare sui costi.

E poi c'erano le manovre politiche che avrebbero avuto luogo per necessità: ottenere più agenti per unirsi alla sua indagine, nonostante la maggior parte di essi fosse già distribuita in modo insufficiente in tutta la Divisione Ovest e sovraccarica di lavoro.

Raggiunta la cucina, si fermò un momento accanto al

piano di lavoro centrale, incapace di distogliere lo sguardo dai mobili costosi e dal design elegante.

«Ignori le impronte digitali,» disse Barnes, strappandola dai suoi pensieri. «Abbiamo già stabilito che appartengono a Mark ed Estelle.»

«E quelle di Katrina e del suo aggressore? Ci sono impronte che appartengono a loro?»

Lui scosse la testa. «Penelope Brassick ha detto a Kyle quando l'ha chiamata che Katrina doveva iniziare qui alle sette di stasera. Non ha iniziato a piovere fino alle otto.»

Kay osservò i piani di lavoro altrimenti immacolati e le piastrelle lucidate. «E avrebbe pulito dopo di sé se avesse fatto disordine.»

«Quando interrogherò i Brassick domattina, avrò un'idea migliore della normale routine di Katrina, se la conoscono. Ho già inviato loro una rapida e-mail per richiedere un appuntamento per una videochiamata.»

Dando un'ultima occhiata attraverso la porta sul retro agli agenti investigatori forensi che esaminavano l'auto della vittima, Kay scosse tristemente la testa, poi si voltò verso il collega.

«Harriet ha ragione, Ian. Chiunque le abbia fatto questo è malvagio.»

«E pericoloso, capo.» I suoi occhi si indurirono. «Se questo è ciò di cui è capace e non l'abbiamo mai visto prima, allora potrebbe farlo da molto tempo.»

«È proprio questo che temo.»

CAPITOLO 3

Kay percorreva avanti e indietro la logora moquette davanti alla lavagna, osservando la trama consunta che testimoniava le numerose indagini per omicidio che avevano messo alla prova le capacità investigative della sua squadra in passato.

Sei ore dopo essere tornata a casa dalla scena del crimine della notte precedente, la sveglia era suonata ed era uscita in un mattino inzuppato di pioggia, con le strade di Maidstone sommerse da pozzanghere fangose e grondaie intasate di detriti.

Stringendo un bicchiere fumante di caffè da asporto, alzò lo sguardo al suono dei colleghi che si avvicinavano a dove lei attendeva, con il caratteristico cigolio della sedia consunta del detective Gavin Piper che sovrastava le chiacchiere e il brusio generale.

Riuscì a sorridere mentre la detective Laura Hanway si affrettava per raggiungerlo mentre si legava i capelli in uno chignon disordinato. La giovane detective era tornata dalle vacanze solo il giorno prima ma aveva insistito per essere inserita nell'indagine non appena aveva sentito la notizia. Occhiaie scure tradivano la sua precedente insistenza sul fatto che fosse pronta a contribuire alla squadra, e Kay non aveva dubbi che la donna si sarebbe pentita della decisione entro il pomeriggio.

«È meglio assicurarsi che il distributore automatico sia rifornito di capsule di caffè», mormorò a un agente in uniforme più vicino alla lavagna. «Credo che Laura ne avrà bisogno».

L'agente Debbie West sorrise. «Non si preoccupi, capo, Barnes ha già chiesto informazioni. E ci sono anche bevande energetiche per Gavin».

«Rifornito e pronto, capo». Gavin sollevò una lattina mentre si lasciava cadere sulla sedia e bilanciava un taccuino sul ginocchio.

«Ottimo, quindi avrò due detective iperattivi da gestire entro le undici», disse Kay. «Meno male che sarete impegnati».

Una leggera risata educata si diffuse nella sala operativa, poi fece cenno a Barnes di raggiungerla.

«Bene, al lavoro», disse. «Per quelli di voi che non hanno ancora conosciuto il sergente detective Ian Barnes, fungerà da mio vice responsabile delle indagini in questo caso. Ian, vuoi darci un rapido aggiornamento prima che io distribuisca i compiti di questa mattina?»

«Capo». Barnes sbottonò la giacca e attese che Kay si fosse spostata su una sedia libera. «Grazie a Debbie e alla squadra amministrativa per aver fatto stampare così rapidamente queste fotografie e inserito le dichiarazioni dei testimoni di ieri sera in HOLMES2. Quello che sappiamo finora è che la vittima è Katrina Hovat. Aveva quarantatré anni e lavorava part-time come donna delle pulizie per Penelope e Stephen Brassick, i proprietari della casa dove è stata trovata assassinata ieri sera. La coppia che l'ha trovata, Mark ed Estelle Hastings-Jones, aveva affittato la casa tramite un sito web specializzato in affitti a breve termine di case di lusso ed era previsto che si fermassero solo per una notte durante il viaggio di ritorno verso nord dopo una vacanza in auto nel sud della Francia. Ora si trovano negli alloggi del personale dell'hotel sulla A20 tra qui e Charing mentre verifichiamo le loro dichiarazioni confrontandole con ciò che raccogliamo dall'agenzia di affitti, eccetera».

Si fermò per bere un sorso di caffè, poi fece una smorfia. «Merda, pensavo che il nuovo fornitore dovesse essere un miglioramento, Debs?»

«Lo è. Costa meno», rispose lei senza batter ciglio.

Una risata ironica si diffuse tra gli agenti riuniti, poi Barnes si voltò verso le fotografie e tutti tacquero.

«Lucas conferma che eseguirà l'autopsia questa mattina, ma sappiamo che dopo che Katrina è stata torturata, il suo assassino ha tentato di strangolarla prima di tagliarle la gola. L'arma non è stata ancora recuperata. Mi ha anche detto che i segni sul collo suggeriscono che qualcuno indossasse guanti e abbia usato le mani piuttosto che un laccio come quello con cui le erano stati legati i polsi. L'entità completa delle sue ferite è orribile, e questo prima che Lucas ci dica cos'altro ha subito. Nel frattempo, la squadra di Harriet ha finito di esaminare la casa alle tre di questa mattina quindi non aspettatevi un rapporto completo fino a molto più tardi oggi. Quello che Harriet è stata in grado di dirci è che chiunque abbia fatto questo era un professionista: ritiene che indossasse indumenti protettivi simili a quelli che indossiamo noi sulla scena del crimine. Ha raccolto impronte digitali da analizzare, ma riteniamo, dato i luoghi in cui sono state trovate, che appartengano a Mark ed Estelle, ai Brassick o a Katrina. I Brassick ci stanno fornendo le loro impronte tramite un'agenzia di New York per eliminarli come possibili sospetti il prima possibile. Se qualcosa non corrisponde, lo considereremo una pista valida. La squadra di Harriet è arrivata all'appartamento di Katrina questa mattina e ci darà un aggiornamento una volta che sarà stato esaminato». Si voltò verso Kay e sollevò un sopracciglio. «Credo sia tutto finora, capo».

«Grazie, Ian». Kay si scambiò di posto con lui e guardò ciascuno dei membri della sua squadra. «Chiunque abbia fatto questo a Katrina sembra essere ben esperto in metodi di tortura. I tagli e i graffi alle gambe e all'addome le avrebbero causato un'incredibile quantità di dolore, ma nessuno era vicino a un'arteria principale. Non era imbavagliata, quindi volevano che parlasse. La domanda è, di cosa? Perché è stata aggredita nella casa dei Brassick e non nel suo appartamento? Cosa sapeva di così importante per loro?»

«Dimostra un'enorme sicurezza da parte di chiunque l'abbia uccisa, capo», disse Gavin. «E una conoscenza delle sue abitudini».

«Non che avesse molte abitudini regolari», disse Kay. «Andava a pulire per i Brassick solo quando erano via se la casa era stata prenotata. Se erano a casa, ci andava una volta alla settimana».

«Da quanto tempo sono a New York?» chiese Laura.

Kay scrutò oltre le teste dei suoi colleghi finché non trovò Kyle Walker. «Kyle? Puoi aggiornarci?»

«Certamente, capo». L'agente in uniforme si alzò dal suo posto. «Quando ho parlato con Stephen Brassick ieri sera, ha detto che questa era una visita di tre mesi per loro, solitamente deve andare lì per lavoro da due a quattro volte all'anno. Quando non è a New York, i suoi datori di lavoro possono mandarlo nei loro uffici a Zurigo, oppure lavora da casa e prende il treno per Londra due volte a settimana. Dipende molto da ciò di cui hanno bisogno i loro clienti».

«Quando sono partiti i Brassick per New York questa volta?»

«Circa dieci settimane fa, quindi dovrebbero tornare tra due settimane». Fece una smorfia. «Ha detto che probabilmente andranno dai suoi genitori quando torneranno e venderanno la casa».

«Grazie. E Mark ed Estelle Hastings-Jones? Hanno alibi per il periodo precedente al loro arrivo alla casa così possiamo escluderli?»

«Il signor Hastings-Jones ha fatto benzina al distributore appena fuori dalla M20 quindici minuti prima di arrivare alla casa, capo», disse Kyle. «E aveva lo scontrino per provarlo. Ho comunque richiesto i filmati delle telecamere di sorveglianza dal distributore per un controllo».

«Bene, grazie».

«Pensa che i Brassick potessero essere l'obiettivo previsto, non Katrina?» chiese Gavin.

«È una possibilità», rispose Kay, scarabocchiando il suo suggerimento sulla lavagna. «Vorrei che tu e Laura faceste l'interrogatorio video che Debbie sta organizzando

25

con loro per oggi pomeriggio. Scoprite se hanno ricevuto minacce nell'ultimo anno o giù di lì, e cosa sanno del passato di Katrina. Aaron, a che punto sei con le dichiarazioni dei vicini?»

L'agente alzò la voce per farsi sentire. «Sono tutte complete, capo, e le inseriremo in HOLMES2 dopo il briefing. Come sospettavamo, data la posizione isolata della casa dei Brassick, nessuno ha sentito nulla e sono rimasti tutti estremamente scioccati dalla notizia della morte di Katrina. Detto questo, solo un vicino l'ha mai vista, e solo quando la sua auto ha avuto una gomma a terra nella stradina circa quattro settimane fa. Nessuno dei vicini utilizza i servizi di pulizia di Katrina e nessuno di loro conosce i Brassick se non di sfuggita.»

«Va bene, grazie. Laura, quando tu e Gavin parlerete con i Brassick, potreste chiedere loro perché Katrina si trovava lì quattro settimane fa? Se avevano ospiti che affittavano la casa in quel periodo, vorrei avere i loro dati.»

«Lo farò, capo.»

«Passiamo all'auto di Katrina: Laura, di nuovo, potresti verificare con la squadra di Harriet e contattare la Motorizzazione per vedere come è la sua storia di guida? Aaron ha detto che un vicino ha menzionato una gomma a terra, quindi cerca di scoprire dove l'ha fatta riparare.»

Kay rivolse la sua attenzione a Gavin. «Vorrei che tu assistessi all'autopsia questa mattina. Porta Laura con te. Lucas ha confermato che sarà alle undici e quindici, quindi avrete entrambi il tempo di occuparvi di questi altri compiti prima di recarvi all'ospedale di Darent Valley.»

La fronte del detective agente si corrugò, ma rivolse la sua attenzione al taccuino.

Lei provava empatia per lui: un'autopsia non era mai una parte facile di un'indagine a cui assistere, ma ancor meno quando una vittima era stata torturata. Tuttavia sapeva che sia lui che Laura avrebbero tratto molto dall'esperienza, e avrebbero portato ciò che avrebbero imparato nelle indagini future.

«Bene, prima di andare all'appartamento di Katrina con Ian, dov'è Nadine?» Kay attese finché una minuta agente in uniforme si alzò da una sedia ai margini del gruppo, con le guance in fiamme. «Agenti, vi presento l'agente Nadine Fenning, che si unisce a noi oggi da Tonbridge.»

Attese finché il susseguirsi di cortesi saluti si placò, poi continuò. «Kyle, vorrei che tu lavorassi con Nadine e Debbie per esaminare i profili social di Katrina. Prima di tutto, abbiamo bisogno dei dati dei parenti più prossimi con urgenza. Non voglio che la sua famiglia scopra del suo omicidio dal telegiornale o altro finché non avremo avuto la possibilità di parlare con loro. Dopo di che, cercate l'ovvio, qualsiasi cosa che mostri potenziali litigi finiti male, o incidenti in cui è stata minacciata. Fatevi un'idea di che tipo di persona fosse quando non lavorava. Dobbiamo anche scoprire cos'altro facesse a livello lavorativo. È riuscita a mantenere un'auto e affittare un appartamento, quindi deve aver avuto parecchi clienti per i suoi servizi di pulizia. Speriamo che Dave Morrison abbia trovato qualcosa per aiutarci cercando nell'appartamento, ma anche l'aspetto dei social media è importante.»

«Qualche novità sul suo cellulare?» chiese Laura.

«Non ancora. Harriet ha confermato poco prima di

27

questo briefing che non l'hanno trovato durante la perquisizione della proprietà dei Brassick, né nella borsetta o nell'auto di Katrina.» Kay picchiettò la penna contro la lavagna, poi si girò sui talloni. «Aaron, puoi organizzare una ricerca urgente della stradina dalla casa dei Brassick fino alla strada principale? Forse il suo assassino si è sbarazzato del telefono dopo aver lasciato la scena.»

«Inizierò non appena avremo finito qui, capo.»

Kay passò lo sguardo sulle note vorticose che ora si intrecciavano sulla lavagna bianca e sentì una rinnovata energia attraversarla mentre affrontava la sua squadra.

«Va bene, gente, è tutto per ora. Troviamo un assassino.»

CAPITOLO 4

Ian Barnes imprecò sottovoce mentre una piccola utilitaria malconcia faceva retromarcia nell'ultimo spazio rimasto sulla strada di Katrina Hovat, poi lanciò un'occhiataccia al conducente mentre gli passava accanto.

Al suo fianco, Kay sorrise. «Dovrai abituarti presto a questa storia del camminare, lo sai. Dove andrete tu e Pia?»

«Sui Pirenei.»

«Un sacco di camminate lì. Tanta aria fresca, cibo sano...»

«Smettila, capo.» Scosse la testa, incapace di trattenere il sorriso che gli si formava sul volto. «Immagino che tu e Pia abbiate di nuovo spettegolato.»

«Potremmo aver preso un caffè l'altro giorno,» rispose con noncuranza. «E lei *potrebbe* aver accennato che devo smettere di comprarti pranzi per un po'.»

«Hai visto quel miscuglio che ho dovuto portare al lavoro ieri? Insomma, da quando in qua le noci e pezzi di melone stanno nell'insalata?»

29

La sua collega rise della sua indignazione. «Le noci sono buone per le proteine. E ci sono ancora cinque mesi da affrontare...»

Lui gemette in risposta, poi si sedette più dritto quando un SUV uscì da un parcheggio vicino all'incrocio con la fila successiva di case a schiera in mattoni rossi. «Bingo.»

Guidando il cammino verso la casa su più piani dove si trovava l'appartamento di Katrina, Barnes schivò cumuli di escrementi di cane e notò che il marciapiede pieno di buche era cosparso di zone rappezzate dalle aziende di servizi pubblici, lasciando una superficie irregolare che fece imprecare Kay diverse volte prima che raggiungessero la proprietà.

Si fermò al basso muretto di mattoni fatiscente che separava la casa a tre piani dalla strada e osservò il prato anteriore incolto.

Un movimento alla porta d'ingresso comune attirò la sua attenzione, e poi si affacciò l'agente Dave Morrison.

«Sergente, capo. Volete salire?»

«Buongiorno, Dave. Chi c'è qui con te?»

«Un novellino, Sean Gastrell,» disse l'agente. «Ha appena finito il periodo di tirocinio e sa cosa sta facendo, quindi l'ho lasciato di sopra con la squadra di Harriet per imparare di più.»

Barnes sorrise. Non molti agenti esperti sceglierebbero di gestire un cordone e lasciare che qualcun altro sia nel bel mezzo di un'indagine, ma questo non era lo stile di Dave.

«Come se la sta cavando?»

«Bene. Sembra che abbia effettivamente ascoltato quello che gli è stato insegnato tanto per cominciare, e sta facendo domande intelligenti rispetto ad alcuni degli altri giovani che il quartier generale ci ha mandato in passato.» Dave fece l'occhiolino. «Credo che sia da tenere, sergente.»

«Ne prendo nota. Vedremo cosa possiamo fare.»

Kay scarabocchiò la sua firma sotto quella di Barnes e tirò fuori i guanti protettivi dalla borsa, porgendogli un paio di scorta. «Basteranno questi, Dave, o vogliono che indossiamo le tute complete?»

«I guanti vanno bene, capo.»

«E gli altri due residenti?» disse Barnes. «Hai avuto modo di parlare con loro?»

«Quello attraverso il corridoio a questo piano è al lavoro in questo momento; ho parlato con il tizio di sopra che è appena tornato da un turno di notte ad Ashford. Fortunatamente è anche il padrone di casa, quindi mi ha dato il numero di telefono dell'altro inquilino. Lo richiamerò più tardi per organizzare di prendere una dichiarazione. Ho anche detto al padrone di casa, Harry Knowles, che probabilmente vorreste scambiare due parole anche con lui.»

«Ottimo, grazie. Bene, capo, dopo di lei.» Barnes fece cenno a Kay di precedere, trascinandosi su per le scale nella sua scia, e cercando di non sembrare troppo senza fiato quando raggiunsero la cima.

Lei gli rivolse un sorriso da dietro, ma non disse nulla.

In risposta, lui alzò gli occhi al cielo, la superò e infilò la testa attraverso la porta aperta dell'appartamento numero tre.

«C'è nessuno?»

Un giovane agente con capelli color sabbia tagliati

31

corti e sorprendenti occhi verdi sbucò da una stanza sulla destra dello stretto corridoio, con un taccuino e una penna in mano. «Sergente?»

«Sergente detective Ian Barnes, e questa è la responsabile delle indagini di questa indagine, l'ispettrice Kay Hunter.»

Gli occhi dell'agente si allargarono leggermente. «È un onore far parte della sua squadra, capo.»

«Oh, non correrei così tanto.» Kay sorrise. «Non hai ancora lavorato con me.»

«Comunque...» Le guance dell'agente diventarono rosse.

«Cosa hai osservato finora, Sean, giusto?»

«Sì, capo. Beh, Gareth e Patrick qui, gli investigatori forensi, sono arrivati due ore fa, e hanno esaminato il soggiorno, il bagno e la camera da letto finora. È un posto angusto, quindi non ci stanno mettendo molto...» Fece loro cenno di attraversare la soglia e li condusse in un'area soggiorno che si univa ad una piccola cucina.

Un tavolo di legno spoglio si trovava vicino al forno accompagnato da due sedie scheggiate e diverse tra loro, mentre il soggiorno consisteva in un paio di poltrone, una libreria e non molto altro.

«Niente TV?» disse Barnes.

«Ce n'era una fino a poco tempo fa,» disse Sean. Indicò la vernice sbiadita sul muro di fronte alle poltrone, e poi una linea di polvere su un mobile sottostante. «Sembra che sia sparita.»

«Rubata?»

«Nessun segno di effrazione, Ian.» Uno degli investigatori forensi emerse dalla camera da letto più avanti lungo il corridoio e abbassò la mascherina. «Credo che l'abbia impegnata. Abbiamo trovato una ricevuta per quella e un computer portatile in camera da letto.»

Consegnò un paio di sacchetti di plastica per prove, e Barnes guardò i nomi sulla ricevuta.

«Grazie, Gareth. Conosco questo posto. Sono legittimi, il che ci aiuterà.» Li passò a Kay e tirò fuori il cellulare. «Dovremmo mandare qualcuno là per recuperare il portatile come prova.»

Sean si schiarì la gola. «L'ho già fatto, sergente, poco prima che arrivaste quassù. Ho pensato che potesse essere importante.»

«Buon lavoro, agente. Sai chi è stato mandato là?»

«No, la centrale non ha fornito un nome, hanno solo detto che avrebbero mandato qualcuno là il prima possibile.»

«È giusto.» Barnes restituì i sacchetti in modo che gli investigatori forensi potessero registrarli correttamente come prove. «Qualcos'altro?»

«Non molto.» L'investigatore forense si strinse nelle spalle. «Certamente non è stata aggredita qui: non c'era alcun segno di effrazione, e c'è polvere ovunque.»

Kay aggrottò la fronte. «Era impiegata come donna delle pulizie. Questo mi sorprende.»

«Sai cosa si dice dei muratori, capo,» Barnes sorrise. «Troppo occupati per lavorare nelle proprie abitazione metà delle volte. Potrebbe essere stato lo stesso per Katrina. Insomma, fare le pulizie non rende molto, deve aver avuto più di un lavoro, credo.»

«Qualcosa che lo suggerisca?» Kay rivolse nuovamente l'attenzione all'investigatore forense.

«Sì, aspetti.» L'investigatore forense scomparve nella camera da letto per poi riemergere con una busta per prove più voluminosa. «Abbiamo trovato una cartella con tutte le sue bollette e gli estratti conto bancari, quindi ve li manderemo più tardi. Ho dato un'occhiata veloce agli estratti conto, e ci sono regolari versamenti in contanti. Anche questa agenda degli appuntamenti era sul comodino.»

«Quindi vende il portatile e passa a un sistema cartaceo», mormorò Barnes mentre Kay sfogliava le pagine.

«E solo nelle ultime quattro settimane», disse lei. «Non ci sono nomi qui dentro, però. Solo iniziali.»

«Dobbiamo trovare quel cellulare.» Barnes guardò l'investigatore forense. «Non suppongo che...»

L'uomo scosse la testa. «Mi dispiace. Abbiamo quasi finito qui, e non abbiamo trovato nulla.»

«Non era nascosto da nessuna parte come nella cassetta del water?»

«Niente del genere, no.» Indicò le varie prese elettriche in giro per l'appartamento. «Abbiamo persino controllato dietro quelle come procedura standard.»

«Avremo bisogno che questa agenda venga inviata alla sala operativa il più rapidamente possibile», disse Kay.

«Non appena avremo finito qui, ci assicureremo che i registri delle prove siano completati e potrete avere tutto.»

«Va bene se diamo un'occhiata in giro per conto nostro?»

«Prego, fate pure. Dateci solo cinque minuti per sistemare nella camera da letto.»

Mentre Sean si allontanava per stare vicino alla porta

d'ingresso, Barnes si avvicinò ai pensili della cucina, aprendone uno dopo l'altro con un crescente senso di disagio.

«Persino Emma mangiava meglio di così quando era all'università», disse, chiudendo un'altra anta. «A giudicare dall'aspetto, Katrina non viveva con molto più di cereali e cibo in scatola.»

«Il frigorifero non è molto meglio», arrivò la risposta soffocata di Kay. Sbatté lo sportello del congelatore e si raddrizzò. «Solo mezzo litro di latte, una pagnotta ben oltre la data di scadenza e mezzo sacchetto di piselli surgelati.»

«Non è emerso nulla nel sistema in relazione ai servizi sociali, capo.» Barnes si strofinò il mento. «Laura ha fatto un controllo veloce questa mattina, e Katrina non riceveva alcun tipo di sussidio.»

«Il che suggerisce che forse avesse un altro lavoro oltre alle pulizie part-time. Ma perché vendere il televisore? Non si ricava molto da quelli di seconda mano al giorno d'oggi, non con tutti i negozi che fanno saldi di nuovi prodotti ogni mese. E perché vendere quello e il portatile a un banco dei pegni piuttosto che online? Avrebbe guadagnato un po' più di soldi in quel modo.»

«Forse aveva bisogno di soldi in fretta, soprattutto se aveva necessità di comprare del cibo. E forse sperava di poterseli permettere di nuovo a un certo punto.» Sospirò. «Beh, a parte quell'agenda e gli estratti conto, non abbiamo molto su cui basarci, vero?»

Kay si diresse verso la porta. «Speriamo che Kyle e Nadine abbiano più fortuna con gli account dei social media.»

CAPITOLO 5

Gavin infilò le mani nelle tasche dei pantaloni e socchiuse gli occhi per osservare le imponenti finestre dell'ospedale di Gravesend, cercando di ignorare la sensazione di nausea che lo aveva colto.

Per quanto ci provasse, non riusciva mai ad affrontare la prospettiva di un'autopsia con lo stoicismo di Kay, nonostante sapesse che ciò che avrebbero appreso nel frattempo poteva essere fondamentale per l'indagine.

«Faremo tardi se rimani lì impalato ancora a lungo», brontolò Laura, guardandolo da sopra il tetto dell'auto. «E mi stai facendo innervosire ancora di più».

Lui si allentò la cravatta, si schiarì la gola, poi la guidò verso una porta di vetro fumé sulla sinistra dell'enorme struttura, tenendogliela aperta.

Le suole delle loro scarpe stridevano sulle piastrelle lucidate a specchio, facendo eco sulle pareti di intonaco che erano spoglie, fatta eccezione per una bacheca obbligatoria coperta di poster sulla sicurezza e un estintore fissato a una staffa sottostante.

Una scalinata li portò al secondo piano, e seguirono il corridoio oltre i reparti di radiografia e risonanza magnetica fino a una porta singola all'estremità del corridoio.

Gavin poteva quasi sentire un brivido accarezzargli le spalle quando spinse la porta per entrare nell'obitorio.

Una figura magra e pallida si aggirava dietro una scrivania, con le sopracciglia sollevate in segno di benvenuto. «Pensavo non ce l'avreste fatta. Il parcheggio è stato un inferno come al solito?»

«Qualcosa del genere. Ha già iniziato, Simon?»

«No, non ho ancora iniziato», disse una voce affannata alle sue spalle.

Gavin si girò e vide il patologo forense, Lucas Anderson, sulla soglia, che bilanciava due tazze di caffè da asporto e un tablet.

Porgendo una delle bevande al suo assistente, indicò con un cenno del mento un corridoio buio su un lato. «Voi due, andate a cambiarvi. Vi vedrò di là». Lucas si fermò per bere un sorso di caffè. «E vi avverto subito, non è un caso facile».

Laura impallidì. «Così grave?»

«Andate a prepararvi». Gli occhi del patologo si addolcirono. «Prima iniziamo, prima potrete tornare a Maidstone e riferire a Kay ciò che troviamo».

«Questo non è rassicurante», mormorò Gavin mentre seguiva Laura, per poi dirigersi verso lo spogliatoio maschile.

Mentre si tirava un cappello protettivo sui capelli e legava i pantaloni larghi in vita, cercò di concentrarsi sul respiro, tentando disperatamente di abbassare la frequenza cardiaca. Kay gli aveva detto in passato che la sua reazione era normale, che era un segno che teneva alle vittime per cui cercavano giustizia, ma in quel momento ciò serviva a poco per placare l'energia nervosa che gli scorreva nelle vene.

Incrociò il suo riflesso nello specchio sopra un piccolo lavabo nell'angolo della stanza e si fermò, notando che era pallido quanto Laura.

Katrina Hovat era stata brutalmente aggredita e poi uccisa, sola e terrorizzata.

Le doveva il fatto di svolgere il suo lavoro al meglio delle sue capacità.

Raddrizzando le spalle, spalancò la porta e si tirò su la mascherina mentre Laura emergeva dall'altro spogliatoio, con i lunghi capelli nascosti sotto la cuffia e il viso bianco come uno straccio.

«Pronta?» disse lui.

Lei annuì, ma non rispose, poi si mise al suo fianco.

Spingendo le doppie porte alla fine del breve corridoio, Gavin entrò nella sala autoptica e immediatamente colse la triste visione del corpo di Katrina esposto, i danni al suo esile corpo ancora più evidenti in quanto illuminati dalle potenti luci sovrastanti.

Lucas era chinato sul suo addome, con un bisturi in mano, e guardò oltre la mascherina mentre si avvicinavano. «Spero non vi dispiaccia, ma ho già iniziato: ho otto autopsie da fare oggi, incluse due per l'Essex».

«Ancora a corto di personale?» chiese Laura.

«Come sempre». Simon Winter si spostò dalla sua posizione accanto a un laptop e preparò una sega elettrica per Lucas. «Non abbiamo avuto un fine settimana libero da più di un mese».

«Comunque, è quel che è». Lucas prese la sega da lui e azionò un interruttore. «Fate un passo indietro voi due, ci metterò un attimo».

Gavin distolse lo sguardo, notando che Laura si girò e improvvisamente sembrò interessata a una pila di cartelle mediche sulla scrivania di Simon mentre la lama della sega strideva.

Finalmente il terribile suono si attenuò, e lui tornò a guardare il tavolo autoptico mentre Lucas iniziava a estrarre gli organi vitali e li passava a Simon perché li pesasse.

«Bene, a parte le ferite che ha subito durante l'attacco, direi che la nostra vittima fosse sottopeso per la sua età con una considerevole perdita di massa nell'addome. Potete vedere dove la pelle pende qui».

«Kay e Barnes hanno mandato un messaggio prima dicendo che c'era a malapena del cibo nel suo appartamento». Gavin si avvicinò, più coraggioso ora che il peggio sembrava essere passato. «Era malnutrita?»

«Stava andando in quella direzione. Questa pelle flaccida suggerisce una rapida perdita di peso, certamente». Lucas si spostò verso le spalle di Katrina e girò delicatamente il suo cranio tra le mani. «Chiunque abbia cercato di strangolarla prima di usare un coltello aveva dita ragionevolmente lunghe, e forti. Guardate come i lividi segnano la sua pelle qui. Poi abbiamo i colpi al volto».

«È stata presa a pugni?» chiese Laura, con l'interesse risvegliato.

«Direi di sì. Ma poi è stata anche colpita *con* qualcosa. Quindi dovrete verificare con le prove trovate dalla squadra di Harriet per vedere se riuscite a trovare un'arma. Guardate: potete vedere profonde ammaccature qui dove qualcosa di appuntito si è conficcato nella sua pelle ogni volta».

«Un gioiello, forse?» disse Gavin.

«Forse. Non ho trovato tracce di legno o metallo, quindi questo potrebbe aiutarvi a restringere il campo. E il modo in cui la sua gola è stata tagliata... per me, suggerisce frustrazione da parte del suo assassino perché lo strangolamento non ha funzionato. Guardate quanto è profonda la ferita di entrata iniziale qui».

Lucas posò delicatamente la testa di Katrina su un supporto e lavorò lungo il corpo, elencando ogni singola ferita in modo che Gavin potesse annotarle.

«Qui abbiamo lividi significativi e graffi alle cosce, e qui...» Lucas fece una pausa e sbatté le palpebre. «Beh, come ho detto, è uno dei peggiori omicidi che abbia visto da un po'».

«È stata violentata?» sussurrò Laura.

Il patologo annuì.

«Sperma che potremmo usare per l'analisi del DNA?» chiese Gavin.

«Non è stata penetrata nella maniera... normale». Lucas mantenne lo sguardo fisso. «Chiunque le abbia fatto questo ha usato un oggetto contundente. Ho chiesto a Harriet di tornare alla casa per vedere cosa riesce a trovare».

Gavin sentì il respiro trattenuto di Laura, mentre la bile

gli saliva in gola. Distolse lo sguardo per un momento dal corpo di Katrina, stringendo i pugni.

«Cristo santo», mormorò Laura.

Sbattendo le palpebre, cercò di concentrarsi nuovamente sulle domande che le ferite della donna sollevavano. «Ci sono stati altri attacchi simili recentemente? Intendo, al di fuori della zona di Maidstone. Non ricordo nulla di simile nel nostro distretto».

«Niente di cui mi sia dovuto occupare da quando Kay ha fatto rinchiudere Jozef Demiri», rispose Lucas. «Chiederò comunque ai miei colleghi e la terrò informato».

«Grazie».

Scosso, Gavin seguì Laura fuori dalla sala autoptica e si fermò davanti allo spogliatoio maschile quando la sentì tirare su col naso rumorosamente.

«Ehi, vuoi fermarti da qualche parte tranquilla per un drink sulla via del ritorno?»

Lei si voltò allora, e lui vide il rossore nei suoi occhi mentre tratteneva le lacrime. Tirò su col naso di nuovo, poi annuì. «Sì. Buona idea, grazie».

«Li prenderemo, non preoccuparti». Si strappò la mascherina protettiva e allentò la tuta all'altezza del colletto, improvvisamente accaldato nel corridoio stretto. «Troveremo il bastardo che le ha fatto questo».

Laura si asciugò gli occhi, poi spalancò con un calcio la porta dello spogliatoio femminile. «Puoi scommetterci, Piper».

41

Laura si sporse in avanti e regolò la webcam fissata sulla parte superiore dello schermo del computer, fissando l'immagine che le veniva riflessa.

Era corsa nel bagno delle signore nel pub che Gavin aveva trovato lungo la M2 mentre tornavano a Maidstone, sistemando le sbavature di mascara sotto gli occhi e riapplicando il rossetto, ma non poteva fare nulla per l'espressione tormentata nei suoi occhi che si aggiungeva a un incarnato già provato dal jet lag.

Quando era tornata al tavolo che Gavin aveva trovato in un angolo appartato, lui aveva già consumato metà del suo caffè e stava fissando il vuoto.

Aveva chiamato Leanne, la sua ragazza, non appena erano arrivati alla centrale di polizia, dicendole che avrebbe lavorato fino a tardi, e non aveva più detto nulla sull'autopsia fino a quando Dave Morrison non gliel'aveva chiesto.

Avevano condiviso anche i dettagli minimi con l'agente in divisa, e lui se n'era andato scuotendo la testa.

Ora, cercò di mettere il ricordo della sala autoptica di Lucas in fondo alla mente e invece scorse con gli occhi la lista di domande che lei e Gavin avevano preparato per la loro videoconferenza con Penelope e Stephen Brassick.

A causa delle cinque ore di differenza di fuso orario, il sole stava già calando dietro gli edifici quando Gavin entrò, con i capelli appena lavati e accompagnato da un distinto profumo di sandalo.

«Ti sei fatto la doccia?» lo prese in giro dolcemente mentre lui si sedeva accanto a lei. «Lo sai che non possono sentirti l'odore?»

«Sento ancora l'odore di quel maledetto obitorio» disse lui.

«Scusa.»

Lui fece un respiro profondo. «Mi dispiace. Non volevo aggredire. Come stai?»

«Penso che mi farò un drink forte quando torno a casa. Molto forte.»

«Hai qualcuno lì con cui parlare?»

«Mi sono lasciata con Tyler il mese scorso.»

«Mi dispiace sentirlo.»

«Non dispiacerti.» Sorrise. «Avevi ragione, è uno stronzo.»

Gavin scoppiò a ridere, poi girò bruscamente la testa verso lo schermo quando la connessione fu stabilita, e una donna dai capelli corvini sulla quarantina apparve sullo schermo.

Indossava una giacca grigio chiaro sopra una camicia azzurra; la parete dietro di lei era una serie di piccole piastrelle quadrate color crema.

«Detective Piper e Hanway? Sono la detective

Adrienne DaCosta, del decimo Distretto. Siamo il distretto locale dei Brassick, quindi ho pensato di prendermi un momento per presentarmi» disse, poi sollevò una sottile cartellina di cartoncino. «Sono anche io quella che funge da collegamento con il vostro agente per ottenere le loro impronte digitali a scopo di esclusione, quindi le farò inviare via e-mail mentre state parlando con loro.»

Laura alzò un po' la voce per contrastare la connessione internet instabile. «Grazie per il suo aiuto con questo, e per aver contribuito a organizzare questa intervista, detective DaCosta.»

«Non c'è di che.» La donna alzò le sopracciglia sentendo voci oltre il suo schermo, poi guardò di nuovo indietro. «Il signor e la signora Brassick sono qui, quindi ve li passo. Sanno che possono chiamarmi se ci sono problemi tecnici o se avete bisogno di ulteriore aiuto da questa parte.»

«Grazie.» Laura attese mentre la detective afferrava la cartellina e cedeva il posto a una coppia sulla cinquantina, con i volti tetri.

Penelope Brassick era vestita impeccabilmente, un filo di perle che accentuava un abito blu navy su misura che sfortunatamente non faceva nulla per nascondere i cerchi scuri sotto i suoi occhi, mentre suo marito indossava una giacca di completo nera sopra jeans e una camicia bianca. La barba incolta gli copriva il mento, e non era di certo alla moda.

Laura si rese conto che probabilmente nessuno dei due aveva dormito molto da quando Aaron Stewart li aveva chiamati con la notizia dell'omicidio di Katrina la sera precedente.

«Signor e signora Brassick, grazie per aver trovato il tempo di parlare con noi oggi» cominciò.

«Per favore, siamo Stephen e Penelope.» L'uomo passò una mano sui capelli castani che si stavano diradando, poi fece un cenno verso sua moglie. «Mi scusi, siamo ancora sotto shock. N...non posso credere che sia successo qualcosa del genere a Katrina. A casa nostra...»

Laura diede loro un momento, poi guardò le sue domande. «Da quanto tempo avevate assunto Katrina?»

«Non l'avevamo assunta noi: è venuta tramite un'agenzia di Maidstone» spiegò Penelope, la sua voce che tradiva il più lieve accenno di un accento americano acquisito. «Non eravamo soddisfatti del servizio che stavamo ricevendo dall'agenzia precedente che usavamo, così ho chiamato in giro per trovare qualcun altro, e hanno mandato Katrina.»

«Abbiamo capito subito che era una lavoratrice coscienziosa» aggiunse Stephen. «Era il tipo di persona a cui non bisognava ripetere le cose due volte e non aveva paura di usare la propria iniziativa.»

«Hovat non sembra un nome inglese. Da dove veniva originariamente?»

«Dalla Repubblica Ceca.»

«Da quanto tempo faceva le pulizie per voi?»

«Saltuariamente da sei mesi. Ha iniziato all'inizio dell'anno.» L'uomo allungò la mano e strinse quella di sua moglie. «Sembra che sia stato più tempo, in senso buono.»

«Era divertente averla intorno» disse Penelope, tamponandosi gli occhi con un fazzoletto. «Sono rimasta così colpita la prima volta che l'ho fatta venire a pulire settimanalmente mentre eravamo a casa. Era una tranquillità per noi averla disponibile per pulire anche quando affittavamo la casa.»

«Avete detto che non avete mai avuto problemi con lei o con il suo lavoro» disse Gavin. «Ma c'è mai stato un momento in cui avete sentito che fosse preoccupata per qualcosa?»

«Assolutamente no. Come ha detto Stephen, era coscienziosa.»

«E spererei che sapesse che avrebbe potuto parlare con noi se fosse stata preoccupata per qualcosa» aggiunse suo marito.

«Gli agenti che sono arrivati per primi sulla scena hanno notato che avete telecamere di sorveglianza all'esterno della vostra casa...» Laura si interruppe quando Penelope alzò la mano.

«Qualunque cosa vi serva, qualsiasi cosa, siamo felici di fornirla. Stephen ha accesso al feed delle telecamere sul suo laptop, quindi se ci date un indirizzo e-mail, vi concederemo l'accesso amministrativo piuttosto che cercare di scaricare i file da qui.»

«Possono diventare piuttosto grandi, specialmente perché funzionano tutta la notte se la volpe locale è in giro» aggiunse suo marito.

«Ne sarei grata, grazie. Avete detto che Katrina non vi ha menzionato alcuna preoccupazione quando l'avete vista l'ultima volta, ma sembrava distratta in qualche modo, magari controllava il telefono più spesso, o faceva chiamate in privato?»

La coppia si guardò, poi tornò a guardare Laura.

«Non che io ricordi» disse Stephen.

«Nemmeno io» aggiunse Penelope.

«Un'ultima domanda: potrebbe darmi i contatti dell'agenzia tramite cui avete assunto Katrina?»

«Certamente». L'altra donna recuperò il cellulare dalla borsa e recitò il numero. «Di solito parlavo con una persona lì chiamata Madeleine quando volevo che Katrina venisse a pulire mentre eravamo via».

«Grazie, e grazie per il vostro tempo oggi, specialmente in circostanze così difficili» disse Laura, chiudendo il taccuino. «Avete bisogno che chiamiamo qualcuno, magari un fabbro locale per reimpostare il vostro sistema di sicurezza?»

«Non si preoccupi, posso farlo online attraverso un sistema diverso da quello delle telecamere e impostare un nuovo codice» disse Stephen. Fece un sorriso amaro. «La tecnologia, eh?»

CAPITOLO 7

Una luminosa e soleggiata mattina di giugno accolse Kay il giorno seguente quando parcheggiò alla centrale di polizia di Palace Avenue.

Sistemandosi la borsetta sulla spalla e agganciando il suo tesserino di sicurezza alla cintura dei pantaloni, bilanciò una tazza da viaggio in acciaio inossidabile in una mano e passò attraverso la porta posteriore in un corridoio dipinto di beige, facendo un cenno a Ellis Hughes alla reception.

«Notte tranquilla?» chiese, guardando attraverso uno spesso vetro nella porta che li separava dal blocco celle.

«Per una volta.» Il sergente in uniforme la scrutò da sopra gli occhiali. «Potrebbe essere utile scambiare due parole con Gavin e Laura quando sale, signora, se mi permette di dirlo.»

Kay aggrottò la fronte. «L'autopsia?»

«I due sembravano sotto shock quando sono tornati ieri pomeriggio.» Hughes scosse tristemente la testa. «E hanno

48

abbastanza esperienza sulle spalle ormai che ci vuole molto per scuoterli.»

«Grazie. Apprezzo l'avvertimento.» Riuscì a fare un piccolo sorriso. «Spero che ormai la maggior parte della squadra sappia che può parlare con me di qualsiasi cosa, ma un promemoria ogni tanto non fa male.»

«Esattamente quello che pensavo, signora.» Le fece l'occhiolino. «Ora è meglio che vada di sopra prima che il caffè si raffreddi.»

«A più tardi.»

Kay attraversò una porta interna di sicurezza che conduceva al vano scale e guardò giù verso il parcheggio.

Tutte le auto appartenenti ai membri della sua squadra che avevano posti assegnati erano presenti, e il resto era occupato da veicoli della polizia di varie forme e dimensioni. Accelerò il passo quando notò una moto familiare parcheggiata accanto all'auto di Barnes, con il suo conducente che attendeva vicino a una scatola aperta, e raggiunse il pianerottolo mentre Laura emergeva dal corridoio del secondo piano, con determinazione nel passo.

«Buongiorno, capo.»

«Buongiorno. Perché tanta fretta?»

In risposta, Laura sollevò una busta per prove contenente un vecchio computer portatile. «Kyle Walker ha trovato questo in un banco dei pegni in città ieri tardi.»

«È quello di Katrina?»

«Sì. Il proprietario ha ancora anche la sua TV. A quanto pare speravo che lui la vendesse, ma aveva intenzione di tornare a prendere questo.»

«Ah, questo spiega perché ho visto Andy Grey fuori.»

«È venuto a prenderlo: nessuno di noi può andare a

Northfleet fino a questo pomeriggio, e ho immaginato che lei volesse farglielo esaminare il prima possibile.»

«Hai ragione. Grazie.» Kay si spostò di lato per lasciar passare l'altra donna. «Laura?»

La detective più giovane si fermò qualche gradino più in basso e guardò oltre la spalla. «Sì, capo?»

«Vieni a trovarmi se hai bisogno di sfogarti riguardo all'autopsia di ieri, va bene? Non deve essere stata facile da affrontare.»

«Ha proprio ragione, capo.» Si sistemò una ciocca di capelli dietro l'orecchio. «E grazie, potrei farlo davvero. Io e Gavin ci siamo fermati a prendere un caffè sulla via del ritorno, ma...»

«A volte fa bene parlare con qualcuno di diverso, giusto?»

«Sì. Specialmente con un caso come questo. Parlerà anche con Gavin, vero?»

«Lo farò. Mi assicurerò anche che Barnes lo sappia nel caso in cui si senta più a suo agio a parlarne con un altro uomo.»

«Grazie.» Laura sollevò il portatile. «Dovrei andare.»

«Aspetterò che tu torni prima di iniziare il briefing.»

Quando entrò nella sala operativa, i sottili peli sulla nuca le si rizzarono per l'attesa. C'erano già diversi agenti seduti alle scrivanie, con la testa china sui monitor dei computer o con i telefoni all'orecchio, le loro voci che si mischiavano con il ronzio della stampante e della fotocopiatrice sovraccariche e il rumore dei membri della squadra che si chiamavano attraverso la stanza con richieste urgenti.

Tutto era urgente adesso.

Posando la borsa sotto la scrivania, Kay attraversò la stanza fino alla lavagna dove Barnes era in piedi, con la mascella serrata.

«Ho incontrato Laura mentre venivo qui,» disse.

«Kyle ha fatto un ottimo lavoro a recuperare così rapidamente il portatile. Andy era di sotto?»

«Nel parcheggio, la aspettava. Speriamo che, data l'età di quel portatile, non gli ci voglia molto per accedervi una volta tornato al quartier generale.» Sorseggiò rumorosamente il caffè. «Mi faresti un favore? Parla con Gavin questa mattina e assicurati che stia bene dopo l'autopsia. Ho dato un'occhiata al rapporto di Lucas ieri sera, e la lettura è stata straziante.»

Lui annuì. «L'ho letto quando sono arrivato, e non si preoccupi: gli parlerò.»

«Grazie.» Si voltò mentre la porta della sala operativa si apriva e Laura riapparve, le guance arrossate per aver corso su due rampe di scale. «Tutto a posto con Andy?»

«Dice che la chiamerà non appena avrà qualcosa, capo.»

«Perfetto. Allora iniziamo.» Diede alla squadra un momento per accomodarsi sulle sedie o appoggiarsi alle scrivanie più vicine alla lavagna, e poi rivolse la sua attenzione a Kyle. «Buon lavoro con il portatile. Come andate tu e Nadine con il diario di Katrina?»

L'alto agente si rivolse alla sua collega, facendole cenno di farsi avanti.

Nadine gli rivolse un nervoso sorriso di ringraziamento. «Finora non abbiamo avuto fortuna nel ricavare nomi dal diario, capo, solo un sistema di iniziali che Katrina usava, ma quello che abbiamo stabilito sono i suoi schemi di lavoro. Non aveva mai appuntamenti tra le otto del mattino e le sei di sera da domenica a giovedì, il che ci suggerisce che stesse facendo questo lavoro insieme ad un impiego principale per guadagnare denaro extra.»

«C'è qualcosa lì che suggerisca quale potesse essere questo lavoro principale?»

«Non nel diario, signora. Se abbiamo ragione e stava lavorando in due posti, li teneva separati.» Nadine arrossì. «Abbiamo persino provato quel vecchio trucco di strofinare una matita su della carta lucida per cercare di leggere eventuali impronte sulle pagine, ma non c'era nulla.»

«Valeva comunque la pena provare, grazie.» Kay finì di scrivere sulla lavagna e poi tamburellò con la punta della penna sul mento. «Come siete messi con i profili social?»

Nadine fece cenno a Kyle, poi si sedette.

«Abbiamo trovato un paio di profili di Katrina, ma sebbene pubblicasse regolarmente, non è stata attiva su nessuno dei due per circa quattordici settimane, signora,» iniziò Kyle, consegnando alcune pagine stampate. «Non abbiamo trovato nemmeno parenti prossimi. Ho incrociato i dati con i necrologi locali in base ad alcuni post che ha condiviso qualche anno fa e sembra che entrambi i suoi genitori siano morti, e non avesse fratelli o sorelle. Il suo stato occupazionale è stato aggiornato l'ultima volta due anni fa e l'ho rintracciato a una struttura di assistenza per anziani alla periferia della città. Non ho trovato nulla su nessuno dei suoi profili che suggerisca che fosse stata minacciata o intimidita da qualcuno.»

Kay vagliò le stampe mentre ascoltava. «Eppure è

passata dal pubblicare almeno due volte a settimana cose divertenti che faceva o vedeva a ritirarsi completamente all'improvviso.»

«La gente sta perdendo interesse per alcune piattaforme di social media a causa di problemi di privacy», suggerì Barnes.

«Vero. Ottimo lavoro nel trovare i dettagli del datore di lavoro, Kyle, sono locali?»

«Sì, sono locali, e mi sono preso la libertà di organizzarle un incontro con loro domani mattina, capo. Spero vada bene».

«Perfetto, grazie. E per quanto riguarda gli amici elencati in questi profili?»

«Stiamo ancora rintracciando e contattando il maggior numero possibile di loro con l'obiettivo di fissare appuntamenti per gli interrogatori a partire da questo pomeriggio, capo. Ci stiamo concentrando sulle persone con cui sembrava interagire di più prima di sparire».

«Va bene. Lavora con Debbie per incaricare altri tre agenti che vi aiutino con gli interrogatori. Prima riusciamo a completarle, meglio è. Passiamo agli estratti conto bancari: Gavin?»

«Capo, non credo che tutti i lavori di pulizia nell'agenda di Katrina siano stati pagati sul suo conto bancario», disse il detective. «Ci sono due pagamenti semi-regolari sul suo conto, uno da Maid By Us, che è l'agenzia incaricata di pulire la casa di Penelope e Stephen Brassick, e un altro pagamento regolare che ha solo un numero di riferimento e nessun nome di società. Gli importi di questo secondo pagamento rimangono gli stessi anche se sono più elevati rispetto a quelli di Maid By Us, e vengono versati ogni due settimane...»

Kay aggrottò la fronte. «Questo suggerisce che provenga dal suo lavoro principale, allora».

«È quello che pensavamo», disse Laura. «Ma è come ha detto Nadine, Katrina stava facendo un sacco di lavoro extra in più se quell'agenda è attendibile, e quindi io e Gavin abbiamo pensato che probabilmente si trattasse di lavori pagati in contanti».

Un gemito collettivo attraversò la sala operativa.

«Se veniva pagata in contanti, allora non c'è molta speranza di scoprire chi l'abbia pagata», disse Barnes.

«E questo assumendo che fossero tutti lavori di pulizia», aggiunse Nadine, arrossendo.

Kay aggiunse i loro suggerimenti alla lavagna. «Non escludiamo nulla al momento. Speriamo che una volta che Andy sarà riuscito a sbloccare quel portatile, sarà in grado di trovare l'accesso a un'agenda basata su cloud con maggiori informazioni, o almeno una lista di contatti».

«Capo, l'altra cosa riguardo ai conti bancari è la mancanza di spese in uscita», disse Laura. «Ci sono solo costi di vita quotidiana, cibo, affitto, bollette: nessuna spesa discrezionale, niente sfizi, nulla».

«Questo coincide con quello che abbiamo visto nel suo appartamento, la maggior parte degli armadietti erano vuoti, e naturalmente mancava il televisore». Kay sospirò, passando lo sguardo sui suoi appunti. «Quindi, abbiamo una donna che lavora a più di due lavori, non spende soldi se non per l'essenziale... si è allontanata dalla sua cerchia sociale per imbarazzo o paura? Perché l'inganno con le iniziali nell'agenda? E qualcun altro aveva accesso al suo appartamento?»

«Capo, se quegli appuntamenti nella sua agenda erano pagati in contanti, probabilmente non voleva che il fisco lo scoprisse», disse Barnes. «Soprattutto se, come ha suggerito Nadine, quelli non fossero lavori di pulizia, ma qualcos'altro».

Kay fece una pausa, soffiando la frangia dagli occhi. «D'accordo, è una buona affermazione. Continuiamo con i compiti che abbiamo per oggi, intervistiamo i suoi amici, e poi vediamo cosa diranno i suoi datori di lavoro domani. Congedati, tutti».

CAPITOLO 8

Kay osservava il palazzo di quattro piani, socchiudendo gli occhi mentre il sole del primo pomeriggio scintillava sulle finestre dell'ultimo piano.

Ogni appartamento aveva un piccolo balcone che si affacciava sulla strada, dove alcuni residenti che avevano disposto vasi colorati pieni di varie piante ricche di foglie. Un residente intraprendente aveva eretto un traliccio, e lei notò i grossi pomodori che pendevano dalle viti che ne ricoprivano la struttura. Altri residenti avevano semplicemente scelto di stendere il bucato, approfittando senza dubbio dell'esposizione a ovest.

Un costante ronzio di traffico proveniva dal sistema di sensi unici che circondava il quartiere, in contrasto con le grida allegre dei bambini che giocavano una partita improvvisata di calcio nel piccolo parco alle sue spalle.

Abbassò lo sguardo notando un movimento accanto a lei.

«Qual è il suo?» disse Barnes, facendosi schermo agli

occhi con la mano. «Ti prego, dimmi che non è all'ultimo piano a meno che non ci sia un ascensore».

Kay sorrise. «Appartamento 3, un piano più su. Ce la farai. Pensavo che andassi in palestra con Pia adesso?»

«Ci vado. Mi fa ancora male tutto dalla sessione di giovedì sera, quindi meno devo fare oggi, meglio è».

Si diresse a passi pesanti verso la porta d'ingresso comune dell'edificio, tenendola aperta per lei e poi indicando con un cenno del mento il retro dell'edificio. «Due appartamenti per piano, quindi. Devono essere di dimensioni decenti».

«Anche molta luce», disse Kay, scrutando su per il vano scale illuminato da faretti incassati nelle pareti di cartongesso. «Anche se penso che preferirei uno di quelli che si affacciano sul fiume. C'è più da vedere».

«E anche più da pagare. Ricordo quando furono costruiti». Barnes iniziò a salire le scale. «Questo palazzo era il più economico dei tre».

Quando raggiunsero il piano successivo, lui si fece da parte per lasciarla passare. «Come conosceva Katrina questa donna?»

«Kyle dice che sembra abbiano lavorato insieme in un pub in centro fino a qualche anno fa». Kay si fermò davanti alla solida porta di legno del numero tre e abbassò la voce. «Annabelle Menzies era divorziata e cresceva suo figlio da sola all'epoca. Dalle foto che Kyle ha stampato dai social sembra che lei e Katrina fossero piuttosto vicine, e poi quando Katrina ha lasciato il pub per lavorare nella casa di cura si incontravano ogni tanto per socializzare. Niente negli ultimi tre mesi però».

Bussò, prese il tesserino dalla borsa e fece un respiro profondo.

Essere portatori di cattive notizie non era mai facile, tanto meno in circostanze così orribili.

Pochi istanti dopo, una donna con profonde rughe che attraversavano la fronte e i capelli raccolti in uno chignon disordinato aprì, socchiudendo gli occhi alla loro vista.

«Che succede?»

«Annabelle Menzies? Sono l'Ispettrice Kay Hunter, e questo è il mio collega sergente detective Ian Barnes. Mi chiedevo se potessimo scambiare due parole per favore?»

«A proposito di cosa?»

Kay abbassò il tesserino. «Probabilmente è meglio se parliamo dentro».

«Lo deciderò io. Di cosa volete parlarmi?»

«Si tratta della sua amica, Katrina Hovat. Mi dispiace, abbiamo delle cattive notizie».

Annabelle spalancò gli occhi, la sua mano strinse più forte la porta. «Sta bene?»

«Possiamo entrare? Per favore».

La donna si fece da parte prima di incamminarsi lungo un breve corridoio fino a un soggiorno che, come Kay aveva previsto, si affacciava sul parco e sulla partita di calcio sottostante.

Era ordinato e funzionale, con librerie componibili di un noto grande magazzino che riempivano una parete su entrambi i lati di un piccolo televisore. Un paio di divani occupavano lo spazio al centro con un tavolino di vetro che occupava la maggior parte di un tappeto ispido bianco e grigio.

Sentì Barnes chiudere dolcemente la porta d'ingresso

prima di raggiungerla, e poi indicò uno dei divani. «Va bene se ci sediamo, Annabelle?»

La donna annuì, raggomitolandosi con i piedi sotto di sé all'estremità del divano con la schiena rivolta alla finestra e mordicchiandosi un'unghia mentre Barnes estraeva il suo taccuino.

«Non c'è un modo semplice per dare notizie come questa», iniziò Kay. «Mi dispiace doverle dire che Katrina è stata trovata morta venerdì sera, e che stiamo trattando la sua morte come sospetta».

La donna abbassò la mascella, il suo viso impallidì. «Morta? Come?»

«Temo di non poterle fornire i dettagli al momento, ma vorrei chiederle aiuto per trovare il responsabile».

«Sta dicendo che è stata assassinata?» Le lacrime rigarono le guance di Annabelle, e lei le asciugò con il palmo della mano. «Perché?»

«Faremo tutto il possibile per scoprirlo, ma le dispiacerebbe rispondere ad alcune domande su Katrina?» Kay addolcì la voce. «Ci aiuterebbe davvero».

In risposta, Annabelle si srotolò dal divano e uscì di corsa dal soggiorno, i suoi singhiozzi si udivano attraverso le pareti sottili.

«Dio, odio questa parte del lavoro», mormorò Barnes.

«Anch'io».

Kay sentì lo sciacquone del bagno, poi il suono di Annabelle che si soffiava il naso prima che la donna tornasse a passi leggeri nel soggiorno e crollasse sul divano, abbracciandosi le ginocchia mentre fissava il tappeto.

«Scusate».

«Va tutto bene. È una reazione perfettamente normale in queste circostanze». Kay le diede un momento per calmarsi, e attese fino a quando gli occhi della donna incontrarono i suoi. «Abbiamo trovato i suoi dati sui social media, sembrava che lei e Katrina foste piuttosto intime. È corretto?»

Annabelle annuì. «Lavoravamo in un pub in centro la sera un paio di sere a settimana, solo per guadagnare qualche soldo extra dopo i nostri divorzi. Al padrone piaceva averci a lavorare lì perché avevamo più esperienza di alcuni dei giovani, e abbiamo ricevuto meno lamentele dai clienti rispetto a quanto avrebbe fatto il personale più giovane. Ci divertivamo così tanto...»

Scosse tristemente la testa, poi srotolò un fazzoletto di carta e si tamponò gli occhi.

«Siete rimaste in contatto quando avete lasciato entrambe il pub?»

«Sì, di tanto in tanto. Ha trovato un lavoro in un supermercato che le offriva più ore e un po' più di paga due anni fa, e poi ho trovato il lavoro che faccio adesso come assistente amministrativa per un broker assicurativo, quindi non era che ci potessimo vederci regolarmente». Fece un sorriso acquoso. «Quando però ci vedevamo, riprendevamo sempre la conversazione da dove l'avevamo lasciata. Potevamo parlare di qualsiasi cosa tra noi».

«Katrina le ha mai detto, o ha mai avuto l'impressione, che fosse preoccupata per qualcosa o qualcuno?» chiese Kay.

«No, non che io ricordi». Annabelle corrugò la fronte. «Comunque, non l'ho... non l'avevo... vista da circa quattro mesi. Proprio la settimana scorsa stavo pensando di mandarle un messaggio, per cercare di vederci. Vorrei...»

Nuovi singhiozzi le scossero le spalle, e Kay fece una pausa mentre la donna si ricomponeva.

«Vorrei sapere se avesse paura di qualcosa, o di qualcuno». Si morse il labbro. «L'unica cosa che la preoccupava erano i soldi. Lavorava a tutte le ore, ed è per questo che ci volevano mesi per organizzare qualcosa, e quando lo facevamo lei non voleva andare in un bar elegante o cose del genere».

«Era insolito per lei? Essere preoccupata per i soldi?»

«Solo da quando il suo lavoro al supermercato è finito a gennaio. Hanno messo più casse automatiche e hanno deciso di sbarazzarsi di chiunque lavorasse più di un certo numero di ore alla settimana così non dovevano pagare così tanto in stipendi. Katrina già faceva qualche lavoro di pulizia qua e là per arrivare a fine mese, e poi ha trovato un altro lavoro part-time, ma non era abbastanza». Annabelle sospirò. «Poco prima dell'ultima volta che l'ho vista, aveva trovato un nuovo lavoro in uno dei negozi al dettaglio in centro città, ma non guadagnava quanto prima. Stava ancora facendo tre lavori. Ero preoccupata per lei, e gliel'ho detto: sembrava distrutta».

«Quando è stato, l'ultima volta che l'ha vista?» disse Kay.

«All'inizio di marzo. Le ho mandato un messaggino alla fine di aprile per vedere se voleva incontrarsi per un caffè, ma mi ha solo risposto che non poteva. Ho offerto di pagare io, pensando che forse stesse ancora lottando economicamente, ma non ho più avuto notizie da lei». Le spalle di Annabelle si afflosciarono. «Mi sono chiesta se l'avessi accidentalmente offesa offrendomi di pagare, ma non sapevo cos'altro fare».

«Ha detto che Katrina era divorziata», disse Barnes. «È a conoscenza di problemi in quel campo? Era ancora in contatto con il suo ex?»

«No. Lui vive vicino a Sheffield», disse Annabelle. «Per quanto ne so, una volta ottenuto il divorzio non si sono più parlati. Ha detto però che è stato amichevole, penso che si siano sposati giovani e si siano semplicemente allontanati. Lui lavora nel marketing, credo, o almeno lo faceva, quando io e Katrina lavoravamo insieme nel pub. Penso che quella sia stata l'ultima volta che l'ha mai menzionato».

«Siamo a conoscenza che faceva lavori di pulizia parttime, ma lei ha menzionato che aveva un terzo lavoro oltre a quello nel negozio», chiese Barnes. «Ha idea di che lavoro fosse?»

«No, mi dispiace. L'ha solo menzionato di sfuggita. Non credo pagasse molto neanche quello, ma ho supposto che facendo tutti quei lavori guadagnasse abbastanza per tirare avanti». Annabelle tirò su col naso. «Diceva sempre che aveva solo bisogno di una grande svolta, qualcosa che le desse un impulso finanziario per andare avanti».

«Abbiamo notato che non aveva più un televisore quando abbiamo visitato il suo appartamento ieri, e non c'era molto cibo nei mobiletti. Le aveva mai accennato se stesse vendendo i suoi beni?»

«Cosa? No, non ho avuto più sue notizie dopo averle mandato un messaggino ad aprile. Dio, ora mi sento malissimo per non averla chiamata da allora. Avrei dovuto farlo. Avrei dovuto insistere per aiutarla in qualche modo».

Lo sguardo di Annabelle vagava per il soggiorno. «Anche se avesse voluto stare qui per un po', l'avrei lasciata. Voglio dire, non ho molto spazio qui, ma...»

«Un'ultima domanda», disse Kay. «Sa se Katrina ha parenti stretti che possiamo contattare? Abbiamo cercato di localizzare i suoi genitori, ma...»

«Sono morti alcuni anni fa», disse Annabelle. «Sono andata al funerale con lei. E non aveva fratelli o sorelle: non c'era nessun altro al funerale a parte un paio di amici dei suoi genitori, e lei e il suo ex non avevano figli».

«Grazie». Kay si alzò e passò uno dei suoi biglietti da visita ad Annabelle. «Tutti i miei contatti sono lì sopra, quindi se ricorda qualcosa che potrebbe aiutarci, non esiti a chiamarmi, per favore».

«Va bene». La mano della donna tremava mentre prendeva il biglietto. «Lo farò».

«E se ha un amico o un familiare che può chiamare, magari per passare un po' di tempo insieme oggi, lo faccia», aggiunse Barnes. «Ricevere notizie come questa non è mai facile».

Annabelle si asciugò nuove lacrime. «Potete uscire da soli?»

CAPITOLO 9

Lo stomaco di Gavin brontolò mentre chiudeva a chiave l'auto di servizio e gettava uno sguardo attraverso la strada stretta verso una fila di case a schiera, con mattoni dipinti in una miscela di colori pastello intervallati occasionalmente da un brutto rivestimento con intonaco a spruzzo.

Si spostò per far passare un ventenne su uno skateboard che sfrecciò via, lasciando dietro di sé una scia di fumo di sigaretta, mentre più avanti all'incrocio un piccolo locale da asporto indipendente con una facciata malridotta faceva un intenso commercio di cibi fritti, i cui aromi grassi fluttuavano verso di lui portati dalla brezza.

Laura seguì il suo sguardo e arricciò il naso. «Non starai seriamente pensando di prendere qualcosa da mangiare lì, vero?»

«No», disse lui rapidamente, poi voltò le spalle e ignorò i morsi della fame che gli pizzicavano l'addome. «Ma forse mi fermerò sulla strada del ritorno in centrale per prendere un sandwich.»

La sua collega sorrise prima di indicare con il mento una casa dipinta di azzurro chiaro nel mezzo della schiera. «È quella. Numero quarantasette.»

Attraversarono la strada, i loro passi fecero scappare un grosso gatto soriano bianco e rosso da sotto un SUV malandato fino a un muretto basso accanto alla proprietà vicina.

Gavin allungò una mano per arruffargli il pelo, poi cambiò idea quando il gatto lo fissò con occhi gialli socchiusi. Invece, rivolse la sua attenzione alla porta logora del numero quarantasette e suonò il campanello, il cui trillo risuonò attraverso il sottile legno.

«Vuoi condurre tu questo colloquio?» disse sottovoce. «Date le circostanze, potrebbe preferire parlare con un'altra donna.»

«Nessun problema.» Laura strinse le labbra mentre una catena sbatteva contro il legno e poi una donna sulla trentina avanzata sbatté le palpebre contro la luce intensa del sole.

«Sì?»

Laura mostrò il suo tesserino e fece le presentazioni. «Lei è Carissa Margoyles?»

«Sì.»

«Ci risulta che sia amica di Katrina Hovat. Possiamo entrare, per favore?»

«Cosa sta succedendo?» La donna guardò da Laura a Gavin. «Kat sta bene?»

«Se potessimo entrare?» Laura guardò dietro di sé mentre un anziano passava con un terrier al guinzaglio; aveva gli occhi sgranati alla vista dei due detective in giacca e cravatta. «Ci darebbe un po' di privacy rispetto ai vicini.»

«Non sono sicura. Cioè, so che siete della polizia e tutto, ma...»

«Capisco. Mi dispiace, ma abbiamo delle brutte notizie e credo che preferirebbe sentirle dentro casa.»

Carissa degluti, e la sua mano svolazzò verso il petto. «Oh, mio Dio. È stata ferita, vero? Ecco perché non risponde alle mie chiamate.»

Gavin si fece avanti mentre la donna barcollava contro lo stipite della porta e le prese il gomito con la mano. «Andiamo a sederci, Carissa. Metterò su il bollitore.»

Accompagnò la donna oltre la soglia, trovandosi in un soggiorno buio con un soffitto basso.

Un posacenere accanto a un divano sgualcito conteneva un piccolo mucchio di cartine per sigarette e i resti di uno spinello appena fumato. Il dolce profumo della marijuana era ancora nell'aria.

Carissa arrossì ed evitò il suo sguardo mentre lui aspettava che si sedesse, poi agitò la mano verso di esso. «Non fumo spesso, io...»

«Immagino sia solo per uso personale?»

Annuì miseramente.

«Allora non si preoccupi. Ora, tè? Caffè?»

«Tè, per favore. Però non ho il latte.»

«Le va dello zucchero allora?»

«Sì. Per favore.» Si spostò sul bordo del divano. «Le mostro dove si trova tutto.»

«Va bene così. So arrangiarmi.» Le rivolse un piccolo sorriso, poi guardò Laura che si stava accomodando in una poltrona sotto la finestra e annuì prima di lasciare la stanza.

Trovando una tazza sbeccata in un mobiletto sopra un microonde e rovistando nella minuscola cucina a corridoio finché non trovò una scatola di bustine di tè di marca generica, tese le orecchie per sentire nonostante il bollitore in funzione.

La voce gentile di Laura sovrastava il rumore dell'acqua che bolliva, poi dei singhiozzi sommessi accompagnarono le sue parole, e lo stomaco gli si strinse.

Emise un sospiro profondo, versò l'acqua sulla bustina di tè, aggiunse due cucchiaini di zucchero e la schiacciò alcune volte con un cucchiaino macchiato di tannino.

Quando tornò nel soggiorno, il viso di Carissa era arrossato e si asciugava le lacrime con un fazzoletto preso da una confezione appena aperta che teneva in grembo. Dopo aver posato la tazza di tè accanto al posacenere, si avvicinò a un mobiletto basso con sopra una piccola collezione di fotografie incorniciate.

Gli si fermò il respiro in gola quando riconobbe Katrina in tre di esse, con le braccia attorno alle spalle di Carissa mentre ridevano in varie pose, una in un bar di Maidstone che riconosceva dalle serate passate con la sua ragazza, Leanne. In una, facevano da cornice a un gatto nero a pelo corto con orecchie enormi, l'animale che dava una zampata a un pesce rosso peloso che Katrina faceva penzolare da un pezzo di spago.

«È il suo gatto?» chiese, guardando dietro di sé.

«Sì. Katrina l'ha trovato in un rifugio per animali circa un anno fa e mi ha suggerito di prenderlo. Il mio vecchio gatto era morto da un po'.» Carissa tirò su col naso. «Stia

67

attento se dovesse farsi vedere però. Non gli piacciono gli estranei. Le staccherebbe un braccio se ne avesse l'occasione.»

Gavin sorrise, poi si avvicinò e si sedette all'altra estremità del divano. «Lo terrò a mente, grazie.»

«Carissa, mi dispiace farlo dopo averle dato una brutta notizia, ma stiamo cercando di capire meglio i movimenti di Katrina nelle ultime settimane», disse Laura. «Le dispiacerebbe se le facessi alcune domande?»

«Va bene.»

«Da quanto tempo conosceva Katrina?»

«Ci siamo conosciute lavorando al supermercato. È un po' più vecchia di me, ovviamente, ma siamo andate subito d'accordo.» Carissa allungò la mano e frugò nel lato del cuscino del divano, estraendo un pacchetto stropicciato di sigarette prima di accenderne una con mano tremante. Si appoggiò all'indietro e soffiò il fumo nell'aria prima di scoppiare in un accesso di tosse.

«Quanto tempo fa è stato?»

«Diciotto mesi fa. Sono stata licenziata da un panificio in città ma ho avuto fortuna, il mio capo conosceva un supervisore del supermercato e mi ha presentata.» Scrollò le spalle. «O quello o andare in disoccupazione. Non ho la patente, quindi non potevo fare il lavoro di consegne o cose del genere.»

«Ci è stato riferito che Katrina ha perso il lavoro al supermercato a gennaio quando hanno installato più casse automatiche: non è stata colpita da questa riduzione?»

Carissa scosse la testa. «Non lavoro alle casse. Mi occupo di tutti gli ordini di alimentari che arrivano online, quindi il mio lavoro è abbastanza sicuro al momento.»

«Quanto spesso vi frequentavate voi due?» disse Laura. «Guardando quelle foto, sembra che vi divertiste molto quando lo facevate.»

«Sì, lei è... era fantastica. Non mi giudicava, né mi diceva che potevo fare qualcosa di meglio con me stessa. Era anche una buona ascoltatrice. Io non ho molti soldi, nemmeno lei, quindi cercavamo cose gratuite a cui andare: concerti nei parchi d'estate, cose del genere.»

«Hai notato se Katrina sembrasse nervosa ultimamente, o se avesse qualcosa per la testa nelle ultime settimane?»

«Era più silenziosa del solito.» Carissa picchiettò la punta della sigaretta tra la cenere, poi fece un altro tiro. «Le ho chiesto qualche settimana fa se stesse bene. Sembrava anche stanca. Le ho detto che avrebbe dovuto lasciare uno dei lavori che stava facendo. È stato allora che mi ha detto che non importava perché il lavoro part-time che stava facendo era finito.»

«Il lavoro di pulizie?» Laura aggrottò la fronte. «Pensavo che lo stesse ancora facendo.»

«Non quello. Il lavoro amministrativo online. Lavorava attraverso uno di quei siti che fanno, come si chiama? ... lavoro da assistente virtuale. Ecco. Stava facendo piccole cose per un'agenzia immobiliare a Portsmouth, solo caricando nuovi annunci e roba del genere come extra, ma poi hanno trovato un modo per farlo internamente a costi più bassi.»

«Come faceva a gestire tre lavori? Doveva essere esausta.»

«Lo era, ha ragione. Voglio dire, il supermercato non paga molto ma hai alcuni benefici come sconti sulla spesa e cose del genere, e so che stava facendo regolarmente il lavoro di pulizie come extra. Penso che dovesse fare le cose immobiliari a tarda notte.» Carissa fece un ultimo tiro alla sigaretta e la spense mentre spirali di fumo le uscivano dalle labbra. «Aveva perso peso però. Vede quella fotografia a sinistra laggiù? L'ho scattata a gennaio in quel parco vicino alla stazione ferroviaria. Lo scorso mese deve aver perso più di tre chili... le guance sembravano incavate, e ho notato che aveva anche smesso di fumare. Ma prendeva comunque una delle mie sigarette se gliela offrivo.»

«Ha trovato il lavoro di pulizie tramite un'agenzia o qualcosa del genere?»

«Non l'ha mai detto. Pensavo che potesse aver messo qualche biglietto nei negozi o qualcosa del genere. So che non era entusiasta di rivolgersi a un'agenzia per il lavoro extra perché quelle si prendono parte dei tuoi guadagni per coprire le spese amministrative e cose del genere, no?»

Laura fece una pausa per aggiornare i suoi appunti prima di fare la domanda successiva. «Katrina ha mai accennato di avere problemi economici?»

«No. Le ho chiesto se andasse tutto bene, e lei continuava a insistere che fosse così. Anche se potevo vedere che non era vero.»

«Era insolito per lei? Sembrate intime nelle foto.»

«Sì, era strano.» Carissa accartocciò il fazzoletto e prese un'altra sigaretta dal pacchetto. «Ecco perché, quando non si è presentata al pub venerdì sera, ho iniziato a preoccuparmi.»

«Pub?»

«Sono riuscita a convincerla a lasciarmi offrirle una

cena. È stato difficile convincerla.» Carissa sospirò. «Katrina era bravissima ad aiutare gli altri, ma pessima nel lasciarsi aiutare in cambio. Mio padre mi ha dato dei soldi la settimana scorsa per il mio compleanno e ho pensato che sarebbe stato bello fare una serata fuori. Cibo vero, capito? Non cibo da asporto o quello che mi preparo qui. Non volevo andare da sola però... mi sono lasciata con il mio ragazzo quattro mesi fa... così ho pensato che sarebbe stato bello offrire a Katrina. Poi non si è presentata. Ho provato a chiamarla...»

Laura si sporse in avanti. «Qual è il suo numero, Carissa?»

Gavin lo scrisse, sottolineando l'informazione, con la mente già rivolta al lavoro che avrebbero dovuto fare nella sala operativa.

«Katrina sembrava spaventata o preoccupata per qualcuno quando hai parlato con lei l'ultima volta?» disse.

«Non ha parlato di nulla. So che non stava frequentando nessuno al momento. Ha provato una di quelle app di incontri, ma non ha funzionato con l'ultimo tizio: viveva a Newcastle, e lei non voleva una relazione a distanza.» Carissa scrollò le spalle. «Sosteneva che non poteva permettersi di andare a degli appuntamenti comunque. Diceva che doveva risparmiare.»

«Stava risparmiando per qualcosa in particolare?» chiese Laura.

Carissa fece girare la rotella dell'accendino, facendo schizzare verso l'alto una fiamma che illuminò i suoi lineamenti pallidi. «Se lo stava facendo, non me l'ha detto.»

Cinque minuti dopo, Gavin stava sul marciapiede

accanto all'auto respirando a pieni polmoni aria più fresca, mentre Laura porgeva a Carissa un biglietto da visita e poi attraversava di corsa la strada per raggiungerlo.

«Che ne pensi, Gav?» Sbloccò l'auto e appoggiò la mano sul tetto mentre una motocicletta passava rombando, poi aprì lo sportello. «Katrina sembrava l'anima della festa in quelle foto, ma sembra che sia diventata una reclusa negli ultimi mesi.»

Si sedette accanto a lei e allacciò la cintura di sicurezza. «Tre lavori, ma viveva in un appartamento vuoto e non usciva. Stava perdendo peso perché non mangiava, e aveva smesso di socializzare. Doveva essere spaventata da qualcuno, giusto?»

CAPITOLO 10

La mattina seguente, Barnes fermò l'auto in un affollato parcheggio di un centro commerciale ai margini del centro città mentre Kay scorreva avanti e indietro tra una miriade di e-mail sul suo telefono.

Lei gemette quando lui rallentò per far attraversare una giovane madre sulle strisce pedonali, alzando lo sguardo e chiedendosi come rispondere all'ultimo messaggio dal quartier generale di Northfleet. «Hanno respinto la mia richiesta di più personale per questo caso. A quanto pare ci sono stati due accoltellamenti a Gravesend durante il fine settimana, potenzialmente legati a uno scontro tra tre bande rivali trafficanti di droga, quindi quello ha la priorità».

«Rispetto a una donna torturata a morte?» Barnes scosse la testa, accelerando lentamente. Imprecò sottovoce mentre girava avanti e indietro cercando di trovare un posto che non fosse riservato a disabili o genitori con bambini, emettendo finalmente un grido strozzato di gioia quando una scintillante auto sportiva uscì in retromarcia da uno spazio a tutta velocità, mancando di poco il suo paraurti anteriore.

«Ti perdono, amico», mormorò. «Perché non ho intenzione di girare di nuovo».

Kay ridacchiò. «A volte sono felice di lavorare a turni e di perdermi parte di questo caos».

Kay osservò gli enormi magazzini che costeggiavano un lato del parcheggio, dove un'insegna luminosa sopra ogni gruppo di doppie porte mostrava una serie di marchi famosi che vendevano elettronica, articoli per animali domestici e mobili.

All'estremità opposta c'era un negozio indipendente, le cui ampie vetrine erano tappezzate di cartelli che annunciavano saldi. Una disposizione di scaffali metallici economici era stata trascinata all'esterno e ora incorniciava le doppie porte aperte, esponendo un insieme disordinato di piante finte in vaso, scatole di vimini per la conservazione e bidoni della spazzatura a pedale in varie dimensioni e colori.

Una musica allegra e vivace l'accompagnò mentre seguiva Barnes nel negozio, il suo sguardo esaminò i corridoi che attraversava. Tutto intorno a lei, i clienti sfogliavano, toccavano, annusavano e tastavano le diverse esposizioni che andavano dalle candele profumate alle soffici pile di asciugamani e graziosi soprammobili che sicuramente avrebbero accumulato polvere una volta portati a casa.

«Posso aiutarvi?» chiamò una donna biondo platino sulla sessantina che si aggirava nell'area delle casse. «Non abbiamo segnalato taccheggiatori, vero?»

Kay trattenne una risata sarcastica.

«Ecco finiti i nostri sforzi in incognito», disse Barnes sottovoce, poi mostrò il suo tesserino. «Sergente detective Ian Barnes, e Ispettrice Kay Hunter. Siamo qui per vedere Hayley Prendle».

«È sul retro». La donna indicò oltre i corridoi. «Andate laggiù e cercate la porta blu. Dovrete bussare: la chiude a chiave quando lavora lì dentro».

Annuendo in segno di ringraziamento, Kay camminò rapidamente lungo il corridoio e trovò la porta accanto a un'altra con un cartello che diceva "Solo personale - magazzino" appeso alla maniglia.

Si aprì dopo che ebbe bussato e una donna minuta con corti capelli castano-rossicci si affacciò. «Siete voi i detective?»

«Sì», disse Kay, mostrando il suo tesserino. «Lei è Hayley Prendle?»

«Sì. Vi ho visti sulle telecamere di sorveglianza». La donna si scostò, aprendo la porta e indicando un paio di monitor di computer su una scrivania ingombra. Tirò fuori un paio di sedie pieghevoli da giardino in metallo da accanto a un archivio a quattro cassetti e le posizionò accanto alla scrivania con un sorriso dispiaciuto. «È il meglio che posso offrire, purtroppo».

La porta si chiuse alle spalle di Barnes con un clic ben percettibile, e Hayley alzò gli occhi al cielo.

«Si chiude automaticamente, e non ho ancora capito come impedirlo. Ho cercato di persuadere la sede centrale a pagare per far venire un fabbro a controllare questa e la serratura difettosa della porta del magazzino, ma la squadra di gestione continua a ignorare le mie e-mail».

«La capisco perfettamente». Kay le rivolse un sorriso

comprensivo mentre cercava di mettersi comoda sulla sedia dura. «Grazie per averci ricevuto questa mattina. Immagino che la mia telefonata di ieri sera sia stata uno shock».

«Lo è stata». Hayley si lasciò cadere sulla sua sedia, che sembrava essere tenuta insieme con nastro da elettricista nero appiccicoso e poco altro. Scricchiolò minacciosamente quando si sporse in avanti per usare la tastiera. «Mi sono presa la libertà di cercare la domanda di lavoro di Katrina per voi quando sono arrivata. Non so se sarà utile, ma ho pensato... non so, volevo fare *qualcosa*».

«Lo apprezziamo, grazie». Kay osservò lo schermo. «Mi risulta che abbia lavorato in un supermercato prima di venire qui?»

«Sì, per circa due anni. Non preoccupatevi, posso stamparvelo. Un attimo». Hayley premette una serie di pulsanti, poi tornò alla schermata originale mentre una sottile stampante sopra l'archivio si mise in moto. «Prima di quello, era in un centro di giardinaggio, quindi lavorare qui credo le venisse naturale. Si è certamente ambientata rapidamente».

«Era a conoscenza del fatto che facesse lavori di pulizia part-time?» chiese Kay mentre la donna pinzava insieme le pagine stampate e gliele consegnava. «Grazie».

«No, non lo sapevo». Si sedette e aggrottò la fronte. «Mi chiedevo perché sembrasse sempre stanca».

«Quante ore lavorava qui?»

«Venti ore a settimana distribuite tra lunedì e venerdì, poi ogni terzo sabato e domenica. Come il resto del mio personale».

«Non a tempo pieno?»

Hayley scosse la testa. «Non troverete molti contratti a tempo pieno nel commercio al dettaglio, Ispettrice Hunter. Non a meno che qualcuno non sia un manager, come me. In questo modo dobbiamo pagare solo la tariffa oraria di base. Ci aiuta a mantenere bassi i costi generali, capisce».

«Ha menzionato che Katrina sembrava sempre stanca. È qualcosa di recente, o...»

«Solo nelle ultime quattro settimane circa». Hayley fece una pausa per bloccare lo schermo del computer, poi girò la sedia per affrontarli. «Le ho chiesto se andasse tutto bene. Nonostante l'apparenza, mi assicuro che il mio personale possa venire qui e parlare con me quando vuole, anche se non posso letteralmente tenere aperta questa maledetta porta. Ha detto che stava bene, ma ci sono state un paio di volte nell'ultima settimana in cui sembrava distratta. Avete incontrato Beverley là fuori, è uno dei supervisori. Mi ha detto giovedì scorso che Katrina era stata scortese con un cliente quella mattina, e poi le è stato detto di mettere il cellulare nell'armadietto perché continuava a controllare i messaggini invece di rifornire gli scaffali».

«Era insolito per lei?»

«Molto.» Hayley abbassò le mani in grembo, girando la fede nuziale, la sua voce si ridusse a un mormorio. «E poi mi avete chiamato dicendo che è stata uccisa venerdì sera.»

Barnes alzò lo sguardo dai suoi appunti. «Ha mai visto o sentito qualcuno comportarsi in modo minaccioso nei suoi confronti al lavoro?»

«No, ma io sto qui dentro la maggior parte del tempo.» Agitò la mano verso le scartoffie e i fascicoli che ingombravano la piccola scrivania di legno. «Siete i benvenuti a interrogare il personale: Beverley tiene d'occhio le cose là fuori per me, così come gli altri due supervisori che lavorano qui. Potrebbero aver notato qualcosa.»

«Katrina ha mai segnalato clienti che si comportavano in modo minaccioso verso di lei?»

«No. E le posso assicurare che, se l'avesse fatto, l'avremmo presa molto sul serio. Il sistema di videosorveglianza non è lì solo per scoraggiare i taccheggiatori, è lì anche per la sicurezza del nostro personale.»

Kay abbassò lo sguardo con una smorfia quando il suo telefono vibrò nella borsa, poi guardò tra le pagine che Hayley aveva stampato mentre si alzava. «Grazie per il suo tempo questa mattina, e per questo. Se volessimo dare un'occhiata alle riprese della vostra videosorveglianza...»

«Posso copiare tutto su un'unità esterna per voi», disse Hayley. «Viene conservato solo per otto settimane alla volta, è tutto ciò che richiedono i nostri assicuratori, ma se pensate che possa essere d'aiuto.»

«Potrebbe.» Kay le porse il suo biglietto. «E farò in modo che gli agenti in uniforme organizzino al più presto gli interrogatori ai suoi supervisori, se potesse inviarmi via e-mail i loro contatti, per favore?»

«Lo farò adesso.»

«Grazie. Ci terremo in contatto.»

Uscendo in fretta dal negozio, Kay seguì Barnes verso l'auto mentre tirava fuori il telefono e vide il numero della chiamata persa.

«Aspetta, Ian. Andy Grey di Northfleet mi stava

cercando.» Si allacciò la cintura mentre Barnes avviava il motore e tamburellava le dita sul volante. «Andy? Sono Kay Hunter.»

«Quanto velocemente puoi arrivare a Northfleet?» disse lui a mo' di saluto.

«Forse quaranta minuti. Perché? Siete già riusciti ad accedere al computer portatile di Katrina?»

«No, ma c'è qualcosa che devo mostrarti, e possiamo accedervi solo da qui.» Andy fece una pausa, e lei sentì un respiro tremante. «Ti avverto subito, non sarà facile da vedere.»

CAPITOLO 11

«Ha detto cosa ha trovato?»

Barnes strisciò il suo tesserino di sicurezza sul pannello di accesso accanto a un gruppo di porte doppie in vetro fumé e seguì Kay attraverso un pavimento piastrellato verso una serie di ascensori.

Una fresca brezza dell'aria condizionata le scivolò sulle spalle mentre aspettavano, inviandole un brivido indesiderato lungo la schiena, un gelo che la colpì mentre ricordava le parole di Andy.

«No, ma non sembra buono. Specialmente se è qualcosa a cui possono accedere solo da qui.»

«Roba del dark web, intendi?» I suoi occhi si spalancarono. «Come ha fatto...»

«Non lo so». Kay si mosse quando le porte dell'ascensore si aprirono rivelando una coppia di ufficiali di alto rango, a cui fece un cenno brusco mentre passavano senza interrompere la loro conversazione, poi premette il pulsante per il piano dell'unità informatica forense. «Ma prima di riattaccare ha detto che non è ancora riuscito a trovare nulla sul suo portatile. Ha cancellato il disco rigido prima di portarlo al banco dei pegni, quindi ora deve fare un'analisi approfondita del sistema per vedere se c'è qualcosa nascosto altrove che potrebbe aiutarci.»

Barnes sbuffò mentre l'ascensore saliva attraverso l'edificio. «Qualunque cosa abbia trovato, sono contento che siamo noi e non Gavin o Laura. Non dopo aver dovuto assistere all'autopsia.»

Uscirono in un corridoio rivestito con una moquette dall'aspetto industriale che smorzava i loro passi, ma faceva poco per l'estetica generale del luogo. Le porte erano disposte a intervalli regolari sul lato destro, quello che avrebbe offerto agli occupanti degli uffici una vista sulla trafficata strada a doppia carreggiata se avessero avuto tempo per contemplarla, mentre la parete di sinistra era punteggiata da varie fotografie di paesaggi che sembravano essere state acquistate in blocco da un negozio di cancelleria online.

Kay guidò il cammino verso una porta vicino alla fine con un pannello di vetro smerigliato incastonato nella sua pesante superficie di legno sopra un pannello per chiave di sicurezza.

Bussò con le nocche contro il vetro e attese, il suo sguardo trovò la piccola telecamera sopra il telaio della porta, dove un solitario LED rosso lampeggiava.

Dopo alcuni istanti, la porta fu spalancata e un uomo alto quanto lei con capelli corti e occhiali con montatura metallica li fece entrare con un cenno.

«Grazie per essere venuti», disse. «Questo non è il tipo

di cosa che vorrei caricare su HOLMES2, anche se potessi. Meno occhi ci sono su questa roba, meglio è.»

Andy Grey si diresse a passo svelto verso un grande schermo con un'enorme torre di computer accanto e indicò la stanza altrimenti spoglia. «Prendete una sedia. Qualsiasi va bene, tutti gli altri sono a un corso di formazione sulla salute e sicurezza questa mattina.»

«Avete molti oggetti appuntiti qui dentro?» scherzò Barnes, spingendo una sedia con una rotella traballante.

«Un'altra spunta nella casella per l'ufficio risorse umane.» Andy riuscì a sorridere prima che i suoi occhi si oscurassero di nuovo. Si tolse gli occhiali e aggrottò la fronte, girandosi verso lo schermo. «Ho preparato questo, e lo avvierò tra un momento, ma ditemi appena ne avete visto abbastanza, d'accordo?»

«L'hai visto tutto?» disse Kay, con la bocca asciutta.

«Ho dovuto. Come con tutto ciò che vediamo qui dentro. È l'unico modo per fornirvi un rapporto completo per le vostre indagini.» L'informatico forense fece una smorfia. «Avevo la sensazione che questo sarebbe stato brutto, dopo aver sentito come l'avete trovata.»

Kay si costrinse a guardare lo schermo quando lui avviò il video, le sue dita affondavano nel soffice tessuto dei braccioli della sedia, mentre un'angolazione instabile della telecamera mostrava prima la familiare moquette di velluto rosa della camera padronale dei Brassick, poi si raddrizzava per mostrare Katrina che lottava sotto la presa di una figura mascherata vestita di nero che la trascinava verso il letto matrimoniale.

L'aggressore della donna indossava un passamontagna nero che nascondeva i suoi lineamenti e un semplice completo da jogging nero composto da felpa e pantaloni. Nessun logo era visibile sui suoi indumenti.

Katrina stava implorando per la sua vita, il suo respiro veniva a singhiozzi mentre supplicava, prima in inglese, e poi in quello che Kay presumeva fosse ceco. I suoi occhi si spalancarono mentre il suo aggressore brandiva un coltello davanti ai suoi occhi, e poi chiunque stesse tenendo il telefono e filmando l'attacco si avvicinò al letto.

Né la persona che filmava né l'aggressore dissero qualcosa o sembrarono riconoscere le parole di Katrina, la voce della donna divenne poco più di un sussurro mentre lottava.

Poi il suo aggressore passò il coltello sul suo addome, facendo un taglio profondo che fece sussultare Kay.

L'urlo di Katrina riempì lo spazio insonorizzato dell'ufficio, stridulo contro le pareti in cartongesso, in contrasto con le allegre fotografie della famiglia di Andy che circondavano la sua scrivania.

La bile salì nella gola di Kay mentre guardava le lacrime scorrere sulle guance di Katrina, la donna che si contorceva in agonia mentre il suo aggressore si tirava indietro, la cavalcava e poi affondava il coltello nella sua coscia.

«Basta.» Kay alzò la mano, voltandosi dallo schermo.

«Gesù.» Barnes girò la sua sedia dopo un altro secondo o due, poi camminò verso la finestra e si passò la mano sulla bocca.

Kay sbatté le palpebre, cercando di perdere parte delle immagini che si ripetevano nella sua testa. «Non so come tu e la tua squadra facciate questo ogni giorno, Andy.»

«Si è dimessa un'altra persona la settimana scorsa»,

disse l'analista. «E ho due membri dello staff part-time in malattia per stress.»

«Non mi sorprende.» Dopo qualche secondo in più, Barnes tornò a unirsi a loro e fece un respiro profondo, estraendo gli occhiali da lettura dalla tasca della giacca e scrutando il testo sotto il video congelato. «Cazzo. Questo è stato pubblicato solo sei ore fa e ha già avuto più di trecento visualizzazioni.»

«Ah, stavo per parlarne.» Le dita di Andy scivolarono sulla tastiera, e Kay osservò mentre una nuova stringa di dati appariva a sinistra dello schermo. «Vedi qui? Questa è la durata dell'intero video. Poco più di dieci minuti...»

«Dieci minuti?» Kay deglutì, notando che avevano visto solo il primo minuto e quindici secondi. «Sembrava più lungo guardando quella parte.»

«Lo so. Ma guarda.» Andy allungò la mano e toccò lo schermo. «Il tempo medio di visualizzazione è meno di quarantacinque secondi.»

«Quindi la gente ha visto più che abbastanza e si è spostata», disse Barnes.

«Non è quello che intendo.» Andy chiuse il video e si rivolse a loro, con un tono paziente. «Il punto è che questo è stato caricato sul dark web, il tipo di posto dove la gente va per guardare questo genere di cose. Stanno cercando roba come questa, quindi mi aspetterei che guardassero l'intero video, non che se ne andassero dopo pochi secondi. Mi aspetterei che la durata media fosse più alta e che il numero di visualizzazioni fosse più alto per un video snuff. Molto più alto. Ma c'è un codice qui che suggerisce che sia stato condiviso. È stato generato un link poco dopo che il video è stato caricato, probabilmente con lo scopo di condividerlo tramite altri mezzi come l'e-mail.»

Kay aggrottò la fronte. «Dove vuoi arrivare?»

«Non credo che questo sia stato condiviso online in modo che alcuni individui perversi potessero divertirsi. Penso che questo sia stato pubblicato e poi condiviso altrove come un avvertimento.»

CAPITOLO 12

Un pubblico di volti cupi fissava Kay quando si posizionò davanti alla lavagna, pronta a iniziare il briefing di tarda mattinata.

I recenti rovesci di pioggia avevano lasciato posto a un sole splendente che filtrava attraverso le veneziane delle finestre e scintillava sulle scrivanie, un effetto in netto contrasto con le fotografie della scena del crimine appuntate alla lavagna.

Kay bevve un breve sorso d'acqua dalla sua bottiglia, richiuse il tappo e si schiarì la gola.

«Bene, iniziamo con l'aggiornamento degli investigatori digitali prima di procedere oltre», disse. «Andy Grey ha scoperto che un video della tortura e della morte di Katrina è stato caricato sul dark web questa mattina. Quel file video è ora collegato al nostro sistema, ma per chiunque sia nuovo nella squadra: è off-limits per voi e per chiunque altro non autorizzato da me o dal sergente detective Barnes a visionarlo. Dirò solo che è orribile, e l'attacco a Katrina è stato prolungato».

Un silenzio scioccato accolse le sue parole.

«Proseguiamo. Dalle interviste con gli amici di Katrina abbiamo ottenuto un numero di cellulare su cui Andy sta lavorando per cercare di determinare quali fossero i movimenti di Katrina prima della sua morte. Nessuno dei suoi amici l'ha vista venerdì, e non c'è nulla sui suoi social media che suggerisca dove sia andata prima di presentarsi a casa dei Brassick per pulirla prima dell'arrivo degli ospiti quella sera. Non appena avremo notizie da lui, fornirò un altro aggiornamento. Nel frattempo, il suo capo al negozio dove lavorava part-time ha confermato che nelle ultime quattro settimane Katrina sembrava esausta, e una dei suoi supervisori l'ha ripresa per aver usato il cellulare quando avrebbe dovuto lavorare. La squadra in uniforme sta attualmente intervistando gli altri membri del personale, ma al momento sembra che nessuno sapesse del lavoro di pulizie che faceva in aggiunta e non ci sono segnalazioni di clienti che abbiano minacciato Katrina». Mise da parte i suoi appunti e alzò il mento finché non riuscì a vedere Aaron Stewart. «Che dire delle telecamere di sorveglianza della casa?»

«I Brassick hanno installato quattro telecamere, una su ogni lato della casa», disse lui, alzando la voce per farsi sentire. «E tutte avevano le lenti e i sensori di movimento spruzzati con vernice prima che Katrina venisse uccisa».

Il brusco respiro di Kay fu ripreso dagli agenti intorno a lei. «Merda. Stephen Brassick non se n'è accorto? Pensavo avesse accesso al feed delle telecamere sul suo portatile».

«Ce l'ha, e quando gliel'ho detto è rimasto comprensibilmente scioccato, ha detto che il sistema avrebbe dovuto inviargli immediatamente un avviso non appena i sensori di movimento avessero rilevato qualsiasi attività, e vista la loro sensibilità, chiunque abbia fatto questo...»

«Le conosceva». Kay sospirò, scostandosi la frangia dagli occhi. «Cristo. C'è qualche possibilità che si possa vedere qualche movimento nelle riprese prima che le telecamere venissero disabilitate?»

«No, capo, hanno completamente eluso le telecamere». Il labbro di Aaron si arricciò. «Probabilmente hanno esaminato la disposizione della casa utilizzando le immagini satellitari online prima di presentarsi».

«La casa è in mezzo al nulla. Come hanno fatto a vedere dove erano posizionate le telecamere? Non sarebbero visibili online, giusto?»

Nadine alzò la mano. «Capo, se non sapevano esattamente dove fossero quelle telecamere, tutto quello che dovevano fare era muoversi abbastanza lentamente da non far scattare i sensori».

«Porca miseria». Kay inarcò un sopracciglio.

«Mio fratello è nei Royal Marine», spiegò l'agente in tirocinio, mentre il colore le saliva alle guance. «Mi racconta cose del genere sul loro addestramento. È solo un suggerimento».

«Ed è un buon suggerimento». Kay si voltò verso la lavagna e aggiornò gli appunti. «Questo potrebbe suggerire che il nostro assassino, o assassini, abbia avuto qualche tipo di addestramento militare o altra formazione specializzata».

«O l'hanno già fatto prima e sanno cosa cercare», aggiunse Barnes. «E sono pazienti».

«Per non parlare del fatto che hanno un bel coraggio a passare così tanto tempo ad avvicinarsi alla casa senza sapere se i proprietari o qualcun altro potesse arrivare in qualsiasi momento». Kay aggrottò la fronte mentre si rivolgeva a Gavin. «Non ricordo nulla nel rapporto dell'autopsia che suggerisca questo, ma Lucas ha menzionato se le ferite di Katrina suggerissero un'impronta militare? Sto pensando alle forze speciali, quel genere di cosa».

«No, capo, ma lo chiamerò dopo per chiederglielo».

«Aaron, puoi lavorare con Debbie per esaminare i filmati delle telecamere delle ultime quattro settimane? Quello è il periodo in cui il responsabile di Katrina ci ha detto di averla vista stanca e stressata per qualcosa, quindi forse la proprietà dei Brassick è stata studiata prima di giovedì sera».

«Lo farò, capo».

«E il suo ex marito, ha un alibi?»

Kyle Walker alzò lo sguardo dai suoi appunti. «Era a Copenaghen per un viaggio di lavoro tutta la settimana scorsa e non è tornato fino a sabato sera. Ho parlato con il suo responsabile, che ha confermato l'orario di checkout dell'hotel e l'arrivo del volo».

«Ok, grazie. Andando avanti: come sono entrati in casa gli assassini di Katrina? Se aveva paura di qualcuno, perché li avrebbe fatti entrare? C'è qualche prova che suggerisca che siano entrati con effrazione mentre lei era all'interno della casa?»

«Ho esaminato i rapporti della squadra investigativa forense di Harriet e non c'è nulla che indichi un'effrazione», disse Laura.

«Quindi, potenzialmente, conosceva i suoi aggressori». Kay lanciò la sua penna su un tavolo vicino. «Abbiamo bisogno di più informazioni sul passato di Katrina, incluso tutto ciò che possiamo scoprire sulla sua educazione, cosa facessero i suoi genitori e perché si sono trasferiti nel Regno Unito in primo luogo».

«Pensi che questa potrebbe essere una vendetta per qualcosa che ha fatto la sua famiglia?», disse Barnes. «O qualcuno che lei conosce?»

«Non ne ho idea al momento, ma il suggerimento di Nadine che gli assassini di Katrina potessero aver avuto un addestramento militare apre una prospettiva completamente nuova, non è vero?». Kay fece scorrere lo sguardo sulla sua squadra. «E se non si tratta di qualcuno ex-militare di qui, allora dovremo verificare se è coinvolta un organismo straniero».

CAPITOLO 13

Kay infilzò un gambero fritto ignaro con la forchetta e controllò il cellulare con l'altra mano.

Scorrendo una serie di nuovi messaggi, trattenne un sospiro quando vide l'ultimo dispaccio dal quartier generale e poi alzò lo sguardo al suono di un colpo di tosse educato.

«Presumo che tu abbia suggerito di incontrarci per cena così da poter discutere di qualcosa di diverso dalla vita ai piani alti?» L'Ispettore capo investigativo Devon Sharp bevve un sorso dalla bottiglia di birra e le lanciò un sorriso. «O era uno stratagemma per farmi pagare tutto questo cibo?»

«Scusa, capo.» Kay abbassò il telefono e spinse il curry thailandese rimasto intorno al piatto per qualche istante. «Questo caso...»

«Mmh. Lucas ha detto che era un caso brutto.»

«Gli hai parlato?»

«Di sfuggita, oggi pomeriggio. Era a Northfleet brevemente per una riunione con una delle squadre della

91

Divisione Est. E mentre siamo fuori, nomi di battesimo, ricordi?» Il suo tono si addolcì. «Dopotutto, ne abbiamo passate tante insieme nel corso degli anni.»

«Questo è vero. Come sta Rebecca, a proposito?»

«Alla sua lezione settimanale di squash. Hanno organizzato un programma di allenamento di sei settimane per le signore, il che significa che mi distruggerà la prossima volta che saremo in campo insieme.»

«Lei sostiene di batterti quasi sempre comunque.»

Sharp ridacchiò. «Dovrò scambiare due parole con lei su questo.»

Kay si fermò per sorseggiare un po' di vino, poi abbassò la forchetta e allontanò il piatto. «Basta, sono piena.»

«Allora parla. Io finirò il riso.»

Dopo aver controllato dietro di sé per assicurarsi che nessuno dei tavoli dietro di lei si fosse riempito di clienti, mantenne la voce bassa mentre lo aggiornava sui progressi dell'indagine. «Una delle nostre nuove agenti tirocinanti ha un fratello nei Marines, e ha suggerito che chiunque abbia fatto questo potrebbe avere un addestramento militare.»

«Su che base?»

«Hanno disabilitato le telecamere in modo tale da non essere mai stati avvistati mentre si avvicinavano. L'agente Fenning ritiene che l'unico modo in cui avrebbero potuto aggirare i sensori di movimento fosse muoversi molto lentamente.» Kay fece ruotare lo stelo del bicchiere di vino tra le dita. «Considerato che Stephen Brassick ci ha detto che quelle telecamere possono essere attivate anche da una volpe che gironzola in giardino, si tratta di movimenti molto lenti.»

Sharp si tamponò la bocca con il tovagliolo e poi si appoggiò allo schienale della sedia, con sguardo pensieroso. «È un'osservazione valida.»

Lei osservò mentre l'ex poliziotto militare reale serrava la mascella, con lo sguardo che vagava verso i piatti vuoti per un momento prima di parlare di nuovo.

«Hai avuto modo di controllare ex militari locali con precedenti penali?»

«Ci abbiamo lavorato tutto il pomeriggio, ma non è emerso nulla di recente.» Kay fece un respiro profondo. «L'altra cosa che mi chiedo è, data l'origine ceca della vittima, se ci possa essere un aspetto legato alla sicurezza.»

Sharp allargò gli occhi. «Un attacco da parte di una potenza straniera? È un bel salto.»

«È vero, ma è qualcosa che dovremo esaminare, anche solo per escluderlo.» Si schiarì la gola. «Ed è di questo che volevo parlarti. Mi chiedevo se tu avessi contatti con cui potresti fare delle indagini discrete. L'ultima cosa che voglio è che i media ne vengano a conoscenza.»

«Dio, no. Non possiamo permetterlo.»

«Conosci qualcuno che potrebbe aiutare?»

«Non mi viene in mente nessuno al momento, ma ci penserò. Se trovo qualcuno te lo farò sapere una volta che avremo confermato che c'è un collegamento, o che non c'è nulla che suggerisca un coinvolgimento straniero.» Fece una smorfia. «E non sarà attraverso i canali usuali, quindi è meglio tenere la cosa tra noi.»

Il cuore di Kay accelerò. «Intendi i servizi di sicurezza.»

«È quello che ti serve, no?»

«Vero.»

«Potrebbe volerci un po', quindi continua con le altre piste fino a quando non potremo escluderlo. Penso che dovresti anche dare un'occhiata più approfondita ai Brassick.»

«Oh? Perché? Sono a New York in questo momento, e ci sono da mesi.»

«Sì, ma hai detto che Stephen Brassick poteva monitorare le telecamere e resettare le serrature della casa a distanza usando il suo sistema di sicurezza online.» Sharp si sporse in avanti e appoggiò i gomiti sul tavolo mentre si appassionava all'argomento. «E se può fare questo, allora potrebbe anche aver fatto entrare qualcuno in casa senza che Katrina lo sapesse, no?»

Kay deglutì, con la bocca improvvisamente secca. «Dio, hai ragione. Poteva essere occupata a pulire al piano di sopra e non averli mai sentiti entrare.»

«O erano già in casa quando è arrivata. Ad aspettarla.»

Il suo sguardo si spostò a destra un attimo prima che Kay sentisse un movimento, e lei guardò dietro di sé vedendo il cameriere che si avvicinava.

«Va tutto bene qui?» chiese, già allungando le mani verso i piatti vuoti. «Desiderate altro?»

«Stiamo bene, grazie. Solo il conto per favore», disse Kay. Attese che si ritirasse in cucina, poi si voltò verso Sharp. «Farò fare a Laura un'indagine più approfondita sul passato e sulla storia lavorativa dei Brassick domani come prima cosa.»

«Lo farei», disse lui. «E chiedile di verificare se c'è anche un collegamento militare. Dato il numero di viaggi che Stephen Brassick fa per lavoro, chissà con chi potrebbe essere entrato in contatto?»

Kay tirò fuori il portafoglio, con la mano che esitava sopra la carta di credito e alzò lo sguardo. «Pensi che Katrina sia stata uccisa per mandare un messaggio ai Brassick, piuttosto che questo attacco possa essere direttamente legato a lei?»

Il suo vecchio mentore arcuò le sopracciglia. «Questo, Ispettrice Hunter, è qualcosa che dovrai scoprire tu.»

CAPITOLO 14

Quando Kay girò la sua auto nel vialetto mezz'ora dopo, c'era già un fuoristrada fangoso parcheggiato davanti al garage.

Scendendo, sorrise mentre il merlo locale cinguettava dai cespugli nel piccolo giardino anteriore. Un tenue bagliore rosato ancora si aggrappava all'orizzonte che si oscurava oltre le case sul lato opposto della stradina.

Da qualche parte qualcuno stava facendo un barbecue, e l'odore di carbonella si diffondeva nella brezza mentre infilava la chiave nella porta d'ingresso.

Un brivido involontario le attraversò le spalle al ricordo di un caso di qualche anno prima e poi sbatté la porta, mettendo da parte quel pensiero.

Il calore l'avvolse mentre si toglieva le scarpe con la punta del piede e si sfilava la giacca del completo, mentre l'aroma di qualcosa di delizioso proveniva dalla cucina contrastato da un odore acre di...

«Merda, sei già a casa».

Il suo compagno, Adam Turner, si affacciò dalla porta della cucina, con uno sguardo colpevole sul viso abbronzato.

Kay socchiuse gli occhi. «Che sta succedendo?»

«Speravo di sistemare tutto prima che tornassi». Si fece da parte per lasciarla passare, poi indicò una scatola nell'angolo. «I bambini hanno avuto un incidente».

Il suo sguardo passò dal pasticcio sulle piastrelle della cucina a quattro creature spinose che si rotolavano l'una sull'altra nella scatola, che era stata rivestita con paglia fresca.

«Pensavo di lasciarli correre qui dentro mentre pulivo la loro lettiera», disse Adam, prendendo altri fogli da un rotolo quasi esaurito di carta da cucina e poi raccogliendo lo sporco. «Avevo dimenticato quanto disordine fanno a quest'età».

«Sono adorabili». Kay si accovacciò accanto alla scatola, resistendo all'impulso di allungare la mano e toccare i piccoli ricci. «Dove li hai trovati?»

«Uno dei vicini li ha portati qui nel primo pomeriggio: c'era un nido dietro il suo capanno e dava loro cibo da aprile. C'è un riccio morto poco più avanti nella stradina, quindi ha tenuto d'occhio questi durante la notte per vedere se qualche genitore tornasse, ma sembra che questo gruppo sia rimasto orfano». Adam si raddrizzò, facendo una smorfia. «Metterò questo nella spazzatura, torno tra un minuto».

Kay indicò un bicchiere di vino vuoto sul piano di lavoro centrale. «Ne vuoi un altro, o domattina esci presto?»

«Prenderò un altro bicchiere, grazie, c'è uno chardonnay aperto in frigorifero».

Versò due bicchieri, poi si diresse in soggiorno, con le note di sottofondo di un album preferito di Adam che suonava in sottofondo, una band che avevano visto dal vivo diverse volte.

Osservando i documenti sparsi sul tavolino, posò il bicchiere di Adam il più lontano possibile dalle carte, poi si lasciò cadere sul divano con un sospiro e si strofinò gli occhi stanchi.

«Immagino che la tua settimana di riposo programmata non ci sarà, allora?» Adam entrò, si accomodò sul divano e brindò con lei.

«No, non ora». Kay scrollò le spalle. «Non posso. Non con questo caso».

«Com'era Devon?»

«Bene. Ti manda i suoi saluti». Inclinò il bicchiere verso i documenti. «A cosa stai lavorando?»

«Mi è stato chiesto di contribuire con un articolo per una rivista più avanti nell'anno, ma sono un po' arrugginito sugli ultimi sviluppi della ricerca».

«Compiti a casa, quindi?»

Annuì. «Ci sono delle cose interessanti in circolazione al momento. Sarebbe bello averle consolidate in un unico articolo. Se riesco a mettere insieme i miei pensieri, a dire il vero. La rivista è destinata a studenti universitari, quindi non posso permettermi di accecarli con la scienza».

Kay si sporse e lo baciò. «È fantastico che tu riceva sempre più inviti per fare questo».

«Beh, speriamo che questo possa portare anche a qualche evento come relatore».

«Ti piacerebbe insegnare?» Si mise dritta. «Invece di gestire lo studio, intendo».

«No, non per sostituire il lavoro pratico. Ma è bello trasmettere parte di ciò che so, suppongo. Inoltre, di solito imparo cose anche dagli altri relatori». Posò il bicchiere, poi si chinò in avanti e iniziò a raccogliere i fogli in una pila ordinata. «Allora, com'è andata la tua giornata?»

«Frustrante». Bevve un altro sorso. «Una parte di me sente come se il cervello stesse per esplodere con la quantità di informazioni che arrivano, l'altra parte è preoccupata perché siamo già a quattro giorni dall'inizio dell'indagine, eppure non sappiamo quasi nulla su chi abbia ucciso la nostra vittima, o perché».

«Hai chiesto a Sharp di avere più persone a disposizione?»

«L'ho fatto. Non può fare nulla però: troppi altri casi che hanno la stessa priorità di questo, come al solito». Posò il bicchiere, un sapore amaro le offuscò il palato. «Dovrò cavarmela con quello che ho. Chiunque abbia assassinato quella donna è sadico».

Adam le strinse la mano. «So che non puoi dirmi tutto sul tuo lavoro, ma sai che puoi parlare con me se diventa troppo, vero?»

«Lo so». Si sforzò di sorridere. «E grazie».

Lui la tirò in un abbraccio e le baciò i capelli. «Stai attenta, Kay. È tutto ciò che chiedo. Se questo assassino è terribile come alcuni degli altri che hai messo dietro le sbarre, allora non fare niente...»

«Di stupido?» Si allontanò e gli lanciò uno sguardo pentito. «Non lo farò. Ho imparato a mie spese in passato, no?»

«Non sono così sicuro sulla parte dell'apprendimento». Allungò la mano e le sistemò una ciocca di capelli dietro l'orecchio, con un'espressione preoccupata negli occhi. «So come sei una volta che ti appassioni a un caso».

CAPITOLO 15

«Non posso credere di aver dovuto prendere un giorno di ferie solo perché tu non avevi voglia di farlo durante il fine settimana come avevamo concordato».

Alana Winkman stava in piedi con le mani sui fianchi e fulminò con lo sguardo suo fratello prima di rivolgere l'attenzione all'interno strapieno dell'unità di deposito. «E non posso credere a quanta *robaccia* abbia qui dentro papà. Pensavo che quando mamma è morta, avesse portato tutto in beneficenza».

«Evidentemente no». Richard Zilchrist si spostava da un piede all'altro. «E non potevo venire durante il weekend, te l'ho detto. Diane voleva andare a trovare sua sorella».

Alana alzò gli occhi al cielo. «A prescindere».

«Dov'è Matt, comunque? Pensavo avessi detto che sarebbe venuto».

«Qualcuno si è dato malato, quindi gli hanno chiesto di lavorare oggi». Riconobbe il suo sbuffo esasperato con un cenno brusco. «Il che è una bella seccatura perché avremmo davvero potuto usare il suo furgone. Così, dovremo accontentarci delle due auto».

Granelli di polvere vorticarono nell'aria mentre lei spinse con forza una grande scatola di lato nel tentativo di creare uno spazio nella parte anteriore dell'unità.

Un odore di stantio si attaccava a tutto, con un forte sentore di muffa proveniente da qualche parte, mentre i raggi del sole cercavano invano di riscaldare l'aria fredda che emergeva dalle ombre.

Richard starnutì quando aprì una scatola, facendo alzare una nuvola di polvere. «Da dove diavolo cominciamo con tutta questa roba? Cioè, vuoi tenere qualcosa?»

«Non lo so. Non sappiamo nemmeno cosa c'è qui dentro». Trattenne le lacrime e tirò su col naso. «Perché non ce l'ha detto quando era ancora vivo? Avremmo potuto chiedergli cosa fare».

«Ehi, andrà tutto bene». Le mise un braccio intorno alle spalle e la strinse. «Ce la caveremo. Inoltre, l'avvocato ha detto che i proprietari di questo posto ci danno tempo fino alla fine del mese per liberarlo. Che ne dici se iniziamo oggi e poi torniamo qui nel fine settimana? Divideremo ciò che deve andare in beneficenza e butteremo via tutto il resto. Sinceramente non immagino ci sia qualcosa qui dentro che vorremo tenere, tu sì?»

«Immagino di no». Alana tirò su col naso di nuovo. «Comunque, almeno sistemare questo ci terrà occupati mentre l'avvocato si occupa delle altre questioni finanziarie».

Lui gemette. «Non me lo ricordare. Ho dovuto

consegnare tutti i documenti di papà ieri: non ci capivo niente».

«Beh, li paghiamo abbastanza, quindi lasciamo che se ne occupino loro». Alana si chinò e trascinò una scatola verso di sé, rabbrividendo mentre un grosso ragno sfrecciava davanti alle sue scarpe di tela e usciva in fretta dall'unità. «Dio, spero non ci siano topi qui dentro».

«Ne dubito. Non vedo umidità qui, e non ci sono escrementi di topo, voglio dire, guarda solo la polvere. E poi, questo posto non avrebbe molti clienti se le cose di tutti venissero rosicchiate».

Lei guardò dietro di sé verso il vecchio container all'ingresso del sito che era stato convertito in un improvvisato ufficio. «Non credo che abbiano molti clienti comunque. Come diavolo ha trovato questo posto papà?»

«Lo sa Dio. Alcune di queste cose sono qui da molto tempo. Guarda». Richard alzò un mucchio di riviste di automobili, la carta un tempo lucida che si arricciava con l'età. «Queste sono di quando stava ristrutturando la Morris Minor».

«L'ha venduta tre anni fa, vero?» Il suo stomaco si capovolse mentre osservava le altre scatole. «Quanto sono vecchie quelle sul fondo, allora?»

«C'è solo un modo per scoprirlo». Suo fratello si avvicinò al lato sinistro dell'apertura e trovò un interruttore della luce. Quattro luminose luci fluorescenti lampeggiarono sopra le loro teste. «Che ne dici se lavoriamo per un paio d'ore, e poi troviamo un posto dove mangiare qualcosa prima di tornare qui?»

«Mi sembra un'ottima idea». Alana si arrotolò le

maniche, fece un respiro profondo al pensiero di trovare un nido di ragni e iniziò a frugare nelle scatole accanto a lei.

Dopo venti minuti, c'erano sei scatole che erano state trascinate fuori dall'unità e ora stavano accanto alle loro auto parcheggiate per essere smaltite nel vicino centro di riciclaggio. Altre due scatole erano destinate al negozio di beneficenza dopo che Richard aveva scoperto alcuni vestiti di loro madre accuratamente imballati all'interno, e un orologio antico che Alana ricordava dalla loro infanzia ora si trovava nel vano piedi della sua auto.

Non era sicura di cosa farne, ma era riluttante a lasciarlo andare.

Un'ora e mezza era trascorsa quando Richard si raddrizzò, si premette le nocche sulla schiena con un gemito e si girò verso di lei.

«Basta così, pausa. Ho bisogno di un caffè».

Lei sorrise, tirando fuori un paio di felpe mangiate dalle tarme da una scatola. «Anch'io. Dio, perché diavolo ha tenuto queste? Sono sicura di ricordare che mamma gli aveva detto di buttarle via anni fa».

«Sai com'era papà, sempre riluttante a liberarsi di qualcosa che era perfettamente buona per...»

«Fare giardinaggio», dissero all'unisono, e poi Alana rise. «Sono contenta che stiamo facendo questo insieme. Sembra... giusto, non credi?»

Lui sorrise. «Mi dispiace che abbiamo perso i contatti in questi ultimi due anni, Al. È solo che con il lavoro e tutto il resto, e poi i problemi di Damien a scuola...»

«Lo so». Alzò la mano. «Non c'è bisogno di scusarsi. Come sta comunque? Si sta ambientando bene nella nuova scuola?»

«Nessun problema finora, grazie a Dio». Controllò l'orologio, poi si infilò tra un paio di sedie decrepite e osservò un vecchio armadio accanto a una fila di scatole che erano state impilate lungo la parete posteriore. «Ok, un'altra scatola e poi pranzo. Va bene?»

«Per me va bene». Come risposta, il suo stomaco brontolò. «C'è un posto più avanti sulla strada che serve colazione tutto il giorno. Possiamo anche prendere del caffè da portare qui».

Sentì una risposta soffocata da parte di suo fratello mentre si immergeva in un'altra scatola, poi si voltò al suono di un conato. «Rich?»

Lui stava spingendosi fuori dal retro dell'unità, premendo il suo peso contro le sedie con tanta forza che urtarono uno scaffale, facendo volare il contenuto sul pavimento.

Col viso grigio, si mise la mano sulla bocca e si precipitò verso la porta aperta.

Momenti dopo, lo sentì vomitare sul cemento butterato all'esterno e corse fuori.

«Rich? Che succede? Cosa c'è che non va?»

Lui scosse la testa in risposta, chiuse gli occhi e si chinò, appoggiando le mani sulle ginocchia.

Alana guardò dietro di sé verso l'unità buia, strizzando gli occhi contro la luce brillante del sole. «Cosa è successo?»

Suo fratello si raddrizzò lentamente, poi si girò e sputò per terra. Quando parlò, la sua voce tremava. «Chiama la polizia, Al».

«Cosa...?»

Lui si voltò verso di lei, con gli occhi selvaggi. «La

105

polizia. Chiamala. Ora. E per l'amor di Dio, non tornare là dentro».

CAPITOLO 16

Barnes vacillò su un piede e tirò la gamba della tuta protettiva sopra quella dei pantaloni, imprecando sottovoce quando l'orlo si impigliò nell'alluce e per poco non lo fece sbattere contro la giovane investigatrice forense che gli ronzava attorno.

A suo merito, lei riuscì a non ridere, e invece allungò la mano per sostenerlo.

«Grazie», disse lui bruscamente. «Dov'è Harriet?»

«Dentro». Lei indicò con il pollice guantato dietro di sé mentre lui si raddrizzava. «Ci è voluta un'eternità per aprirci un passaggio tra tutte quelle scatole, quindi ha avuto modo di dare un'occhiata al corpo solo da poco.»

«Quanto è brutta la situazione?»

«Ne ho viste di peggiori.»

«Questo non mi riempie esattamente di speranza.»

Lei sorrise dietro la mascherina, il movimento increspò la pelle agli angoli degli occhi. «Te la caverai con l'altra gamba?»

«Cosa?»

In risposta, indicò la sua tuta e lui guardò in basso per vedere che era ancora metà dentro e metà fuori, e sospirò.

«So vestirmi da solo, sai.»

«Controllavo solo, sergente.»

Gli fece l'occhiolino, poi si allontanò in fretta mentre Lucas Anderson camminava verso di loro, con la mano che lisciava una ciocca ribelle di capelli.

«Sto invecchiando io o loro diventano sempre più sfacciati?» chiese Barnes.

Il patologo gli rivolse un sorriso stanco. «No comment. Sei qui da solo?»

«Kay è andata direttamente alla sala operativa per organizzare le cose da quella parte.» Tirò le maniche della tuta protettiva sopra i polsi e infilò i guanti prima di sollevare il mento verso la porta aperta dell'unità di deposito. «Maschio o femmina?»

«Maschio, tra la fine dei venti e l'inizio dei trenta, direi.» Lucas si voltò verso l'unità. «Difficile dirlo finché non faccio l'autopsia, ma suggerirei che sia lì dentro da circa due mesi, più o meno.»

«Dave Morrison ha detto via radio che la vittima è stata trovata nuda. È vero?»

«Nudo, e torturato prima di essere strangolato.» Lucas sollevò un sopracciglio. «Odio dirtelo, Ian, ma da quello che ho potuto vedere mentre il corpo era ancora sul posto, i segni di coltello sulle braccia e sulle mani della vittima sembrano simili a quelli inflitti a Katrina Hovat. C'è la stessa collocazione delle ferite, per esempio sulla pelle morbida tra le dita.»

«Merda.» Barnes piegò le dita, la pelle già sudata sotto

il materiale protettivo in nitrile. «Hai detto che il corpo è ancora sul posto...»

«Era stipato dentro un vecchio armadio che è stato conservato lungo la parete laterale dell'unità.»

Barnes guardò mentre Dave Morrison si staccava da un piccolo gruppo di agenti più giovani e si dirigeva verso di loro.

«Buongiorno sergente. La coppia che ha scoperto il corpo sono un fratello e una sorella che stavano svuotando questo posto. Apparteneva al loro padre, un certo Angus Zilchrist, che è morto due settimane fa.»

«Per cause naturali, o...»

«Attacco cardiaco, a casa.» Dave regolò il volume della radio mentre crepitava. «A quanto pare, stava tagliando il prato quando è successo. È semplicemente caduto morto sul posto.»

«Dove sono il fratello e la sorella?»

«Nadine Fenning ha organizzato per accompagnarli a casa. Ho preso le loro dichiarazioni prima che se ne andassero. Non sapevano nemmeno dell'esistenza dell'unità finché non hanno parlato con l'avvocato del padre tre giorni dopo la sua morte.»

«Ok, quindi abbiamo bisogno di controlli sul passato di questo Angus Zilchrist. Quanto...»

«Detective Barnes? Siamo pronti per lei.»

Barnes vide Harriet che gli faceva cenno, la mascherina abbassata sul mento mentre lei stava fuori dall'unità.

«Chiamerò Kay quando sarò tornato in ufficio per farle sapere quando farò l'autopsia», disse Lucas, allontanandosi. «Dovrebbe essere domani.»

«Grazie. Dave, ci aggiorniamo prima che me ne vada da qui.» Barnes si trascinò verso il punto in cui Harriet lo stava aspettando. «Buongiorno. Dobbiamo smetterla di incontrarci così.»

«Senza dubbio.» Gli porse una mascherina usa e getta. «Non preoccuparti: non puzza troppo. Credo che se quei due non l'avessero scoperto, avremmo avuto una mummia tra le mani. Lucas ha detto che l'ambiente qui dentro è perfetto.»

Barnes arricciò il naso sotto la protezione di carta. «Ha anche accennato che secondo lui la vittima era qui da almeno alcune settimane.»

«Beh, vediamo se troviamo qualcosa per aiutarci con questo. Attento dove metti i piedi... devi seguire questa linea di bandierine, ok?»

Lui la seguì nell'unità, attento a non sfiorare una scatola che si era rovesciata, spargendo il suo contenuto di libri tascabili con le orecchie strappate sul pavimento di cemento, e poi scavalcò un mucchio di vecchi vestiti che erano stati disseminati intorno.

Qualche passo in più, e raggiunsero l'armadio. Le sue fragili ante erano spalancate.

Alla base, la pallida forma accartocciata di un uomo nudo giaceva riversa sul pavimento, il viso contorto in una smorfia di dolore, i denti scoperti mentre i suoi occhi...

Barnes deglutì. «Maledizione. Narnia è davvero peggiorata, eh?»

Un gemito collettivo filtrò tra gli investigatori forensi radunati, e Harriet alzò gli occhi al cielo. «Abbiamo avuto abbastanza battute finora, grazie, detective Barnes. Pensiamo che una di queste scatole tenesse chiusa l'anta.

Quando Richard Zilchrist ha spostato la scatola, le ante si sono aperte e la vittima è caduta fuori.»

«Gesù, deve avergli fatto prendere un colpo.» Nonostante la repulsione, si accovacciò accanto al corpo della vittima e allungò il collo per vedere le diverse ferite da coltello che coprivano le gambe e le braccia dell'uomo.

Alcune non erano più di un piccolo taglietto sulla pelle, ma come aveva detto Lucas, queste erano in aree di pelle delicata, punti in cui anche il più piccolo dei tagli avrebbe causato un dolore lancinante. Ferite da coltello più grandi erano nelle cosce esterne dell'uomo, e il labbro di Barnes si arricciò dietro la mascherina quando si rese conto che almeno una di esse avrebbe tagliato fino all'osso.

«Lucas ha controllato la mascella, e ci sono tre denti mancanti che abbiamo potuto vedere», disse Harriet. «Forse di più, quando lo riporterà all'obitorio, potrà confermare se si trattava di vecchie estrazioni o se sono state inflitte prima della morte.»

«Sembra proprio simile alle ferite di Katrina. Sarà interessante sentire se può confrontare le ferite per vedere se è stata usata la stessa arma.» Barnes si raddrizzò, poi osservò il pavimento di cemento. «Non vedo sangue, quindi immagino sia stato ucciso altrove, poi scaricato qui. C'è qualcosa qui che suggerisca *come* sia stato messo nell'armadio, se il fratello e la sorella hanno degli alibi?»

Harriet lo ricondusse verso la porta, lontano dai suoi tecnici. «Non ancora. L'agente Morrison ha già richiesto i filmati delle telecamere di sorveglianza al gestore, ma il fratello e la sorella hanno spostato le scatole per arrivare all'armadio, quindi probabilmente abbiamo perso molte prove. Stiamo elaborando tutto per verificare la presenza di impronte latenti e abbiamo prelevato campioni da loro prima che se ne andassero, così da poterli escludere se necessario, ma non farci troppo affidamento.»

Dopo essere uscito, Barnes si tirò indietro il cappuccio protettivo e si tolse la mascherina, aprendo la zip della parte superiore della tuta protettiva. «Ok, grazie, Harriet. Ti lascio lavorare.»

Gettando la tuta in un vicino contenitore per rifiuti a rischio biologico, si diresse verso Dave Morrison che era appoggiato al retro della sua auto di pattuglia, con la testa china sul taccuino. «Chi aveva le chiavi dell'unità di deposito?»

«C'è una chiave master conservata nell'ufficio là, e poi quella che Alana Winkman ha detto di aver trovato a casa di suo padre mentre stavano esaminando alcuni documenti trovati stipati in uno dei cassetti della cucina. Quando ha chiesto all'avvocato, è stato lui a suggerire che potesse appartenere a questa unità di deposito: era la prima volta che i figli di Angus sentivano parlare di questo posto.» Dave infilò il suo taccuino nel gilet protettivo. «Richard Zilchrist ha confermato di non avere una chiave e ha corroborato la versione degli eventi di Alana quando l'ho interrogato separatamente.»

Barnes si strofinò il mento rasato in fretta e fissò l'unità con uno sguardo accigliato, ripensando a tutti i compiti che avrebbe dovuto assegnare alla squadra al suo ritorno nella sala operativa. «Hai preso il nome dell'avvocato?»

«La signora Winkman mi ha dato questo.» Dave sorrise e gli porse un biglietto da visita logoro. «Ho pensato che avresti voluto scambiare due parole con lui.»

CAPITOLO 17

Kay ripose con delicatezza il telefono sulla scrivania, nonostante avesse voglia di strappare il cavo e scagliare l'intero apparecchio attraverso la sala operativa in un impeto di rabbia.

Un'altra vittima di omicidio, possibilmente collegata alla tortura e all'uccisione di Katrina Hovat, eppure non riusciva ancora a ottenere più agenti dai suoi superiori al quartier generale.

Tempistica sfavorevole, dicevano.

Non ci sono abbastanza agenti qualificati disponibili, dicevano.

E no, non possiamo permetterci straordinari aggiuntivi.

Spinse indietro la sedia e fissò con rabbia la crescente pila di scartoffie nel vassoio della posta in arrivo all'angolo della scrivania, consapevole degli altri casi che stava cercando di gestire, e represse un sonoro sospiro.

Quando le era stata assegnata la promozione a Ispettrice detective, sapeva che sarebbe stata esposta maggiormente alle politiche di polizia, con l'aspettativa che ogni sua mossa sarebbe stata analizzata rispetto a un misero budget che avevano altri ispettori nella Divisione Ovest a caccia di briciole, eppure questo...

«Capo, Barnes è appena entrato nel parcheggio qui sotto». Gavin si avvicinò alla sua scrivania e poi aggrottò la fronte. «Tutto bene?»

«Non avremo nessun aiuto extra su questo caso, Gav. Ho appena avuto la conversazione definitiva "vai a farti fottere e arrangiati" con Northfleet».

«Merda». Il suo cipiglio si intensificò per un momento, e poi il suo volto si illuminò. «Immagino che ci corromperai con ancora più pizza del solito, capo?»

«Non tutti si lasciano persuadere facilmente come te quando si tratta di straordinari, Piper». Nonostante la frustrazione, Kay sorrise, poi raccolse i suoi appunti per il briefing. «Ok, raduna tutti così siamo pronti a iniziare non appena sarà qui. Vuoi prendere un caffè per lui? Probabilmente ne avrà bisogno».

Cinque minuti dopo, Barnes apparve. Si avvicinò a lei che stava in piedi accanto alla lavagna e si tolse la giacca, appendendola sullo schienale della sedia di un giovane agente.

Gli agenti riuniti gradualmente fecero silenzio, e Gavin gli porse una tazza fumante di caffeina.

«Sei pronto a iniziare subito?» mormorò Kay mentre affrontavano la squadra. «È solo che vorrei che questi qui sentissero al più presto cosa è successo stamattina».

«Va bene, capo, davvero». Sorseggiò rumorosamente il caffè, si leccò le labbra, poi iniziò.

«Dunque, abbiamo una vittima di sesso maschile, probabilmente tra i venticinque e i trent'anni, trovata stipata in un vecchio armadio in un'unità di deposito a Quarry Wood. Il deposito è di proprietà indipendente e viene gestito durante il giorno da una squadra di quattro dipendenti a rotazione. Gli agenti in uniforme sul posto stanno raccogliendo i dati di contatto dei membri del personale che non sono presenti oggi, così potranno essere interrogati». Barnes tirò fuori i suoi occhiali da lettura e consegnò la tazza di caffè a Kay con un cenno di gratitudine prima di estrarre il suo taccuino. «L'unità di deposito era stata affittata inizialmente da Angus Zilchrist quattro anni fa. È morto di recente, e suo figlio e sua figlia stavano sgombrando il locale stamattina. Dicono di non aver saputo dell'esistenza di questo posto fino a pochi giorni fa».

«Qualcuno di loro conosce la vittima?» disse Kay.

«Richard non ha avuto una visione chiara quando è caduto fuori dall'armadio, il poveretto era troppo scioccato. Alana non ha visto affatto il corpo. Dopo che il corpo è caduto fuori, entrambi hanno avuto il buon senso di stare lontani dall'unità mentre aspettavano noi. Ho pensato che potremmo chiedere a Simon dell'obitorio di inviarci una foto del volto della vittima dopo l'autopsia per escludere che lo conoscano».

Laura alzò la penna in aria. «Harriet ha trovato qualche documento d'identità?»

«Era completamente nudo», disse Barnes. «Quindi a meno che non abbia la patente infilata nel...»

«Basta». Kay alzò la mano mentre una serie di risatine soffocate riempì la stanza. «Non ho bisogno di quell'immagine nella mia testa, grazie. Cosa sappiamo finora di Angus Zilchrist?»

«Era di Peckham», disse Barnes, guardando i suoi appunti. «È andato in pensione anticipata e si è trasferito qui con sua moglie, Louise, in una casa a Downswood. Lei è morta tempo fa. Da quanto abbiamo appreso finora, Angus aveva l'unica chiave dell'unità oltre alla chiave principale conservata dai proprietari. Stiamo aspettando che il gestore del deposito sistemi i filmati delle telecamere di sorveglianza, ma li conservano solo per quattro settimane a meno che non ci sia un'effrazione o un reclamo, e Lucas ritiene che quel corpo potrebbe essere stato lì più a lungo».

«Grazie». Kay gli restituì il caffè poi si voltò verso la lavagna e aggiornò gli appunti. «Ok, iniziamo con gli incarichi di oggi. Oltre a ciò che state già facendo in relazione all'omicidio di Katrina, ho bisogno di quanto segue. Laura, Gavin: andate all'ufficio dell'avvocato di Angus Zilchrist dopo questa riunione e scoprite quanto può dirvi sulle questioni legali del suo cliente e se ci sono altre proprietà come questa unità di deposito di cui dobbiamo essere a conoscenza. Ian, vorrei leggere la dichiarazione che Dave Morrison ha raccolto dal gestore dell'unità stamattina, poi decideremo se vogliamo parlargli di nuovo, o interrogare il proprietario».

«Certo, capo».

«Chi è stato l'ultimo a visitare il posto?»

Barnes controllò i suoi appunti. «Angus è stata l'ultima persona a registrarsi, in aprile durante il weekend di Pasqua».

«Va bene, grazie». Kay si rivolse alla squadra. «Kyle, Nadine: mentre riceviamo più informazioni sul passato di Angus Zilchrist, vorrei che entrambi le incrociaste con ciò che sappiamo su Katrina Hovat per vedere se i loro percorsi si sono mai incrociati. Se l'autopsia di Lucas indica lo stesso assassino, allora dobbiamo iniziare a pensare ai collegamenti».

«Potrebbe valere la pena incrociare i dati di Angus e della vittima, una volta scoperto chi è, anche con i Brassick», disse Gavin. «Insomma, il fatto che siano a New York non esclude che siano coinvolti, giusto?»

Kay osservò il crescente numero di appunti e connessioni che aveva disegnato sulla lavagna, poi fece un respiro profondo.

«Non hai torto, Gav».

CAPITOLO 18

Laura abbottonò la giacca e lesse la targa di ottone fissata a una colonna di pietra appena dipinta, mentre l'edificio georgiano di quattro piani proiettava ombre lungo il viale pedonale pavimentato.

Un'improvvisa folata di fumi di scarico diesel la avvolse mentre un furgone di consegna vecchio modello passava rumorosamente, il suo avanzare rallentato dal numero di madri con passeggini che sembravano affollare la strada a quell'ora del giorno, con i bar che facevano affari intensi durante l'avvicinamento all'ora di punta del pranzo.

Premendo il pulsante d'ingresso sotto un pannello che elencava tre diverse attività commerciali, si presentò alla receptionist e udì un *click* metallico quando la serratura della porta si sbloccò.

«Accidenti, dev'essere abbastanza in gamba se può permettersi l'affitto qui.» Gavin passò le dita tra i capelli a punta riflessi nell'ottone, poi le fece cenno di procedere. «Puoi guidare tu questo interrogatorio, se vuoi.»

«Oh, grazie.» Sorrise, poi spinse una pesante porta a pannelli di quercia per trovarsi in un ingresso dall'aspetto sobrio.

Un'ampia scala occupava la parete di sinistra, con due porte che si aprivano sulla destra e insegne montate su plastica accanto a esse che mostravano i nomi delle attività.

«Lee Mesurier ha il suo ufficio al secondo piano,» disse Laura, salendo per prima la rampa di scale. «In realtà, credo che occupi *tutto* il secondo piano. È uno dei tre soci di questo studio.»

«Si occupano solo di testamenti?»

«Successioni e diritto di famiglia. La biografia sul sito di Mesurier dice che è specializzato in testamenti e trust.»

Raggiunsero la cima delle scale e lei attraversò una porta a pannelli di vetro con una lunga maniglia di acciaio inossidabile su un lato, lucidata all'inverosimile.

«Povero chi deve fare quello ogni volta che qualcuno esce,» mormorò Gavin.

Laura gli diede un colpetto col gomito e si diresse verso la reception, un grande elemento in mogano che avvolgeva una minuta donna sulla ventina che li guardava con sospetto.

«Siete voi i detective?» disse, facendo scivolare verso di loro un registro visitatori e una penna dall'aspetto costoso.

«Sì. Sono il detective Laura Hanway, e il mio collega, detective Gavin Piper.» Scarabocchiò la sua firma sulla pagina e fece scorrere il registro verso Gavin, osservandolo mentre faceva lo stesso. «Siamo qui per vedere Lee Mesurier.»

La donna guardò le loro firme con disprezzo mentre riprendeva il registro, come se fosse offesa dal fatto che avessero rovinato il suo perfetto flusso di interazioni con i clienti, poi si alzò dalla sedia. «Seguitemi. Gli farò sapere che siete qui.»

Un corridoio con una moquette spessa conduceva dalla reception a diverse stanze con porte chiuse, dalle quali filtravano voci mormorate mentre Laura passava. Osservò i vari dipinti che ricoprivano le pareti color crema, poi si fermò quando la receptionist aprì una delle porte e li fece entrare.

«Aspettate qui. Non ci metterà molto.»

Con queste parole, la porta si chiuse alle loro spalle, e Gavin inarcò un sopracciglio.

«Immagino che non voglia che ingombriamo la reception, allora.»

Laura si diresse verso una delle sei poltrone in pelle disposte attorno a un tavolo di mogano e vi affondò. «Suppongo che non farebbe una bella impressione avere due agenti di polizia che ciondolano se entrasse un potenziale cliente.»

«Si nota così tanto che siamo poliziotti?» Gavin si avvicinò a una delle due enormi finestre a ghigliottina che si affacciavano sulla piazza. «Che ne pensi, allora? Credi che Mesurier fosse l'avvocato abituale di Zilchrist, o solo quello che ha redatto il suo testamento?»

Laura arricciò il naso. «Questo posto sembra costoso, no? Forse troppo per la pensione di un insegnante.»

Gavin si allontanò dalla finestra al suono di movimento fuori dalla porta. «Credo che lo scopriremo presto.»

La porta si aprì, e un uomo sulla cinquantina avanzata

irruppe dentro, una ciocca di capelli bianchi creava un effetto alone intorno al suo viso mentre bilanciava quattro diverse cartelline di cartoncino tra le braccia, con un blocco legale giallo che scivolava in cima.

«Buongiorno, buongiorno,» disse, affrettandosi verso il tavolo e lasciando cadere il tutto prima che gli cadesse dalle mani. Tese la mano prima a Gavin. «Lee Mesurier.»

«Spero che non l'abbiamo colta in un momento inopportuno, signor Mesurier,» disse Laura.

«Ogni momento è inopportuno.» Scoppiò a ridere, poi ritornò sui suoi passi e chiuse la porta. «Ero comprensibilmente scioccato quando ho sentito Richard oggi presto.»

«Richard Zilchrist le ha parlato?» disse Laura. «Quando?»

L'avvocato annuì, il movimento scompigliò ancora i suoi capelli. «Oh sì. Stamattina. Mentre erano al deposito. Credo stesse aspettando l'arrivo dei vostri colleghi.»

Si sedette sulla poltrona all'estremità del tavolo, tirando le cartelline verso di sé. «Bene, ora ho solo una ventina di minuti prima che arrivi il mio prossimo cliente, quindi facciamo in fretta, va bene?»

Laura attese che Gavin si unisse a lei, poi tornò a rivolgersi a Mesurier. «Da quanto tempo era l'avvocato di Angus Zilchrist?»

«Circa sei anni. Lui e sua moglie si sono serviti di qualcuno a Peckham, dove vivevano prima, fino ad allora, ma suppongo abbiano ritenuto più comodo affidarsi a qualcuno del posto, quindi quando decisero che i loro testamenti avevano bisogno di essere aggiornati, vennero da me.»

«Come l'hanno trovata?»

«Come, scusi?»

«Come hanno sentito parlare dei suoi servizi?»

«Beh, suppongo tramite una ricerca su internet o una raccomandazione.» La fronte di Mesurier si corrugò e si tuffò nella prima cartellina, una rossa sbiadita dal tempo. «Mmh. Non c'è nulla sul loro modulo per nuovi clienti che lo indichi, quindi non posso esserne sicuro.»

«A parte i testamenti, ha svolto altri lavori per gli Zilchrist?»

Mesurier emise una risatina sommessa. «Ora, detective, sa che non posso divulgare dettagli sul tipo di lavoro che svolgo per i miei clienti.»

«In generale? Era tutto relativo al diritto di famiglia, o c'erano interessi commerciali...?»

«Solo il testamento. Gli Zilchrist conducevano una vita piuttosto semplice e tranquilla per quanto ne so.»

«Come faceva a sapere dell'unità di deposito che Angus aveva affittato?»

«Ne aveva parlato tempo fa, dopo la morte di Louise». Gli occhi di Mesurier si rattristarono. «Le mancava terribilmente, ma credo avesse capito di aver bisogno di fare ordine in casa per ridare un po' di senso alla sua vita. Semplicemente non riusciva a separarsi da tutto. Fino a quando Alana non mi ha raccontato della chiave, pensavo che avesse buttato tutto da un pezzo».

«Quando ha visto Angus l'ultima volta?»

Mesurier fece scorrere verso di sé la cartellina più recente, questa volta di un blu vivace, sottile con pochi contenuti. «Vediamo. Ah, alla fine di aprile. Ha lasciato una busta da conservare insieme al testamento. Ho supposto fossero istruzioni per esprimere i suoi desideri dopo la morte. Alcune persone amano farlo, per precisare dettagli più minuziosi che non includiamo necessariamente nel testamento stesso».

«E quali erano i desideri di Angus?» Laura si sporse in avanti sulla sedia. «Il testamento è stato letto un po' di tempo fa, non è vero?»

«Non posso rivelare i dettagli esatti», disse l'avvocato, ma poi si strofinò il mento. «Tuttavia, devo ammettere che sono rimasto scioccato, come lo sono stati Alana e Richard quando l'ho aperto e l'ho letto loro».

«Ha finito per lasciare tutti i suoi soldi in beneficenza?» disse Gavin.

«No», disse Mesurier. «Il fatto è che non aveva soldi. Be', quasi niente».

Laura aggrottò la fronte. «Non era proprietario della casa in cui viveva?»

«Aveva fatto uno di quegli accordi di prestito vitalizio ipotecario», disse Mesurier.

«E l'eredità di Alana e Richard?»

«È proprio a questo che alludevo». Mesurier chiuse la cartellina e raccolse il suo blocco legale. «Non c'era *nessuna* eredità, veramente. Tutto ciò che posso dedurre è che Angus Zilchrist era indebitato per una somma considerevole. Oltre al prestito vitalizio ipotecario, che, se avesse pensato di chiedermelo, gli avrei fortemente sconsigliato, ha anche acceso un secondo mutuo sulla proprietà con la sua banca. Entrambi i prestiti lasciano ai suoi eredi molto poco una volta pagato tutto il resto».

Laura represse la sua frustrazione. «Angus possedeva o aveva in affitto altre proprietà oltre all'unità di deposito?»

«Non c'è documentazione, e nessuno ha contattato Alana o Richard per richiedere pagamenti di affitto. A meno che non si rivolgesse a un altro studio, temo di non potervi aiutare». Mesurier controllò l'orologio in modo significativo. «Devo davvero tornare nel mio ufficio. Il mio cliente sarà qui tra cinque minuti».

Laura spinse indietro la sedia e consegnò un biglietto da visita, con la mente che turbinava mentre venivano accompagnati alla reception e poi lasciavano l'edificio.

Una volta fuori, si girò verso Gavin per vedere la stessa espressione perplessa sul suo viso.

«Allora, che ne pensi?» disse.

Lui guardò verso le finestre del secondo piano per vedere una tapparella tornare rapidamente al suo posto. «Penso che passeremo il resto della giornata a telefonare agli studi legali per scoprire se Angus Zilchrist fosse un cliente. Ho l'impressione che non fosse del tutto sincero con Mesurier, o con i suoi figli».

Laura gemette. «In questo caso, avrò bisogno di più caffè».

CAPITOLO 19

Quando Richard Zilchrist aprì la porta della sua modesta villetta bifamiliare ai margini di Harrietsham, Kay notò le rughe di preoccupazione incise sul suo volto.

La sua mano tremava mentre indicava il soggiorno, i suoi movimenti tesi. Camminava avanti e indietro sul pavimento in laminato effetto quercia mentre lei e Barnes si accomodavano nelle poltrone di fronte a un grande schermo televisivo, poi si lasciò cadere sul divano accanto a loro e intrecciò le dita sotto il naso.

«Non riesco a togliermi dalla mente il volto di quell'uomo», mormorò, chiudendo gli occhi per un momento. «Sapete come è morto?»

«Siamo ancora nelle primissime fasi dell'indagine, signor Zilchrist», disse Kay. «C'è qualcuno qui con lei?»

«Alana sta con noi mentre svuotiamo l'unità. Scenderà tra un attimo». Sbatté le palpebre, poi tirò su col naso. «I bambini sono a scuola e mia moglie è al lavoro, è di turno all'ospedale».

«Le ha parlato?»

«Sì. Brevemente. Ma non può andarsene, sono sotto organico». Si appoggiò all'indietro mentre Alana Winkman appariva sulla porta. «Sorellina, questa è l'Ispettrice Kay Hunter».

Kay fece un cenno alla donna che si era appollaiata sul bracciolo del divano. «So che tutto questo è stato uno shock per entrambi, ma dobbiamo farvi alcune domande per aiutarci con la nostra indagine».

Alana si asciugò una lacrima dalla guancia. «Pensa che nostro padre l'abbia ucciso?»

«Lei pensa che lo abbia fatto?»

«Papà non avrebbe fatto male a una mosca. Ecco perché non posso... semplicemente non posso...» Si interruppe, tirò su col naso, poi si tamponò gli occhi con la manica della felpa, lasciando evidenti striature di mascara sul cotone grigio. «No, non credo che l'abbia ucciso».

Kay rivolse la sua attenzione a Richard. «Ha riconosciuto l'uomo morto?»

«Non l'ho mai visto prima in vita mia». La voce dell'uomo era brusca, e si schiarì la gola. «Come ho detto, non dimenticherò mai il suo volto adesso, ma non l'ho riconosciuto».

«Nessuno di voi due era mai stato in quell'unità prima di oggi?»

Il fratello e la sorella scossero la testa all'unisono.

«D'accordo. E siete sicuri che vostro padre non abbia mai menzionato di avere un'unità di deposito?»

«Non ricordo che ce l'abbia mai detto», disse Alana. «Sapevo che aveva aspettato un anno dopo la morte della mamma per iniziare a sistemare le sue cose, e a quel tempo riusciva ancora a salire in soffitta».

«Deve aver semplicemente buttato via ciò che non voleva e conservato il resto nell'unità invece di cercare di venderlo o rimetterlo in soffitta», disse Richard. «Voglio dire, attualmente stiamo svuotando la casa di papà per metterla sul mercato, e sono stato in soffitta: è vuota».

Kay fece una pausa, sapendo che la sua prossima domanda avrebbe toccato un nervo scoperto. «Devo chiedere a entrambi, e mi rendo conto che è un argomento difficile, ma mi risulta che ci siano due prestiti sulla casa che devono essere saldati con la vendita. Eravate a conoscenza del fatto che vostro padre fosse in debito con qualcuno?»

«Non ne avevamo idea. Cioè, sapevo che a papà piaceva scommettere sui cavalli, ma questo...» Richard s'interruppe, la voce colpita dalla frustrazione.

«Penso che il suo gioco d'azzardo sia peggiorato dopo la morte della mamma», disse Alana. «Lei riusciva sempre a tenere sotto controllo le sue spese, credo, una specie di budget settimanale».

Kay sfogliò i suoi appunti. «Quando è mancata vostra madre?»

«Cinque anni fa», disse Richard. «Ha avuto un ictus quell'agosto e non è mai uscita dall'ospedale. È morta due settimane dopo».

«Mi dispiace sentirlo. Come vi sembrava vostro padre nell'ultimo anno? Sembrava stressato o preoccupato per qualcosa?»

Alana intrecciò le mani in grembo. «Non che abbia notato. Cercavo di andare a trovarlo ogni sei settimane circa, a seconda del lavoro e altre cose, e non mi ha mai menzionato nulla».

«Nemmeno a me, e io lo vedevo ogni settimana». Richard sospirò. «Ma d'altra parte, non ho mai chiesto. Ho semplicemente presupposto che andasse tutto bene. *Sembrava stare bene* l'ultima volta che l'ho visto. Ecco perché la sua morte improvvisa è stata uno shock così grande. Aveva perso un po' di peso e sembrava aver ridotto l'alcol, anche se non era un gran bevitore, disse che aveva smesso di andare al pub così spesso».

«Di quale pub si trattava?» chiese Kay, poi scrisse il nome del locale. Era uno che conosceva, ma più vicino al centro di Maidstone che al suo locale abituale. «Se ne avessi bisogno, con chi dovrei parlare della salute di vostro padre? Sapete chi era il suo medico di base?»

«Io no, ma ho la sua rubrica». Richard si sollevò faticosamente dal divano e si avvicinò a una libreria, estraendo un sottile libro nero prima di sfogliarne le pagine. «L'ho conservata solo per poter informare i suoi amici degli accordi per il funerale e cose del genere. Ecco qua. Dottor Gus Marlett, e ho un numero di telefono del suo studio».

«Grazie. Per curiosità, vostro padre aveva un contratto per un telefono cellulare?»

«Sì. Sono appena stata in contatto con l'operatore per cercare di annullarlo, ma stanno facendo le cose con calma». Alana alzò gli occhi al cielo. «Probabilmente ci faranno pagare finché non l'avranno chiuso».

«Pensate che potremmo avere accesso ai tabulati del suo telefono, se avete i suoi dati di accesso?»

«Certo, suppongo di sì». Alana guardò suo fratello, poi tornò a guardarla. «Ma perché?»

Kay accennò un sorriso. «È la procedura standard in casi come questo».

«Saremmo nel giusto presumendo che la casa di vostro padre sia attualmente sul mercato?» disse Barnes.

«Lo è, e ovviamente la banca ha la precedenza su quella», disse Richard amaramente. «Poi c'è quella dannata agenzia di credito».

«C'è la possibilità che la linea fissa sia ancora collegata?»

«Non mi dica: vuole anche i tabulati di quella».

«Per favore».

«Sono in un fascicolo nella stanza degli ospiti. Ho portato tutto dalla casa di papà mentre l'agente immobiliare fa vedere la casa alle persone. Aspetti».

Dieci minuti dopo, Kay e Barnes tornarono alla loro auto, le braccia cariche di fascicoli pieni di estratti conto bancari, delle carte di credito e tabulati telefonici.

«Ho l'impressione che anche loro stiano iniziando a chiedersi cosa stesse combinando il loro padre», disse Barnes mentre impilava le scatole nel bagagliaio della macchina, poi vi stese sopra la giacca e si arrotolò le maniche.

Kay entrò, poi avviò l'auto e fece una smorfia. «Temo che non gli piacerà la risposta».

CAPITOLO 20

Quando Kay radunò la sua squadra per l'ultima volta quel giorno, un distinto aroma di salame piccante e formaggio alla griglia riempiva la sala operativa.

Un'ora prima aveva incaricato Debbie di telefonare alla pizzeria locale per ordinare, programmando la consegna in modo che fossero presenti quanti più agenti possibile, molti dei quali avevano trascorso la giornata conducendo indagini casa per casa e raccogliendo testimonianze dai vicini di Angus Zilchrist e da coloro i cui nomi apparivano nella sua rubrica.

Il gruppo ora si era radunato attorno ai tavoli su entrambi i lati della lavagna; il loro normale chiacchiericcio era tacitato dal bisogno di cibo.

Le persiane di plastica coprivano le finestre, bloccando il crepuscolo che avvolgeva la città, e il rumore del traffico esterno aveva perso il suo costante fragore diurno.

Kay firmò l'ultimo documento in una cartellina che Debbie aveva lasciato sulla sua scrivania, la chiuse di scatto e la spinse nel vassoio superiore, poi si avvicinò per unirsi alla squadra.

«È rimasto qualcosa per me?»

«C'è un mucchio di ananas che Laura ha tolto dalla sua pizza che potresti prendere, capo», disse Kyle. «Le ho detto di attenersi a quella con la carne la prossima volta.»

«Ma non mi piace il pollo che c'è sopra», protestò Laura tra le risate dei colleghi. «Capo, ecco qui.»

Porse a Kay un piatto di carta con due fette, poi diede un leggero pugno sul braccio a Kyle e si diresse verso una sedia di fronte alla lavagna.

Prendendosi un momento per assaporare il cibo da asporto, giurando di fare una corsa più lunga quel fine settimana se ne avesse avuto la possibilità, Kay si mosse tra la sua squadra, chiedendo delle loro famiglie e assicurandosi che fossero adeguatamente rifocillati per la riunione.

Non poteva permettersi che perdessero la concentrazione, nonostante l'ora tarda.

Muovendosi verso la lavagna, attese mentre prendevano posto.

Barnes si appoggiò a una delle scrivanie e sorseggiò una lattina di bibita mentre Gavin gli mormorava all'orecchio. I suoi due colleghi attendevano il suo segnale per iniziare, e gradualmente la conversazione tra gli altri agenti si spense.

«Ok», disse, controllando l'ordine del giorno che Debbie aveva stampato dal database HOLMES2. «Abbiamo avuto una giornata intensa, siete tutti ansiosi di tornare a casa, quindi andiamo avanti. Non ci sarà un briefing domattina presto perché Barnes e io dobbiamo assistere all'autopsia della vittima trovata nell'unità di deposito, ma assicuratevi di essere disponibili per una riunione alle due. C'è un sacco di informazioni da incrociare, e non voglio che seguiate una pista che non sia rilevante, capito?»

Un mormorio di assenso attraversò il gruppo riunito.

«Gavin, Laura: volete iniziare voi?»

Laura si voltò verso il collega, poi con un cenno da parte sua si pulì le dita su un tovagliolo e aprì il suo taccuino. «Dunque, abbiamo trascorso il pomeriggio chiamando gli avvocati locali per scoprire se qualcuno di loro avesse agito per conto di Angus Zilchrist in qualsiasi momento negli ultimi sei anni. Ovviamente secondo la legge attuale, non possono conservare documenti personali per un periodo più lungo. Solo uno studio locale aveva informazioni, e questo era per confermare che avevano agito per Angus e sua moglie quando decisero di voler predisporre la documentazione per la procura permanente in caso di malattia.»

«Ho anche parlato con l'avvocato di Peckham che ha curato il rogito per la vendita della loro casa un po' di tempo fa», aggiunse Gavin. «Non ha più la documentazione, ma li ricordava perché avevano fatto fare i testamenti precedenti dallo stesso studio. Ha confermato che una volta completata la vendita della casa, quello studio non ha fatto più lavori per gli Zilchrist.»

«E i controlli sul profilo dell'attuale avvocato, Mesurier?»

«È pulito, per quanto possiamo dire», disse Laura.

«Nessun collegamento registrato con criminali noti, e nemmeno nessun altro in quello studio.»

«Ok, ottimo lavoro, grazie a entrambi.» Kay rivolse la sua attenzione a Barnes, che era a metà di un'altra fetta di pizza. «Hai un minuto per parlarci del medico di famiglia?»

«Mm-mh.» Deglutì. «Gus Marlett è uno dei quattro medici di base dello studio, e ha visto Angus per un controllo di routine sei mesi fa. Ha detto di avere avuto l'impressione che Angus fosse preoccupato per qualcosa, ma nonostante le assicurazioni di Marlett sulla riservatezza, Angus non ne ha voluto parlare.»

«Tipico da uomo», sbuffò Debbie.

Uno dei sergenti in uniforme le lanciò un tovagliolo appallottolato, e Kay sorrise.

«Ha menzionato se Angus avesse problemi di salute prima del suo attacco cardiaco?» chiese.

«La sua pressione sanguigna era più alta del normale», disse Barnes. «E Marlett ha detto che aveva anche perso peso. Gli ha chiesto della sua dieta, ma Angus gli ha detto che stava bene, stava solo cercando di mettersi in forma.»

«La perdita di peso è qualcosa che Alana e Richard hanno menzionato, eppure nessuno ha suggerito che Angus avesse iniziato una routine di esercizi fisici regolari, il che mi fa chiedere se fosse causata dallo stress. Specialmente considerando il referto di Marlett sulla sua pressione sanguigna alta.» Kay aggiornò gli appunti sulla lavagna, poi diede un altro morso alla pizza e rifletté sulle nuove informazioni. «Qualcuno ha trovato qualcosa che suggerisca che Angus conoscesse Katrina?»

La squadra rimase in silenzio, alcuni agenti lanciarono

sguardi speranzosi ai colleghi prima di rivolgere di nuovo l'attenzione a Kay.

«Prenderò questo come un no, allora. Quindi, cosa pensiamo?» Camminò sulla moquette, agitando la sua fetta di pizza verso la lavagna mentre parlava. «Angus Zilchrist doveva a qualcuno un sacco di soldi, motivo per cui ha fatto un'ipoteca sulla sua casa oltre a riaccendere il mutuo con la sua banca? Chi ha ucciso l'uomo che è stato trovato nella sua unità di deposito? E perché lasciare lì il corpo?»

«Parlando con i suoi vicini questo pomeriggio, Angus non era visto come qualcuno violento o che causava problemi», disse Dave Morrison.

«Il proprietario del suo vecchio pub locale ha detto lo stesso, anche se uno degli habitué ha detto che era diventato un po' triste nelle ultime settimane», aggiunse Nadine, la voce della giovane tirocinante appena udibile dal fondo del gruppo.

«Quell'habitué ha detto qualcos'altro sull'umore di Angus prima che morisse, o se sembrasse preoccupato per qualcosa?» disse Kay. «E parla più forte, non mordo e ho bisogno di assicurarmi che tutti possano sentire ciò che dici, è importante.»

«Sì, capo». L'agente si schiarì la gola e si mise un po' più dritta. «Kyle ed io abbiamo parlato con quattro habitué che erano al bar, tutti pensionati ben oltre i settant'anni. Ho avuto l'impressione che amassero trascorrere i pomeriggi lì guardando le corse dei cavalli. Tutti hanno detto che Angus era sempre il primo a offrire loro una birra quando li vedeva, ma da marzo o aprile circa, sembrava più reticente... e meno generoso».

Lo sguardo di Kay passò velocemente da Barnes a Nadine. «Hai detto corse dei cavalli?»

«Sì, capo. Non scommettevano né niente del genere. C'è un'agenzia di scommesse proprio dietro l'angolo rispetto al pub».

«Gav, tu e Laura potete andare a parlare con il responsabile di quell'agenzia di scommesse domattina prima cosa per vedere se Angus era un cliente abituale? Alana e Richard ci hanno detto che secondo loro il padre ha sperperato i suoi risparmi e i prestiti sulla casa con il gioco d'azzardo da quando è morta la madre, quindi Angus deve aver avuto un ritrovo abituale in zona. Richard ha menzionato prima che ce ne andassimo che suo padre non amava usare i computer e aveva un cellulare vecchissimo, quindi non credo che abbia usato app online per giocare d'azzardo».

«Lo faremo, capo».

«A che punto siamo riguardo a Katrina?»

Dave Morrison si spolverò le briciole dai pantaloni e si alzò. «Capo, abbiamo finito di interrogare gli altri membri del personale del negozio dove lavorava, e alcuni di loro hanno dichiarato che sembrava molto tesa nelle due settimane precedenti alla sua morte. Non voleva parlarne, comunque, ho avuto l'impressione che nessuno di loro fosse in confidenza. Uno degli altri supervisori ha menzionato che Katrina era nervosa se veniva interrotta mentre faceva qualcosa: ha accidentalmente rotto un vaso l'altra settimana perché un membro del personale le ha toccato il braccio per chiederle qualcosa. Sean qui ha parlato con altri suoi amici».

«Sono riuscito a incontrare altre due donne che la

conoscevano dai tempi in cui lavorava alla casa di cura», disse il giovane agente. «Una di loro, Sally, ha visto Katrina per l'ultima volta tre settimane fa, si sono incontrate per un caffè in uno dei bar appena fuori da Jubilee Square. Sally mi ha detto che aveva telefonato a Katrina per organizzarlo, perché sentiva di doverle un pranzo per averla aiutata a traslocare un paio di mesi fa. Ha detto che non l'aveva mai vista così magra, e che ha appena toccato il cibo».

«Questa Sally le ha chiesto cosa avesse per la testa?»

«Sì, capo, ma Katrina le ha detto che non c'era nulla di cui preoccuparsi, e poi ha cambiato argomento».

«Grazie a tutti voi». Kay fissò le sue scarpe per un momento. «Quindi abbiamo due omicidi, ma nessun sospetto. Abbiamo un uomo così spaventato che la sua salute peggiora al punto da fargli venire un attacco cardiaco improvviso, forse causato dal ritrovamento del corpo di quell'uomo nel suo deposito. Oppure, Angus ha ucciso quell'uomo e l'ha messo nell'unità. Ma ancora non riusciamo a collegarli tutti tra loro... Gavin, quali sono le ultime novità sui Brassick... c'è qualcosa?»

«Non ancora, capo, ma stiamo ancora scavando. Laura ed io abbiamo intenzione di interrogare di nuovo i loro vicini domani mattina basandoci su questo nuovo filone dell'indagine e poi abbiamo un appuntamento con il superiore diretto di Stephen Brassick nel pomeriggio».

«Di persona o in videoconferenza?»

«Lo incontreremo al quartier generale, capo. Ho parlato con qualcuno lì per organizzare una sala per l'interrogatorio piuttosto che andare nei loro uffici di Londra, e Duncan, il superiore di Stephen, ha un appuntamento con un cliente a Rochester all'inizio della giornata, quindi va bene anche per lui».

«Dato che mi piacerebbe sentire come sono andate tutti questi interrogatori, rimandiamo il briefing di domani alle cinque», disse Kay, poi guardò le briciole sul suo piatto con un sospiro. «E speriamo che per allora, cominceremo ad avere qualche maledetta risposta».

CAPITOLO 21

La mattina seguente Kay osservò i poster sulla salute e
sicurezza sul muro dello spogliatoio e fece un paio di
respiri profondi prima di aprire la porta e seguire Barnes
lungo un corridoio intensamente illuminato.

Un pungente odore di detersivo antisettico per
pavimenti le assalì le narici, l'amaro aroma di limone
faceva ben poco per mascherare l'effluvio di
decomposizione che la investì quando il suo collega la
condusse nella sala autoptica dell'obitorio.

Attrezzature e tavoli in acciaio inossidabile brillavano
sotto le luci intense, proiettando riflessi opachi sulle file di
sportelli a forma di scatola che rivestivano una parete.

Rabbrividì nell'ambiente climatizzato, con la pelle
d'oca che le pizzicava gli avambracci, poi si sistemò la
mascherina su bocca e naso, con il materiale ruvido che le
sfregava contro la pelle.

Il rumore dell'acqua corrente attirò la sua attenzione e
guardò verso i lavandini dove Lucas Anderson si stava

insaponando accuratamente mani e braccia mentre li osservava da sopra gli occhiali.

«Belli puntuali, è proprio quello che mi piace vedere», disse. «Immagino che il traffico non fosse troppo intenso?»

«Per fortuna». Barnes si tirò su la mascherina e si avvicinò a un tavolo in fondo dove il corpo della vittima era già stato preparato. Il tessuto della mascherina si increspò mentre il detective arricciava il naso. «Le dispiace se faccio una foto al suo volto prima che lei inizi? Parlerò con qualcuno dell'informatica per sistemarla in modo da poterla utilizzare per scopi identificativi».

«Faccia pure». Lucas si asciugò le mani e annuì in segno di ringraziamento a Simon mentre l'assistente gli porgeva i guanti prima di tornare a occuparsi di un portatile, con il costante *tap-tap* dei tasti che riempiva la stanza.

«E per quanto riguarda Angus Zilchrist?» disse Kay. «Hai avuto modo di esaminare il rapporto dell'autopsia?»

«Sì, e devo concordare con i risultati originali. L'uomo potrebbe aver perso peso, ma secondo il patologo che ha condotto l'esame, le sue arterie erano un disastro, e aveva molto grasso in eccesso attorno al fegato e ai reni. Aggiungici lo stress, ed è la ricetta perfetta per un disastro». Lucas tirò i guanti protettivi, facendoli schioccare in modo soddisfacente contro i polsi. «Ho parlato con il mio collega per telefono stamattina e conferma che non c'era alcuna indicazione di omicidio. Non è emerso nulla dagli esami del sangue o altro. Se non fosse stato per lo stress, il Suo signor Zilchrist avrebbe potuto vivere altri dieci anni prima di manifestare sintomi gravi».

Simon spinse via il suo portatile e avvicinò un carrello al tavolo per l'esame, con gli strumenti chirurgici in acciaio inossidabile che tintinnavano nei loro diversi scomparti.

«Bene, possiamo iniziare?» Lucas batté le mani guantate e fece cenno a Kay di seguirlo.

Infilando il telefono nella tasca posteriore dei pantaloni, Barnes sistemò il suo camice protettivo e si fece da parte mentre si avvicinavano.

«Da quello che posso dire dall'esame esterno che ho fatto stamattina, il vostro uomo ha circa tra i venti e i trent'anni», disse Lucas, forzando la mascella della vittima ad aprirsi. «I suoi denti non mostrano ancora l'usura che mi aspetterei di vedere in una persona più anziana, anche se c'è un caratteristico motivo incrociato sui molari posteriori che suggerisce che digrignasse i denti regolarmente, non solo negli ultimi giorni. Le estrazioni sono più vecchie e non hanno relazione con la sua morte».

Kay incrociò le braccia e si sporse per guardare meglio. «Se qualcuno fosse preoccupato o stressato, lo farebbe, vero?»

«Stress, dolore, una vecchia abitudine...» Lucas si strinse nelle spalle, chiudendo la bocca dell'uomo. «Difficile dirlo. Simon ha anche preso le impronte digitali e le ha inviate via email a Gavin nel caso fosse nel vostro sistema».

«Grazie».

Il patologo guardò dietro di sé. «Simon, sono pronto per iniziare, se vuole darmi una mano?»

Kay si spostò dove Barnes stava in piedi accanto ai piedi della vittima mentre l'autopsia proseguiva, il suo sguardo si abbassò sul pavimento quando la sega di Lucas iniziò a stridere, incapace di osservare i modi più cruenti con cui si ottenevano le risposte necessarie.

«Un caffè dopo?» mormorò Barnes.

«Bello forte, sì». Sbatté le palpebre, poi alzò lo sguardo a un'imprecazione mormorata da Lucas. «Qualcosa che non va?»

«Alla vostra vittima manca un rene».

«Cosa?» Si avvicinò a dove Lucas e Simon scrutavano l'area addominale della vittima, le costole aperte in modo che i due uomini potessero accedere agli organi interni. «Da quando?»

«Da un po', a giudicare da queste vecchie cicatrici». Lucas passò un dito guantato su un piccolo spazio. «Questo è l'altro, sembra in buona salute. Ma l'altro non c'è, guardi».

«Danneggiato, pensa?»

«O donato». I suoi occhi brillarono dietro gli occhiali protettivi. «Il che significa...»

«Che sarà in un registro donatori». Il cuore di Kay sobbalzò. «Oh Dio, sarà un registro enorme, vero? Non ho abbastanza personale per esaminarlo nome per nome nella speranza di trovarlo».

«Potremmo iniziare con i donatori locali, capo», disse Barnes dolcemente. «Dividere l'elenco tra tutti noi e lavorarci in mezzo a tutto il resto».

La mascherina di Kay si sollevò dal viso mentre espirava. «È una possibilità remota, ma...»

«È tutto quello che abbiamo, finora». Barnes fece un leggero cenno verso Lucas. «A meno che non abbia altre sorprese per noi».

«Mi dispiace, ma dovrò deluderla, detective Barnes. La

vostra vittima è morta a causa di molteplici tagli alla pelle nell'arco di diverse ore, direi». Il patologo si spostò mentre Simon iniziava a riporre gli strumenti chirurgici e a sterilizzare l'attrezzatura. Si fermò vicino alla testa dell'uomo e indicò le abrasioni e i segni sulle braccia della vittima. «Ha opposto resistenza all'inizio, inoltre, ci sono ferite difensive sulle nocche, quindi ipotizzo che fosse legato. Potete vedere i segni qui, nella pelle morbida intorno ai tricipiti. Gli hanno persino tagliuzzato i genitali prima di finirlo con quel taglio profondo laggiù, proprio attraverso l'arteria femorale».

«È lo stesso assassino di quello che ha ucciso Katrina Hovat?» disse Kay.

Lucas si succhiò i denti. «Sa che mi sento a disagio nel mettere una cosa del genere in un rapporto, Ispettrice Hunter. Molto rischioso».

«Un'opinione personale, allora? Fuori verbale?»

I suoi caldi occhi marroni si oscurarono. «Data l'attenta collocazione di questi tagli, il modo in cui la lama ha penetrato la pelle... Sì, penso sia lo stesso assassino. Probabilmente anche la stessa arma, ma ripeto che questo non finirà in alcun rapporto».

«Merda». Barnes scosse la testa. «Mi chiedo cosa sia successo negli ultimi quattro mesi che ha scatenato questi omicidi».

«Abbiamo bisogno di più risposte», disse Kay, «e presto. Perché se questo tizio non è collegato a Katrina Hovat, allora abbiamo un killer che è rimasto nascosto fino ad ora, e che è indiscriminato nella scelta delle sue vittime».

CAPITOLO 22

Gavin si sistemò la giacca, si assicurò che il telefono fosse in modalità silenziosa, poi tirò la catena di ottone decorata accanto alla pesante porta d'ingresso in legno del fienile ristrutturato.

Laura era in piedi accanto a lui, la lieve traccia del suo profumo si mischiava con il bouquet che saliva da diversi vasi di fiori che fiancheggiavano il sentiero paesaggistico in ghiaia che conduceva al gradino d'ingresso.

Dei campanelli risuonarono dalle profondità della proprietà, e lui allentò la presa sulla catena.

Il ronzio delle api riempiva l'aria mentre le minuscole creature si tuffavano dentro e fuori dalla lavanda piantata in ciuffi dietro i vasi, e lui passò il dito sotto il colletto, sperando che il proprietario della casa li invitasse a entrare così da potersi allontanare dai cocenti raggi del sole.

Laura si riparò gli occhi con la mano e guardò indietro lungo il vialetto verso la stradina. «Scommetto che sarà così anche sabato. Sarà un weekend perfetto per andare in spiaggia».

«Non credo che tu ed io vedremo un weekend per un bel po'», mormorò lui, poi raddrizzò le spalle quando la porta si aprì e un uomo sulla settantina, dai capelli bianchi, li fissò. «Conrad Lamberton?»

«Voi chi siete?» Le sopracciglia dell'uomo si aggrottarono, con la mano appoggiata sulla porta. «Cosa volete?»

«Sono il detective Gavin Piper, questa è il detective Laura Hanway», disse, mostrando il suo tesserino. «Stiamo conducendo indagini relative all'omicidio di una donna avvenuto venerdì in una proprietà vicina lungo questa stradina».

Lo sguardo di Lamberton si addolcì. «Una faccenda terribile. Meglio che entriate».

«Grazie».

Seguirono l'uomo in un grande atrio con lucernari sul tetto che proiettavano chiazze di luce sul pavimento in piastrelle di pietra grigia. Felci in alti vasi erano disposte artisticamente contro le pareti coordinate.

Una piacevole frescura avvolse Gavin mentre entravano in una zona open-space che incorporava un'enorme area living e sala da pranzo con una scala a chiocciola in metallo sul fondo che conduceva a un pianerottolo aperto. Diverse porte chiuse fiancheggiavano il corridoio, e lui immaginò che le camere da letto e il bagno si trovassero in fondo.

Un focolare vuoto occupava gran parte della parete del soggiorno sotto il pianerottolo, mentre finestre dal pavimento al soffitto davano sul vialetto, con un effetto fumé applicato al vetro per garantire la privacy.

Lamberton lo vide guardare e gli rivolse un sorriso

ironico. «Le finestre sono a triplo vetro per ragioni di sicurezza, nel caso se lo stesse chiedendo».

«Ha una bellissima casa».

L'uomo riconobbe il commento con un cenno, poi indicò un set di tre divani che circondavano il focolare. «Sedete. Sapete che ho già fornito alla polizia la mia dichiarazione? Due agenti in uniforme sono stati qui venerdì sera».

«Come ho detto, queste sono solo alcune domande di proseguimento basate su nuove informazioni venute alla luce». Gavin sbottonò la giacca e si immerse nei cuscini lussuosi. «Conosce Penelope e Stephen Brassick?»

«Solo di passaggio». Lamberton scrollò le spalle. «Se state parlando con tutti quelli che vivono qui, avrete visto quanto siano distanti l'una dall'altra le case. È per questo che ci piace vivere qui, per la privacy che ci consente».

«Il suo partner...»

L'uomo sorrise. «Jacob è in videochiamata con il suo editore al momento, ma se volete scambiare due parole anche con lui, posso chiedergli di chiamarvi. Ci vorrà ancora almeno un'ora o giù di lì».

«Cosa fa?» disse Laura.

«Adesso è uno storico dell'arte. È andato in pensione cinque anni dopo di me, ha resistito un anno senza lavorare e poi si è annoiato». Lamberton fece un timido sorriso. «Gli avevo detto anni fa che sarebbe stato bravo, ha sempre amato la storia e passiamo ore nelle gallerie ovunque viaggiamo. È un talento naturale. Riceve richieste da tutto il mondo, e ora sta scrivendo un libro».

«Anche lei è in pensione?» chiese Gavin.

«Da più di dieci anni, e non mi manca neanche un

giorno della vita aziendale. Ero il direttore operativo per una delle istituzioni finanziarie nella City». Rabbrividì con fare cinematografico. «No, non mi manca affatto».

«Tornando ai Brassick: quando li ha visti l'ultima volta?»

«Stavano andando all'aeroporto, immagino. So che Stephen lavora in America di tanto in tanto. Ero alla fine del vialetto a potare alcuni dei rami più bassi degli alberi vicino al cancello quando il taxi è passato per prenderli. Circa quindici minuti dopo, è tornato indietro con entrambi sul sedile posteriore».

«E riguardo a parlare con loro?»

Lamberton scosse la testa. «Come ho detto, non tendiamo a socializzare con i nostri vicini. Non so nemmeno cosa faccia Brassick per vivere, solo che viaggia molto per affari».

«Dove era lei venerdì sera, diciamo dalle sei in poi?»

«Qui dentro, a leggere». L'uomo indicò due grandi poltrone vicino alle finestre. «C'eravamo entrambi, in realtà. Abbiamo aperto una deliziosa bottiglia di Pinot Noir per celebrare il contratto editoriale di Jacob, e poi abbiamo preparato la cena verso le otto».

«Qual è la sua poltrona?»

«Prego?»

Gavin indicò le due poltrone accanto alle finestre. «Quale delle due è la sua?»

«Quella a destra».

Gavin si avvicinò e si sedette sulla poltrona. «Da qui si vede la fine del vialetto. Ha visto passare qualche auto mentre era seduto qui venerdì?»

«No, di solito teniamo i cancelli chiusi in modo che

blocchino la vista. Siete riusciti a salire per il vialetto questa mattina solo perché sto aspettando una consegna».

Gavin diede un'occhiata superficiale all'altra poltrona, poi tornò al divano e si sporse in avanti. «Lei ha un bel po' di terreno sul retro della casa: ha visto qualcuno aggirarsi in modo sospetto venerdì, o in qualsiasi altro giorno nelle ultime settimane?»

«No, non ho visto nessuno». Lamberton guardò da lui a Laura, poi di nuovo lui. «Un momento, state dicendo che chiunque abbia ucciso quella donna sia passato attraverso il nostro giardino per arrivare dai Brassick?»

«Non lo sappiamo con certezza al momento», disse Gavin. «Ma le dispiacerebbe se dessimo un'occhiata fuori, giusto per controllare se c'è qualcosa che potrebbe aiutarci?»

«Venite, allora». Lamberton si alzò in piedi con un leggero grugnito e si diresse verso una porta aperta all'estremità della stanza che conduceva in una cucina moderna e ordinata, parlando dietro di sé mentre lo seguivano. «Comunque, avrebbero difficoltà a intrufolarsi senza che noi ce ne accorgessimo... abbiamo fatto installare telecamere di sorveglianza quando ci siamo trasferiti qui cinque anni fa, e nessuna di quelle è scattata da un paio di settimane. L'ultima volta era solo un riccio, comunque. Vanno in letargo sotto il capanno del giardino durante l'inverno».

Gavin si bloccò. «Quando ha controllato le telecamere l'ultima volta?»

«Jacob di solito dà un'occhiata veloce ai filmati ogni paio di settimane, solo perché vuole scoprire se le volpi locali hanno avuto dei cuccioli».

«Le dispiacerebbe mostrarmi dove sono le telecamere prima di dare un'occhiata in giro per il giardino?»

Lamberton alzò le spalle, aprì la porta sul retro e li fece uscire. Guidandoli lungo un sentiero lastricato, si fermò sotto una condotta di ventilazione e indicò una telecamera nera montata su una staffa sottostante. «Ecco qui. Oh».

Lo sguardo di Gavin seguì quello dell'uomo, mentre il cuore gli affondava.

«Cristo», disse Laura. «È stata spruzzata con della vernice, proprio come dai Brassick».

CAPITOLO 23

Un'ora dopo, Laura guidò l'auto di servizio in un posto accanto a un mini-van con insegne e scrutò attraverso il parcheggio verso l'edificio di quattro piani che ospitava il quartier generale della Polizia del Kent.

Il viaggio verso Northfleet dalla casa di Conrad Lamberton era passato in un attimo, con Gavin al telefono con la sala operativa mentre lei si faceva strada nel traffico congestionato lungo la M2.

L'antica strada di Watling Street era piena di camion articolati con targhe straniere e turisti di inizio stagione che si aggiungevano a una strada già sovraccarica.

Esasperata dal tempo, consapevole che avrebbero incontrato il capo di Stephen Brassick in meno di quindici minuti, guardò il suo riflesso nello specchietto retrovisore e passò le dita tra i capelli prima di darsi dei leggeri colpetti sulle guance per aggiungere un po' di colore.

«Va bene, capo», disse Gavin a Kay in segno di congedo, e abbassò il telefono. «Vuole che torniamo subito alla sala operativa dopo questo incontro. Stanno facendo inviare una squadra di Harriet a casa di Lamberton per vedere se possono trovare qualche traccia di prove».

«Saranno fortunati dopo tutto questo tempo».

Dopo aver chiuso la macchina, si affrettarono lungo il sentiero pavimentato in cemento che conduceva all'edificio, salirono le scale fino al secondo piano ed entrarono in un'area open space che ronzava di attività silenziosa.

Era stato creato un corridoio tra l'ingresso e la prima fila di scrivanie, di larghezza doppia per permettere a diverse persone contemporaneamente di passare mentre si dirigevano verso i vari dipartimenti all'interno dell'edificio.

Laura spalancò gli occhi davanti all'enorme numero di personale che riempiva la stanza. Non c'era una sola sedia vuota disponibile, e tutti avevano la testa china su uno schermo di computer, il suono delle dita che battevano sulle tastiere interrotto solo dal suono musicale dei telefoni.

«Vieni, da questa parte», disse Gavin.

«Dove eri di stanza quando lavoravi qui?» chiese lei, abbassando la voce per non disturbare nessuno.

«Dall'altra parte dell'edificio. È lì che hanno una delle principali sale operative». Le tenne aperta una porta alla fine della stanza. «Ti farei fare un giro, ma saremo in ritardo se lo faccio».

«La prossima volta, allora». Con sua sorpresa, la porta si apriva su un altro corridoio che si snodava attorno all'edificio fino ad aprirsi in una reception più piccola.

Una donna sedeva a una scrivania coperta di documenti e post-it colorati, con un evidenziatore in mano mentre ascoltava attentamente un uomo che le stava accanto, con la fronte corrugata.

«Capo», disse Gavin.

L'Ispettore capo investigativo Devon Sharp alzò lo sguardo, i suoi freddi occhi grigi si addolcirono alla loro vista. «Piacere di vedervi entrambi. Cosa vi porta qui da Maidstone?»

«Stiamo intervistando il capo di Stephen Brassick», disse Laura, stringendogli la mano. Lanciò un'occhiata all'orologio sul muro dietro la scrivania. «E siamo giusto in tempo».

«Potremmo aver avuto una svolta in una delle proprietà vicine», spiegò Gavin. «Harriet si sta recando lì in questo momento».

«E per quanto riguarda il secondo omicidio?» chiese Sharp. «C'è qualcosa che collega i due casi o è troppo presto per dirlo?»

«Troppo presto, capo». Laura sentì la frustrazione nella sua voce e fece un'alzata di spalle come scusa. «Ma ci arriveremo».

Sharp sorrise. «Sono sicuro che ci riuscirete. Bene, meglio lasciarvi andare. Sarah vi mostrerà dove trovare il vostro visitatore».

La donna stava già spostando indietro la sedia e, con sorpresa di Laura, torreggiava su Sharp. «Da questa parte».

Laura guardò in basso per vedere se la donna camminava su tacchi alti, ma rimase delusa. Trattenne un sospiro, rimpiangendo quell'altezza in più che a volte desiderava avere, specialmente quando aveva a che fare con sospetti più indisciplinati, o colleghi prepotenti.

Sarah le consegnò un fascicolo mentre li guidava più

avanti lungo il corridoio. «Questi sono i controlli preliminari della vostra squadra di Maidstone che sono stati inviati via e-mail. Duncan Nithercott non sembra avere infrazioni o precedenti con la polizia di cui preoccuparsi, ma lascio a voi il giudizio».

Rivolse loro un sorriso, poi si fermò accanto a una porta chiusa, abbassando la voce. «È qui. Se poteste mostrargli la strada per scendere una volta finito, e assicurarvi che firmi all'uscita, sarebbe fantastico. Ho la sensazione che Sharp mi farà sistemare fogli di calcolo per il resto del pomeriggio al ritmo a cui stiamo andando».

«Grazie». Laura aprì il fascicolo dopo che la donna si era allontanata e si girò in modo che Gavin potesse leggere da dietro di lei mentre sfogliava il contenuto.

«Pulitissimo», disse lui mentre lei chiudeva il fascicolo.

Poteva sentire la delusione nella sua voce. «È come dice Kay, Gav. Dobbiamo parlare con tutti, anche se significa solo cancellarli dalla nostra lista».

«Lo so». Le fece l'occhiolino, poi aprì la porta.

Duncan Nithercott alzò lo sguardo da un bicchiere d'acqua mezzo vuoto e aggrottò la fronte quando entrarono. «Era ora».

«Ci scusiamo», disse Laura, rifiutandosi di reagire al tono sarcastico della sua voce. «Siamo nel mezzo di un'indagine per omicidio, e altri impegni ci hanno trattenuti questo pomeriggio. Posso offrirle un caffè o qualcos'altro prima di iniziare?»

L'uomo si irritò per il suo tono, ma poi scosse la testa. «No, va bene così. Mi scusi. Sono stati giorni stressanti con il lavoro, e il mio incontro con un cliente è andato per le lunghe. Pensavo che sarei arrivato in ritardo qui».

«Capisco. Cercheremo di non trattenerla troppo a lungo. Faremo un interrogatorio formale, signor Nithercott, quindi registrerò», spiegò Gavin mentre Laura prendeva posto accanto a lui. «Avvierò il registratore, le leggerò i suoi diritti formali come testimone nella nostra indagine, e poi prenderò alcune informazioni di base prima di farle delle domande sul suo dipendente Stephen Brassick. Va bene?»

«D'accordo». Nithercott allontanò l'acqua e intrecciò le mani sulla scrivania mentre ascoltava le formalità.

«Può confermarmi qual è il suo ruolo nella società di investimenti?» chiese Gavin.

«Supervisiono tutti i nostri periti interni e lavoro attivamente con nuovi clienti per stabilire quelle relazioni appena nate», rispose Nithercott. «Stephen è uno dei nostri dipendenti più motivati, ecco perché ci piace averlo sul campo a New York e Zurigo il più possibile. È una persona affidabile».

«Da quanto tempo lavora per voi?»

«Undici anni». L'uomo lanciò loro uno sguardo compiaciuto. «Lo abbiamo portato via a uno dei nostri concorrenti. Credo che non ci abbiano mai perdonato».

«Avete mai occasione di socializzare con lui?» disse Laura.

«No, non particolarmente. Qualche rara occasione organizzata dall'azienda, ma niente di più». Nithercott ridacchiò. «Comunque, Jackie, mia moglie, va molto d'accordo con la moglie di Stephen, Penelope, ogni volta che li incontriamo agli eventi. Probabilmente è un bene che non si vedano più spesso, considerato come vanno avanti con le loro chiacchiere su antiquariato e scarpe. Sarei in bancarotta, e sono sicuro che anche Stephen lo sarebbe».

Laura accennò un sorriso al tentativo di umorismo dell'uomo, poi abbassò lo sguardo sui suoi appunti. «Ci sono stati problemi con Stephen o con il suo lavoro in passato?»

«Nessuno. È un dipendente esemplare».

«La vostra azienda ha qualche collegamento militare?» chiese Gavin.

Le sopracciglia di Nithercott scattarono verso l'alto. «Collegamenti militari?»

«Società di sicurezza, appaltatori privati, qualcosa del genere».

«No. Perché?»

«Sa se il lavoro di Stephen lo ha messo in contatto con qualcuno che abbia un passato militare?» insistette Laura.

«Nessuno, e lo saprei perché supervisiono tutti i clienti di Stephen. Li esaminiamo insieme trimestralmente e pianifichiamo chi dovrebbe incontrare per estendere la nostra portata nello stesso tempo». Si appoggiò allo schienale della sedia. «Cosa sta succedendo?»

«Solo domande di routine», disse Laura. «Tutto parte della nostra indagine in corso».

«Capisco». Nithercott si sistemò nuovamente, anche se non sembrava convinto. «Bene, posso dirvi che la maggior parte del nostro lavoro proviene da banche e altre istituzioni finanziarie, società di private equity, quel genere di cose. Ci siamo espansi dal settore assicurativo circa dodici anni fa, ed è per questo che abbiamo assunto

Stephen. La sua esperienza nel settore bancario prima di allora è stata essenziale per le nostre strategie di crescita di quel periodo».

«Cosa fa sua moglie?» chiese Gavin.

«È attivamente coinvolta in un paio di associazioni benefiche locali qui nel Kent, raccolta fondi e quel genere di attività», disse Nithercott. Fece un gesto sprezzante con la mano. «Non ha bisogno di lavorare, non con gli orari che faccio io. Può sembrare all'antica, ma lei si diverte a fare la casalinga, e questo significa che mentre lei organizza le cose quotidiane noi possiamo rilassarci nei fine settimana».

«Non sapevo che foste del posto», disse Laura con aria innocente, spostando la mano per coprire l'indirizzo dell'uomo nel fascicolo aperto davanti a lei. «Siete vicini ai Brassick?»

«No, siamo da questa parte della contea, preferisco essere più vicino alla City a dire il vero. La nostra casa è alla periferia di Eynsford».

«Avete subito qualche effrazione o notato attività sospette negli ultimi dodici mesi a casa vostra?»

«Nessuna, e posso assicurarvi che, dopo quello che è successo a Stephen e Penelope, ho ordinato alla società di sicurezza di tornare e controllare tutti i sistemi ieri». Nithercott rabbrividì. «Non potrei sopportare l'idea che succeda qualcosa a Jackie».

«Grazie, signor Nithercott, penso che per oggi sia tutto». Gavin confermò l'orario per la fine dell'interrogatorio, poi terminò la registrazione. «La accompagniamo all'uscita».

Una volta scesi, Laura attese mentre Gavin si

assicurava che il pass per i visitatori fosse restituito e che Nithercott fosse registrato in uscita, e scorse le sue e-mail sul telefono.

Alzò lo sguardo al suono di tacchi che battevano sul pavimento piastrellato per vedere una donna sulla quarantina avvicinarsi, il suo tailleur su misura in netto contrasto con le tonalità di grigio e nero e le uniformi stirate tutt'intorno.

Le sopracciglia di Nithercott si sollevarono per la sorpresa. «Jackie?»

«Duncan, tesoro, ti hanno finalmente liberato?» La donna afferrò le braccia del marito e si sporse mentre lui le baciava la guancia. «Pensavo che non ti avrei più rivisto».

«Come sei arrivata qui?» Allungò il collo per guardare attraverso le finestre a tutta altezza. «Hai guidato fin qui?»

«Mi sono annoiata, tesoro. Pensavo che magari mi avresti offerto il pranzo».

«Detective Piper e Hanway, questa è mia moglie Jackie». Nithercott si voltò verso di loro, infilò il braccio nel suo, poi osservò la borsa rigonfia appesa alla sua spalla. «E sospetto che abbia fatto altri danni al mio conto della carta platino, a giudicare dall'aspetto».

La donna rise, gettando i capelli all'indietro. «Beh, se mi lasci sola per ore, cosa deve fare una ragazza, eh? Inoltre, c'è una svendita estiva al Bluewater».

Nithercott gemette, prima che sua moglie si rivolgesse a Gavin.

«Allora, avete catturato i miserabili che hanno ucciso quella donna? Un affare terribile». Rabbrividì. «Sono contenta che Duncan non viaggi più tanto quanto faceva una volta. Il pensiero di qualcuno che gira a piede libero mentre sono a casa da sola... è impensabile».

«È ancora un'indagine attiva», mormorò Gavin, poi tirò un sospiro di sollievo quando Nithercott si scusò e condusse via la moglie.

Laura sospirò mentre li guardava camminare verso la loro auto, poi si voltò per vedere Gavin che le sorrideva. «Che c'è?»

«Ho visto come guardavi quella borsa, Hanway. Quanto costa?»

«Mettiamola così, Gav. Non riuscirei a pagare l'affitto per i prossimi tre mesi se ne comprassi una di quelle».

CAPITOLO 24

Barnes inviò un messaggio alla sua compagna, Pia, poi lanciò uno sguardo verso la lavagna mentre lampi di fulmini solcavano il cielo oltre le finestre della sala operativa.

Un senso di urgenza permeava l'ambiente mentre i suoi colleghi trascinavano le sedie verso il punto dove Kay attendeva, con una stanchezza che traspariva dal loro modo di camminare.

Il solito scambio di battute si era ridotto a un mormorio stanco, e l'atmosfera opprimente trovava eco in un rombo di tuono che fece tremare i vetri delle finestre e voltare le teste.

Laura e Gavin non erano da nessuna parte; una telefonata cinque minuti prima aveva confermato che erano bloccati nel traffico appena a nord della città e speravano di arrivare prima che la riunione finisse.

Barnes guardò dietro di sé quando Kay spalancò la porta con un calcio, le braccia cariche di cartelline e una pila di documenti.

«Ecco la situazione», disse mentre attraversava la stanza a grandi passi per posizionarsi di fronte alla squadra, distribuendo gli ordini del giorno appena stampati. «Debbie è a un appuntamento, quindi nessuno deve fiatare sul fatto che ho appena rubato una risma di carta e una cartuccia di toner dall'armadio di cancelleria dell'altra squadra, altrimenti ci saranno guai, conoscendo come lei gestisce l'amministrazione in questo posto».

I suoi commenti suscitarono qualche sorrisetto mentre venivano distribuiti gli appunti del briefing, e poi i mormorii si spensero.

Barnes scorse con lo sguardo la pagina che teneva in mano, trattenne un gemito davanti al numero di azioni ancora da svolgere e si allentò la cravatta.

Sarebbe stata una lunga riunione.

«Bene, innanzitutto, l'autopsia sulla nostra seconda vittima conferma che è morto per una ferita da arma da taglio fatale all'arteria femorale», disse Kay, con la voce che arrivava fino al punto dove lui sedeva. «In via strettamente confidenziale, e da non ripetere fuori da questo briefing, Lucas ritiene che *potremmo* star cercando lo stesso assassino, dato il posizionamento dei diversi tagli di coltello sugli arti e sul torso dell'uomo. Come Katrina, è probabile che sia stato torturato prima del taglio finale. Chiunque l'abbia fatto sa quello che sta facendo. Entrambe le vittime hanno subito un attacco orrendo e prolungato prima di essere uccise».

Lasciò che le sue parole venissero assimilate per un momento. «Ho parlato con l'Ispettore capo investigativo Sharp nel primo pomeriggio, e le sue indagini su eventuali collegamenti militari riguardo ai Brassick non hanno portato a nulla. In seguito alla visita di Gavin e Laura alla casa di Conrad Lamberton, poco distante da quella dei Brassick, la squadra di Harriet ha concluso la perquisizione proprio prima che scoppiasse questo temporale, e purtroppo hanno confermato che qualsiasi traccia è andata persa a causa del maltempo di venerdì. Non sono state trovate impronte latenti su nessuna delle telecamere di sorveglianza intorno alla proprietà».

Barnes si tolse gli occhiali da lettura e abbassò la testa, pizzicandosi il naso. «Siamo fottuti».

«C'è una minima possibilità che potremmo ottenere qualche informazione dal proprietario terriero confinante», disse Kay. «Patrick, il responsabile di Harriet sulla scena, ha trovato possibili segni di intrusione nel giardino. C'è una recinzione di filo spinato accanto a un piccolo ruscello che separa la proprietà dai terreni agricoli oltre, che è stata tagliata, e recentemente, dice lui, dato che nessuna parte del metallo si è ancora arrugginita. Il terreno su entrambi i lati è molto sassoso e, viste le recenti piogge, non ci sono impronte, ma ho incaricato una pattuglia in uniforme di parlare con il proprietario terriero questa sera per vedere se hanno riprese di sicurezza».

«A patto che anche le loro telecamere non siano state spruzzate», borbottò Dave Morrison sottovoce.

«Esattamente». Kay prese una puntina rossa dalla collezione sul vassoio accanto alla lavagna e la conficcò sulla fotografia aerea della campagna circostante la casa dei Brassick. «Ma finché non avremo notizie contrarie, questa fattoria rimane nella nostra lista di cose da fare. Qualcuno ha trovato qualcosa sulle telecamere locali che mostri veicoli o persone sospette venerdì pomeriggio?»

Aaron Stewart alzò lo sguardo dai suoi appunti. «Niente che suggerisca un collegamento con l'omicidio di Katrina, capo. Tutti i veicoli ripresi sono stati rintracciati come appartenenti a residenti locali, e nessuno di questi ha precedenti penali».

«Cristo», sospirò Kay. «Beh, immagino che sarebbe stato troppo facile. Io...»

Si interruppe al suono di un telefono cellulare ad alto volume, e Barnes guardò oltre le teste degli agenti riuniti e vide Nadine balzare in piedi e correre verso la sua scrivania, con il telefono all'orecchio. Quando lanciò un'occhiata a Kay, lei inarcò un sopracciglio, ma non disse nulla per un momento.

Osservò Nadine mentre la giovane agente di prova si lasciava cadere sulla sedia alla sua scrivania, il telefono incastrato sotto il mento mentre ascoltava chi la chiamava e prendeva appunti, la mano libera che faceva segno a chiunque stesse ascoltando di sbrigarsi.

Non appena la chiamata terminò, si lanciò sulla tastiera, le dita che volavano mentre fissava lo schermo, ignorando i commenti mormorati dai colleghi.

La porta si aprì ed entrarono Gavin e Laura; Barnes notò la confusione attraversare i loro volti quando videro tutti che guardavano Nadine con aria di attesa. Li chiamò con un cenno.

«Proprio in tempo», mormorò.

«Che succede?» sussurrò Laura mentre Gavin si appollaiava sulla scrivania accanto a lui. «Cosa ci siamo persi?»

«Ancora niente».

Poi vide Nadine appoggiarsi allo schienale della sedia.

Sbatté le palpebre davanti allo schermo prima di precipitarsi di nuovo verso gli agenti in attesa. «Scusi, capo».

«Nessun problema», disse Kay. «Qual è l'emergenza?»

«Era Simon dell'obitorio. Stavo inserendo i dettagli della nostra seconda vittima nel sistema questo pomeriggio, e mi sono bloccata mentre esaminavo le impronte digitali. Una di queste era un po' sbavata quando è stata presa, quindi gli ho chiesto di rifarla». Nadine fece una pausa, poi aggrottò la fronte. «Suppongo che vada bene, capo?»

«Assolutamente sì». Kay indicò il telefono nella mano dell'agente. «Cosa hai trovato?»

«Credo che l'abbiamo trovato, capo. La nostra seconda vittima».

Un'esplosione di voci eccitate attraversò la sala operativa, e Barnes sentì un brivido lungo le spalle.

«Silenzio, tutti». Kay li fulminò con lo sguardo, poi tornò a Nadine. «Come?»

«Una volta ottenuto il set completo di impronte ho potuto inserirle nuovamente nel sistema. Ho avuto un nome, Preston Winford. Simon ha parlato con un suo collega all'ospedale che ha accesso al registro dei donatori per noi, e ha appena confermato che Preston ha donato un rene a suo fratello quando aveva diciannove anni.»

Ci fu un silenzio scioccato, e poi Barnes sorrise, battendo le mani. «Questo è un risultato maledettamente fantastico, Nadine. Ben fatto.»

«Lo è, e ottimo lavoro», aggiunse Kay mentre l'agente riprendeva posto, arrossendo sotto l'attenzione dei colleghi. «Bene, allora... grazie al cielo. Un modo eccellente per concludere la giornata.»

Barnes osservò mentre sfogliava le pagine dell'ordine del giorno, poi la metteva da parte.

«Questa svolta ci offre nuovi aspetti da verificare», disse. «Prima di tutto, voglio un controllo completo su cosa ha fatto Preston Winford da quando aveva diciannove anni e gli è stato rimosso quel rene. Verificate i social media come priorità, e scoprite chi è la sua famiglia e come posso contattarli.» Kay fece una pausa, con una smorfia. «Devo far sapere loro cosa è successo prima che i media fiutino qualcosa. E parlando di media, se *qualcuno* fa trapelare questa notizia, lo appenderò personalmente. Chiaro?»

Un solenne coro di assenso raggiunse Barnes da dove era seduto.

«Successivamente, dovremo scoprire se Preston è collegato a Katrina in qualche modo, e se e come è collegato ad Angus Zilchrist. Non credo sia stata sfortuna che lo abbiano spinto in quell'armadio nell'unità di deposito di Angus. Sembra troppo personale, una mossa del genere. Infine, scoprite se Preston è mai entrato in contatto con i Brassick. È stato ucciso prima di Katrina, quindi forse ha condotto l'assassino a lei, anche per caso.»

Finì di aggiornare i punti elenco sulla lavagna, poi si rivolse nuovamente a loro. «Altro?»

«Verificherò se Preston ha mai avuto un addestramento militare o è entrato in contatto con qualcuno che l'ha avuto», disse Gavin. «Giusto per escluderlo. Comunque, ne stavamo parlando in auto venendo qui, e penso che qualsiasi scassinatore esperto saprebbe usare le stesse tattiche. Dopotutto, oggi ci sono abbastanza informazioni online su come utilizzare tattiche furtive.»

«Vero», disse Kay, disegnando un punto interrogativo accanto alla nota originale. «E finora non abbiamo trovato nulla che suggerisca un risvolto militare in questa vicenda.»

«Posso restare stasera per iniziare i controlli sul suo passato», disse Nadine. Scrollò le spalle. «Dopotutto, sono io che ho creato tutto questo lavoro extra.»

«È un buon lavoro extra, quindi non voglio sentire scuse da parte tua», rispose Kay. «Se hai intenzione di farlo, non voglio vederti prima delle dieci domani. Non ci sono straordinari disponibili, e non voglio che tu lavori quando sei esausta, non mi serviresti a nulla così.»

«Posso restare anch'io, capo», disse Kyle. «Con la parte dei social media, ci sarà molto da esaminare se vogliamo fare progressi su questo caso.»

Barnes sorrise all'agente, poi fece l'occhiolino a Kay, orgoglioso che suscitasse tanto rispetto tra la sua squadra, persino dalle nuove reclute.

«Anch'io.» Sean Gastrell alzò la mano dalla sua posizione in fondo alla stanza. «Dopo il lavoro sarei solo andato al pub a guardare la partita. La mia squadra probabilmente perderà comunque.»

«Meglio che resti anch'io allora, capo», disse Aaron Stewart, e sorrise. «Chi sa altrimenti cosa combineranno questi giovani da soli?»

CAPITOLO 25

Kay represse l'impulso di vomitare, poi prese un'altra salvietta umida dalla confezione posata sul pavimento piastrellato della cucina.

Quattro minuscoli ricci appena nati si agitavano rotolando l'uno sull'altro nel vassoio accanto a lei, mentre Adam li posizionava delicatamente uno per uno su una vecchia bilancia da cucina e annotava il peso di ciascun animale, apparentemente ignaro della scia di escrementi che uno di loro aveva lasciato sull'asciugamano che rivestiva il loro alloggio temporaneo.

Kay pulì il posteriore del colpevole, poi si appoggiò sui talloni e si coprì il naso con l'incavo del braccio. «Oh mio Dio. Cosa diavolo hanno mangiato questi qui?»

La sua dolce metà sorrise. «Un sano mix di proteine, carboidrati e altri vitamine e minerali essenziali.»

Lei osservò le confezioni aperte di cibo accanto a due ciotole metalliche. «Quanto stanno guadagnando queste aziende con il cosiddetto cibo per ricci? Sicuramente questo è solo cibo per gattini.»

«Ringrazia che non sono più all'alimentazione liquida.» Le lanciò un sorriso malefico. «Con quella roba ho visto cacca a getto.»

Kay sistemò il piccolo riccio insieme ai suoi fratelli, poi si voltò quando suonò il campanello. «Sarà il cibo da asporto.»

«Ok, vai tu, io finisco qui.»

Dopo essere corsa al lavandino della cucina ed essersi strofinata ben bene le mani, Kay si affrettò alla porta d'ingresso e la spalancò, proprio mentre il fattorino stava abbassando il telefono.

«Le ho appena mandato un messaggino per vedere se c'era qualcuno,» disse, consegnandole il cibo.

«Mi scusi, stiamo gestendo dei ricci affamati al momento.»

L'uomo spalancò la bocca, e poi cercò di sbirciare oltre di lei. «Davvero? Mia sorella dice che ne vorrebbe uno come animale domestico. Ci sono un sacco di persone sui social che li hanno.»

«Le dia un suggerimento,» disse Kay, prendendo la borsa di carta e dandogli una mancia in contanti. «Le dica di non farlo. Fanno cacca ovunque, e non riuscirà mai a togliere le macchie, mi creda.»

Trattenendo un sorriso alla vista dell'espressione inorridita sul suo viso, chiuse la porta e tornò in cucina, con l'aroma del cibo cinese appena cucinato che non riusciva a mascherare la puzza degli animali.

Adam aveva già aperto le finestre della cucina, e alzò lo sguardo mentre sostituiva la lettiera sporca nel vassoio dei ricci con una pulita. «Non preoccuparti, l'odore svanirà.»

Prendendo i piatti da un mobiletto accanto al microonde, Kay alzò gli occhi al cielo. «Finché non faranno un altro pasto. Mangiamo nell'altra stanza... qui c'è ancora un po' di... puzza.»

Pochi minuti dopo erano seduti l'uno accanto all'altra sul divano, i loro piatti carichi di cibo e un bicchiere di vino ciascuno sul tavolino davanti a loro.

Kay gemette al primo boccone. «Dio, ne avevo proprio bisogno.»

«Anch'io. Sono stato così impegnato con le scartoffie e a nutrire quel gruppo tutto il giorno che non ho avuto tempo di mangiare.» Adam raccolse una forchettata di noodles, poi allungò la mano verso il suo bicchiere e bevve un sorso. «Vuoi guardare un film dopo?»

«Non posso, mi dispiace... ho portato a casa un po' di documenti di bilancio da esaminare. Non avrò mai la possibilità di farlo al lavoro con questa indagine che occupa tutto il mio tempo.»

Lui abbassò il bicchiere e la guardò con cautela. «Non lasciare che ti esauriscano.»

«Non lo farò. Fidati, mezz'ora o poco più e avrò finito tutto. È solo che se non lo faccio, mancherò la scadenza. Voglio anche controllare le mie e-mail: ci sono così tante informazioni su questi due omicidi che temo di perdermi qualcosa di importante.»

«Meno male che ti piace quello che fai, giusto?» Sorrise e tornò al suo cibo.

«Chi si occupa dell'ambulatorio mentre fai da babysitter ai piccoli, allora?»

«Scott. Lui e Claire hanno tutto sotto controllo, per fortuna è stata una settimana tranquilla. Non ci sono state troppe emergenze, solo controlli standard e vaccinazioni da fare. Sa che può chiamarmi se succede qualcosa.» Adam mise il piatto vuoto sul tavolo e si appoggiò all'indietro, sopprimendo un rutto. «Domattina devo andare in una fattoria a Hawkhurst per controllare un cavallo prima che venga venduto, ma non ci vorrà molto. I piccoli ricci staranno bene mentre sono via.» Si alzò mentre lei metteva da parte coltello e forchetta. «Dammi il tuo piatto, mi occuperò io di lavare i piatti mentre lavori.»

«Grazie. Non ci metterò molto, promesso.»

Lui sorrise. «Ti porto un pieno tra poco.»

Kay si prese un momento per assaporare un altro sorso di vino, poi rivolse la sua attenzione alla borsa del corriere ai suoi piedi. Frugando all'interno, tirò fuori una cartellina rossa piena di fogli di calcolo e appunti scritti a mano, sentendosi sprofondare il cuore mentre esaminava i numeri.

Non c'era da stupirsi che vedesse raramente Sharp a Maidstone ultimamente. Era già abbastanza difficile essere un Ispettore investigativo, figuriamoci avere un grado più alto con più scartoffie che indagini sul campo.

Aprì il suo portatile e avviò l'applicazione e-mail, il suo sguardo cadde sugli ultimi aggiornamenti dalla sua squadra. Per quanto fosse tentata di perdersi nelle indagini sugli omicidi, invece scorse fino alle istruzioni dal quartier generale e tornò ai fogli di calcolo, determinata a completare la sua attività entro un'ora.

Venti minuti dopo, il suo telefono vibrò sul tavolino, strappandola dai suoi pensieri sulla complicata formula che stava cercando di replicare, e sorrise ironicamente vedendo il nome sullo schermo.

«Capo, stavo proprio pensando a lei,» disse.

«E senza dubbio imprecando a bassa voce.» Sharp ridacchiò. «Ho appena visto l'e-mail del quartier generale. Sei ancora in ufficio?»

«A casa. Se riesco a capire come scrivere questa maledetta formula, le invierò i miei dati stasera.»

«Su cosa sei bloccata?»

Passarono i successivi due minuti a risolvere il problema, e Kay tirò un sospiro di sollievo mentre gli inviava via e-mail i file completati.

«Grazie a Dio,» sospirò, e prese il suo vino. «Grazie, capo.»

«Quando vuoi. Ho sentito che avete un nome per il corpo trovato nel magazzino.»

«Preston Winford». Scandagliò le sue e-mail finché non vide quella di Aaron Stewart, e parafrasò il suo aggiornamento. «Le ultime novità dalla squadra sono che Preston aveva ventiquattro anni al momento della sua morte e lavorava part-time come autista di consegne. Domani mattina interrogheremo il suo capo; finora, tutte queste informazioni sono state raccolte dai social media. Abbiamo rintracciato anche i suoi genitori, quindi porterò Barnes con me per parlare con loro domani prima di contattare la stampa, e Aaron ha messo insieme una lista di conoscenti che interrogheremo nel corso dei prossimi due giorni».

«Bene, d'accordo. Sembra un buon piano. Immagino che non ci siano altre novità sull'omicidio di Katrina?»

«Ho due agenti che andranno a parlare con un proprietario terriero vicino alla casa dei Brassick domani mattina. Sembra che chiunque abbia ucciso Katrina abbia attraversato la proprietà di un vicino per raggiungere la loro casa. Che poi troviamo qualcosa o meno...»

«Mmh. Non mi piace affatto questa situazione, Kay».

«Neanche a me. Entrambi gli omicidi mostrano un lato vendicativo, piuttosto che violenza fine a se stessa. Le loro ferite erano calcolate per indurre il massimo dolore possibile senza ucciderli sul colpo, fino a quando chi ha fatto questo non fosse pronto».

«È stato rilasciato di recente qualcuno dal carcere che corrisponde al profilo?»

«Non che Laura abbia trovato, ed è stata maledettamente scrupolosa. Ha persino esaminato gli archivi dell'Essex e del Sussex».

«Va bene. Mi dispiace, devo andare, ho un paio di telefonate da fare ancora stasera. Fammi sapere se hai bisogno di me, e saluta Adam da parte mia».

«Lo farò. Grazie».

Terminata la chiamata, rimise il portatile e i documenti nella borsa e poi si diresse in cucina con il bicchiere vuoto.

Adam era seduto al bancone centrale, con la testa china su una rivista veterinaria. Alzò lo sguardo quando lei entrò e sorrise. «Hai finito?»

«Ho finito». Attraversò la cucina fino al frigorifero e prese il vino, versandone un altro bicchiere per ciascuno prima di unirsi a lui, e prese un cracker ai gamberetti avanzato dalla busta accanto al suo gomito. «Sharp ti manda i suoi saluti».

«Immaginavo fosse lui».

Kay sgranocchiò il cracker. «Dovremmo organizzare presto un barbecue. È passato un sacco di tempo dall'ultima volta che ci siamo riuniti tutti».

«Facciamolo quando il tuo carico di lavoro si calmerà un po'», disse lui, attirandola in un abbraccio. «Altrimenti so cosa succederà: ve ne starete tutti seduti a parlare di questo caso invece di rilassarvi».

«Vero».

Come su comando, il suo telefono cellulare squillò. Baciò Adam, poi si allontanò per rispondere.

«Hunter».

«Capo? Sono Sean Gastrell».

«<u>Sei</u> ancora in centrale?»

«Stiamo per finire per stasera, capo, ma Aaron ha detto che dovrei chiamarla. Ho scoperto qualcosa su Preston Winford che dovrebbe sapere immediatamente».

«Oh, cosa?»

«Ho controllato il suo nome attraverso una verifica del credito per vedere quali fossero le sue abitudini di spesa, nel caso ci fossero nuove piste su come trascorresse il suo tempo e cose del genere», disse il giovane agente. «Risulta che deve oltre tredicimila e ottocento euro distribuite su quattro carte di credito. E non stava nemmeno tenendo il passo con i rimborsi, a guardare questi documenti. Era sommerso dai debiti».

Kay si immobilizzò sul posto, con il cuore che martellava.

«Proprio come Katrina», mormorò, «e Angus Zilchrist».

CAPITOLO 26

Alec Mingrove si aggrappò allo schienale del sedile mentre l'autobus si fermava lentamente, poi trattenne il respiro finché non ebbe superato il vecchio con un odore corporeo opprimente per raggiungere la porta.

Scendendo sul marciapiede, osservò le nuvole che rubavano gli ultimi bagliori della sera mentre l'autobus si allontanava dal bordo, e rivolse una silenziosa preghiera affinché non piovesse prima di raggiungere il ristorante.

Tre settimane prima aveva finalmente venduto la sua auto, anche se l'uomo che si era presentato al suo appartamento aveva fiutato la disperazione che emanava e aveva tolto duemila e trecento euro dal prezzo richiesto dopo aver fatto un breve giro di prova.

Alec non aveva avuto l'energia per discutere con lui, né il tempo di aspettare un'offerta migliore.

Aveva anche consegnato i soldi non appena erano arrivati sul suo conto bancario. Per un momento, era stato tentato di usarli per fuggire, per andarsene, per nascondersi.

E poi si era ricordato che anche altri avevano cercato di andarsene, e avevano fallito.

Combattendo la nausea, camminò rapidamente verso il centro città, maledicendo il fatto di non conoscere le linee degli autobus e di trovarsi ora a quindici minuti di distanza dal ristorante.

Le scarpe già gli stringevano le dita, con quelle punte alla moda più adatte a incontri sociali o lavori d'ufficio sedentari che a percorrere qualsiasi distanza.

L'ironia non gli sfuggiva.

Duecentotrenta euro per un paio di scarpe non erano niente per lui un anno prima, e ora prendeva l'autobus.

Mentre passava nell'ombra del parcheggio multipiano, lo stomaco gli si contorse al pensiero di aggiungere altro alla sua carta di credito quella sera.

Ma non aveva scelta.

Ed aveva telefonato due giorni prima con le istruzioni per incontrarsi, e la possibilità di essere presentato al socio in affari del suo amico era un'opportunità troppo buona per rifiutarla.

Soprattutto quando la serata poteva portare a un'offerta di lavoro permanente con un reddito regolare, di cui aveva disperatamente bisogno se voleva uscire dal pasticcio in cui si trovava.

Essendo un lavoratore a contratto e vivendo con l'idea di salario minimo del governo, Alec era in difficoltà. Fino a quattro mesi prima, aveva sperperato il suo stipendio in cose materiali come l'auto, orologi costosi, vestiti, vacanze: tutto pagato con la carta di credito.

Tutto per cercare di impressionare i colleghi in un lavoro dal quale era stato improvvisamente licenziato.

Tutto perché il suo datore di lavoro aveva deciso di trasferire la sede centrale da Aylesford all'Aia perché le leggi sull'esportazione stavano rendendo troppo difficile trattare con la sua base di clienti europei.

Il resto dell'inverno era trascorso abbassando il termostato ogni settimana per risparmiare denaro fino a quando non aveva più senso abbassarlo ulteriormente. L'appartamento era gelido fino alla fine di aprile e lui aveva trascorso le serate abbracciando una borsa dell'acqua calda per scaldarsi mentre mangiava cibo che lo sosteneva ai tempi dell'università.

E i debiti continuavano ad accumularsi: il mutuo, il contratto del telefono cellulare che non poteva disdire perché doveva cercare lavoro, quei maledetti addebiti delle carte di credito.

L'offerta di un prestito in contanti alla fine di marzo era sembrata una manna dal cielo.

Fino a quattro settimane prima e all'improvvisa richiesta che il prestito fosse restituito immediatamente, con gli interessi.

E ancora l'infinito avvicendarsi di domande di lavoro, colloqui, e la consapevolezza che non poteva chiedere un aumento di stipendio o un contratto permanente nell'azienda dove lavorava perché è così che le persone non tornavano la settimana successiva.

C'era sempre qualcun altro che avrebbe lavorato per meno piuttosto che non lavorare affatto.

Si morse il labbro, ricacciando indietro la voglia di piangere per la frustrazione.

«Alec!»

«Cazzo», mormorò, poi si voltò con un sorriso forzato sul viso. «Ed, amico, pensavo che fossi già al ristorante.»

Il suo amico indicò la splendida donna accanto a lui. «Qualcuno non riusciva a decidere cosa mettersi, quindi siamo un po' in ritardo.»

«Non è giusto, e non è vero», disse lei, ridendo. «Il gatto ha deciso di vomitare sulla moquette proprio mentre stavamo uscendo.»

«Ciao, Lisa.» Alec si chinò e le diede un rapido bacio sulla guancia. «E poi, che bello.»

«Lo so, vero? Fortuna che è carino.»

Ed lo guardò da capo a piedi. «*Pensavo* fossi proprio tu quello che ho visto scendere dall'autobus accanto al supermercato quando siamo passati in macchina. Che succede? Dov'è la tua auto?»

Il sorriso di Alec vacillò un po' mentre si incamminavano lungo la strada, girando a un incrocio prima di entrare nella zona pedonale. «La maledetta frizione ha ceduto stamattina e l'officina ha dovuto ordinare un ricambio perché non ce l'avevano. La riprenderò nel corso della settimana.»

«Così hai dovuto prendere l'autobus? Cristo santo.» Il naso di Ed si arricciò.

«Lo so, vero?» Diede una pacca sulla spalla dell'amico mentre si dirigevano verso un vicolo stretto. «Non penso di averlo dovuto fare dai tempi della scuola. Ricordi quella volta che ci hai fatto cacciare dallo scuolabus per un intero trimestre?»

Lisa spalancò gli occhi. «Non me l'ha mai raccontata questa.»

«No? Forse dovresti chiederglielo.» Alec alzò le sopracciglia. «O potrei raccontarti della volta che lui...»

«Non è niente.» Ed sorrise e mise il braccio intorno alla moglie. «Tutto quello che è successo è...»

Alec lasciò che le loro voci fluttuassero intorno a lui mentre continuavano a camminare, con una sensazione di malessere che gli attanagliava lo stomaco mentre il suo sguardo percorreva i volti dietro le finestre di un bar affacciato sul cortile lastricato.

Nessuno lo stava guardando.

A nessuno importava.

«Alec?»

Il suo sguardo scattò verso la porta d'ingresso del ristorante. La mano di Ed era sulla maniglia d'ottone, il vetro scintillava sotto l'illuminazione accuratamente posizionata che illuminava il logo sopra le loro teste.

Forzando un sorriso, si affrettò. «Scusa, ero distratto.»

«Angela è già qui.» Ed fece un cenno col mento verso una brunetta in un abito su misura che era in piedi al bar oltre il vetro. «Sii te stesso e andrà tutto bene. Questa è solo una formalità, fidati.»

«Grazie.» Alec fece per allungare la mano verso il braccio dell'amico, poi si fermò imbarazzato. «Significa molto per me.»

Ed gli fece l'occhiolino. «Ringraziami quando firmerai il contratto. E comprami una bottiglia di quel Krug d'annata che bevevamo. È un po' che non ne beviamo, vero?»

«D'accordo, ci sto.» Alec annuì. «Facciamolo.»

Seguendo Ed nel ristorante, rimase un po' indietro

mentre venivano fatte le presentazioni formali, poi tese la mano ad Angela.

«Piacere di conoscerla», disse. «Grazie per avermi concesso il suo tempo questa sera.»

Sorrise, con una stretta decisa. «Nessun problema. Ed mi ha parlato molto di te, e vorrei sentire cosa pensi di poter apportare alla nostra nuova attività».

Un cameriere si avvicinò, mormorò che il loro tavolo era pronto, e li guidò verso un'alcova appartata sul retro del ristorante.

«Ho pensato di tenerci lontani dalla folla», spiegò Angela. «È più facile non doversi preoccupare della riservatezza in questo modo. Vorrei saperne di più sulla tua esperienza, Alec, particolarmente alla luce di due clienti che speriamo di acquisire la prossima settimana».

«Nessun problema». Alec si sedette tra Ed e lei, e annuì in segno di ringraziamento al cameriere mentre gli veniva consegnato un menù rilegato in pelle.

Scorrendo con lo sguardo l'elenco di antipasti e secondi piatti, sentì gli occhi che bruciavano di fronte ai prezzi.

Non poteva permettersi nulla di tutto ciò.

Non ora.

L'amarezza lo avvolse.

Che diavolo stava pensando Ed, suggerendo di incontrarsi qui?

«Cosa desidera il signore?» Il cameriere si fermò al suo fianco. «Posso raccomandare la tartare di manzo per iniziare...»

«In realtà, non ho molta fame. Potrei avere la zuppa del

giorno, per favore, e l'antipasto di insalata di tonno come piatto principale?»

«A dieta, Alec?» Lisa sorrise. «Non è da te preoccuparti di quello che mangi».

Si diede una pacca teatrale sulla pancia e forzò una risata. «Nottate in bianco, cibo spazzatura, alla fine si paga tutto. Ho pensato di comportarmi bene per un po', così da potermi concedere qualche sfizio tra qualche mese».

«Beh, devo dire che è ammirevole». Angela alzò un sopracciglio. «Bene, io devo assolutamente prendere il salmone marinato, qui è divino, e dopo vorrei le scaloppine di vitello, per favore».

«Grazie, signora». Il cameriere prese i menù dalle loro mani. «E per quanto riguarda il vino?»

Alec guardò l'acqua intatta nel suo bicchiere. «Per me va bene cos...»

«Meglio prendere una bottiglia di Châteauneuf du Pape d'annata», disse Angela, sorridendo ampiamente. «Dopotutto, abbiamo molto di cui parlare, non è vero?»

———

Due ore dopo, la mano di Alec tremava mentre digitava il codice PIN della sua carta nel dispositivo che il cameriere gli porgeva, e si pentì di aver ceduto all'insistenza di Angela di ordinare una seconda bottiglia del vino più costoso del menù.

Non aveva nemmeno bevuto più di un paio di sorsi dalla prima, rifiutando i tentativi del cameriere di riempirgli il bicchiere e ignorando gli sguardi perplessi che Lisa gli aveva lanciato di tanto in tanto.

Mangiucchiando il suo cibo, si era invece concentrato nel rispondere alle domande di Angela con il giusto equilibrio tra sicurezza e modestia, suscitando qualche risata educata e ampliando alcuni dettagli sul suo lavoro passato quando necessario.

Mentre venivano portati i cappotti e le sedie venivano spinte indietro, la socia di Ed gli porse ancora una volta la mano, con gli occhi che brillavano.

«Sono davvero felice che abbiamo avuto l'opportunità di incontrarci così», disse. «Trovo molto più facile prendere la misura di qualcuno al di fuori dell'ambiente d'ufficio, e Ed aveva ragione su di te. Penso che sarai perfetto per noi».

Con queste parole, annuì a Ed, scambiò un bacio nell'aria con Lisa e uscì dalla porta senza voltarsi indietro.

Il sollievo di Alec per l'offerta di lavoro fu di breve durata quando vide il conto.

Ed sorrise, poi alzò un sopracciglio. «Meglio dividerlo, non credi?»

«Certo», rispose Alec, sperando che il sollievo nella sua voce non fosse troppo evidente.

«Guarda il lato positivo, amico. Servirà a preparare il terreno per quando le suggerirò che tu possa iniziare subito, quando la incontrerò per un caffè domani mattina».

L'aria fresca colpì le guance di Alec quando uscirono dal ristorante, e alzò lo sguardo mentre iniziavano a cadere alcune gocce di pioggia.

Nonostante la sensazione che l'estate fosse finita prima ancora di essere iniziata, sperava che questa serata fosse un segno che finalmente poteva provare a lasciarsi alle spalle gli ultimi mesi.

Forse avrebbe potuto chiedere a Ed e Angela un anticipo sul suo stipendio per saldare i suoi debiti più rapidamente, una volta avuta la possibilità di far colpo su di loro.

Forse tra un anno avrebbe ricordato questo periodo come una sorta di prova che aveva superato.

Forma il carattere, diceva sempre suo padre.

Mentre si avvicinavano al parcheggio multipiano, Lisa gli diede una gomitata nelle costole.

«Congratulazioni per il nuovo lavoro».

«Grazie, e grazie anche per essere venuta stasera».

«Non mi sarei persa quella cena per nulla al mondo», disse, sorridendo. «Non con la lista d'attesa che hanno per i prossimi due mesi. Oh, cavolo. Aspetta».

Si fermò e frugò nella borsetta mentre il suo cellulare iniziava a squillare, e sentì Ed imprecare sottovoce mentre lei parlava con voce affrettata.

«Merda, a quanto pare è la nostra babysitter». Fece una smorfia mentre la pioggia cominciava a cadere con insistenza. «Volevo offrirti un passaggio a casa, ma...»

«Non preoccuparti, io...»

«Ed, amore». Lisa terminò la chiamata e si diresse verso l'ingresso del parcheggio. «Hayley ha la febbre e ha appena vomitato. Ho detto alla babysitter che saremmo tornati il prima possib...»

«Andate». Alec le strinse il braccio, le baciò la guancia e poi si rivolse a Ed. «Ti chiamerò domani, ma grazie. Ti devo un favore».

«Sì. Ma non c'è bisogno di ringraziarmi. Sapevo che saresti stato perfetto. Oh, ehi - taxi!» Ed fece cenno a un'auto di passaggio e guardò attraverso il finestrino aperto mentre si fermava, prima di indicare verso Alec. «Deve andare all'estremità di Tovil, va bene?»

«Salta su».

«Ci sentiamo domani», disse Ed, battendo una pacca sulla spalla di Alec mentre si affrettava a tornare da Lisa.

«D'accordo».

Alec attese finché non furono scomparsi nel parcheggio, poi si girò verso il tassista in attesa e sollevò la giacca del completo sopra la testa per ripararsi dalla pioggia che ormai gli scorreva sul collo. «Va bene, andrò a piedi, grazie».

«Amico, sta diluviando. Sei sicuro?»

«Sì, grazie».

L'autista alzò gli occhi al cielo, poi si allontanò dal marciapiede, le luci dei freni dell'auto lampeggiarono all'incrocio a T prima di scomparire nella notte.

Alec rabbrividì, poi si incamminò a passo deciso, ansioso di mettere un po' di distanza tra sé e il parcheggio prima che Ed lo vedesse.

Rannicchiato sotto la giacca, imprecò sottovoce perché nessun altro a cena aveva pensato di chiedergli se potesse permettersi di mangiare lì. Avevano semplicemente dato per scontato che potesse.

«E tu non hai avuto le palle per dirglielo, coglione», si infuriò tra sé e sé.

Un autobus gli passò accanto schizzando mentre raggiungeva l'incrocio successivo in direzione fuori città, le ruote spostarono quasi tutta l'acqua da una pozzanghera sul marciapiede bagnandogli i pantaloni prima di fermarsi ad una fermata a qualche centinaio di metri da lui.

Una donna scese, alzò un ombrello e si precipitò verso

il cancello aperto di una casa vicina, il debole tap-tap dei suoi tacchi giunse fino a lui. Le porte dell'autobus rimasero aperte per alcuni secondi, e capì che probabilmente l'autista stava aspettando che lui saltasse a bordo.

Alec rallentò il passo, il collo che gli avvampava per l'imbarazzo di non potersi permettere nemmeno il viaggio verso casa.

L'autista colse il suggerimento e si immise sulla strada, lasciandolo a scuotere la giacca del completo per liberarsi di parte dell'acqua che si era accumulata nelle pieghe prima di rimettersi in cammino.

Almeno a casa c'erano le bustine di tè. Niente latte, ma qualsiasi cosa calda da bere in quel momento avrebbe attenuato il freddo che gli stava penetrando fino alle ossa.

Fece un profondo sospiro, rimproverandosi per il torpore che lo avvolgeva. Dopotutto, entro la fine della settimana avrebbe avuto un nuovo lavoro da aspettarsi dopo il colloquio informale di stasera e, anche se Ed non fosse riuscito a convincere il suo socio ad assumerlo come collaboratore subito, c'erano almeno delle prospettive di carriera.

E una volta saldati i suoi debiti, avrebbe potuto iniziare a risparmiare, seriamente, come avevano fatto Ed e Lisa, invece di comprare tutte quelle cose materiali che lo avevano lasciato senza nulla da mostrare negli ultimi dieci anni della sua vita lavorativa.

Raddrizzando le spalle, con un rinnovato slancio nel passo, si fermò al bordo del marciapiede per lasciar passare un'auto prima di attraversare la strada, poi osservò mentre questa rallentava fino a fermarsi accanto al marciapiede e un uomo emergeva dal lato del conducente.

Alec rallentò, poi vide l'uomo accovacciarsi vicino alla ruota anteriore, una sonora imprecazione giunse fino a lui prima che la figura si alzasse e prendesse a calci lo pneumatico incriminato.

«Hai forato?» gridò mentre si avvicinava.

L'uomo guardò dietro di sé e fece un leggero cenno con le spalle. «Forse. Improvvisamente tirava verso destra».

Accovacciandosi, Alec scrutò attraverso l'oscurità, poi aggrottò la fronte. «A me sembra a posto. Cosa…»

Gridò quando un braccio massiccio gli circondò la gola trascinandolo verso l'alto, mentre la mano dell'uomo che gli afferrava il braccio.

Poi il finestrino posteriore si abbassò, e lui barcollò all'indietro prima che la presa dell'uomo sul suo braccio si stringesse.

«Ciao, Alec».

Una voce proveniente dal sedile posteriore dell'auto gli fece correre un brivido lungo la schiena.

Deglutì, la bocca che restava secca mentre le viscere minacciavano di diventare liquide. «Stavo per chiamarla quando fossi arrivato a casa, lo giuro. Stavo…»

«Entra, Alec. È ora di fare una piccola chiacchierata su quel debito che hai con me».

CAPITOLO 27

Un'aria di disperazione aleggiava nella sala operativa quando Kay varcò la porta la mattina seguente.

Passò lo sguardo sugli agenti, tutti con espressioni tormentate mentre gestivano una telefonata dopo l'altra, cercando di far fronte all'ondata di informazioni provenienti sia dalla nuova scena del crimine che dalle indagini in corso.

Nonostante l'ora mattutina, un sottile odore di sudore arrivò fino a dove si era fermata alla sua scrivania, con il lieve ronzio della bocchetta dell'aria condizionata sopra di lei che faceva ben poco per disperderlo nello spazio chiuso.

Le voci attorno a lei si ridussero a un debole rumore di fondo mentre scorreva le ultime e-mail e poi esaminava una mezza dozzina di messaggi vocali che erano stati lasciati sul telefono della sua scrivania.

Dopo aver annotato quelli più importanti, cancellò il resto e allungò le braccia sopra la testa, sentendo le vertebre superiori scricchiolare in segno di protesta.

«Capo, i genitori di Preston Winford sono di sotto», disse Gavin, avvicinandosi e porgendole un riepilogo del caso appena stampato prima di seguirla fino alla lavagna. «Vuoi che li interroghi io, oppure...»

«Conduci tu, ma mi piacerebbe assistere». Kay esaminò i punti elenco e le note sulla pagina, poi si morse il labbro.

C'era così tanto da fare, così tante piste che erano state controllate e analizzate, eppure dopo una settimana non avevano ancora idea di chi avesse brutalmente assassinato Katrina Hovat, o del perché.

Si soffiò la frangia dagli occhi e fissò la calligrafia ondeggiante che copriva la lavagna. «Preston dev'essere la chiave di tutto questo, no? A livello temporale, non abbiamo altre vittime che mostrino questo tipo di ferite in altri casi fino a quando non è stato ucciso e abbandonato nel capannone di Angus».

«Nessuna che abbiamo trovato finora», disse Gavin. «Ma non siamo ancora riusciti a collegarlo né ad Angus né a Katrina. Laura e i due agenti tirocinanti hanno ricontrollato tutti i loro account social nelle ultime ventiquattro ore, e non abbiamo concluso nulla».

Lei percepì lo sconforto nella sua voce e cercò di iniettare un po' di entusiasmo nella propria nonostante la crescente sensazione che il caso le stesse sfuggendo di mano. «Beh, *sappiamo* che le vittime erano indebitate. Forse è il momento di chiedere un aiuto specialistico».

Il suo collega aggrottò la fronte. «Che tipo di aiuto?»

Lei guardò dietro di sé e fece un cenno a Debbie West. «Puoi contattare il quartier generale e chiedere se Amanda

Miller è ancora disponibile? Ci ha aiutato in quel caso con il corpo mummificato qualche anno fa».

«Subito, capo».

Gavin osservò l'agente in uniforme tornare alla sua scrivania, poi si voltò verso Kay. «La contabile forense?»

«Proprio lei. Spero che possa individuare qualcosa negli estratti conto che ci è sfuggito, o almeno fornirci qualche informazione di base su dove altro potrebbero aver preso in prestito denaro».

La sua bocca si tese. «Intendi strozzini».

«Forse, sì. La squadra di Amanda deve aver avuto a che fare con operatori di credito illegali prima d'ora. Vediamo se ha qualche informazione su quel lato del crimine organizzato che potrebbe aiutarci». Fece una pausa e controllò l'orologio. «Bene, andiamo a parlare con il signor e la signora Winford. Forse possono fare un po' di luce su cosa stesse combinando il loro figlio prima della morte».

———

Marion e Colin Winford erano seduti fianco a fianco a un tavolo nella sala interrogatori tre quando Kay seguì Gavin nella stanza; la coppia si teneva per mano mentre la madre di Preston si tamponava gli occhi con un fazzoletto appallottolato.

Colin Winford si alzò in piedi quando la porta si chiuse e tese una mano enorme a Gavin; la corporatura dell'uomo suggeriva che potesse aver giocato a rugby in gioventù.

«È lei il detective che catturerà il bastardo che ha ucciso mio figlio?» domandò.

«Colin, *che linguaggio*». Sua moglie allargò gli occhi mentre il rossore le salì alle guance. «Mi scusi tanto, noi...»

«Non si preoccupi, non c'è bisogno di scusarsi, ne ho sentite di peggiori», disse Gavin stoicamente, «e sì, sono io. Uno di loro, comunque. Questa è l'Ispettrice Kay Hunter, che dirige l'indagine».

«Signor Winford, Signora Winford, mi dispiace molto per la vostra perdita». Kay indicò le sedie attorno al tavolo. «Sediamoci, signor Winford, e risponderò a qualsiasi domanda lei abbia nel miglior modo possibile al momento?»

«D'accordo», disse lui bruscamente. Strinse la mano della moglie, poi sospirò. «Mi scuso per il linguaggio. È solo che... Preston era... era...»

Cedette allora, enormi singhiozzi strazianti che scossero il suo corpo imponente mentre sua moglie gli avvolgeva il braccio attorno, le sue stesse lacrime lasciavano scie umide sulla giacca di colore chiaro che indossava.

Gavin afferrò una scatola di fazzoletti accanto al registratore e la fece scivolare verso la coppia, dando loro qualche momento per ricomporsi.

«Preston non avrebbe fatto del male a nessuno», disse infine Marion, il viso chiazzato di lacrime. «Non è mai stato nemmeno con le cattive compagnie a scuola».

«Semplicemente non riusciamo a capire perché qualcuno gli avrebbe fatto del male», aggiunse Colin, e tirò su col naso.

«Bene, speriamo di potervi dare alcune risposte, e arrestare chi era responsabile della sua morte», disse

Gavin. «Vi dispiace se vi facciamo qualche domanda su Preston, per aiutarci a farci un'idea migliore di lui come persona?»

«Certo». Colin si asciugò gli occhi con la manica della giacca e raddrizzò le spalle. «Qualsiasi cosa vi serva da noi, chiedete pure».

«Grazie». Gavin fece una pausa, aprendo il suo fascicolo per esaminare gli appunti, e Kay lo guardò di sfuggita.

Era un buon modo per permettere ai genitori di Preston di avere qualche momento in più per raccogliere le idee, e l'orgoglio le gonfiò il petto vedendo come il suo collega fosse maturato come investigatore nel tempo trascorso insieme.

Ciò le permetteva di ascoltare e osservare l'interrogatorio, valutando le risposte della coppia e cercando di percepire qualsiasi corrente sotterranea di stress.

Spesso, era qualcosa che non veniva detto che poteva fornire la minima svolta di cui avevano così disperatamente bisogno.

«Quando ha visto Preston l'ultima volta?» iniziò Gavin.

«All'inizio di aprile», disse Colin. «Viviamo nel Suffolk ormai, quindi con lui occupato col lavoro e io che non amo molto guidare in autostrada, probabilmente lo vedevamo solo una mezza dozzina di volte all'anno».

«Però ci sentivamo al telefono ogni due o tre settimane», aggiunse Marion. «E via e-mail».

«Ma nulla dall'inizio di aprile?»

Entrambi i genitori scossero la testa.

«No». Colin fece un triste cenno con le spalle. «Ho semplicemente pensato che fosse impegnato con il lavoro. Gli ho mandato un'e-mail un paio di settimane fa, ma non mi sono preoccupato. A volte era così, passavamo qualche settimana senza parlarci, e poi facevamo un grande aggiornamento quando riemergeva».

«Potreste confermare che lavoro faceva?» disse Gavin.

«Lavorava come autista di consegne, ma solo come esterno».

«Ha mai menzionato problemi al lavoro?»

«Era frustrato perché non offrivano aumenti di stipendio o ore extra quest'anno», disse Colin, con un 'espressione accigliata. «È il terzo maledetto anno di fila. Ad aprile ha detto che stava iniziando a cercare un altro lavoro, ma è difficile, no? I datori di lavoro sanno che le persone sono disperate, quindi offrono solo una miseria».

«E gli hobby?» disse Gavin. «Cosa piaceva fare a Preston nel tempo libero?»

«Ha sempre amato lo sport». Marion corrugò la fronte. «Era appassionato di ciclismo fino all'anno scorso, poi ha venduto la bicicletta che aveva. Avevo notato che aveva perso un po' di peso. Quando gli ho chiesto se stesse bene, mi ha detto che aveva disdetto l'abbonamento in palestra per risparmiare. Ha detto che non mangiava tanto quanto prima perché non voleva mettere su peso se non si allenava molto. Mi sono chiesta se stesse esagerando però. Quando ci veniva a trovare mangiava sempre per due».

«Gli ho chiesto ad aprile cosa stesse combinando ultimamente, ed è stato... evasivo», disse Colin. «Invece di dirci dell'ultima serie che stava guardando in streaming, o che vacanza aveva prenotato per l'estate, ha semplicemente cambiato discorso. Ora che ci penso, ha cambiato argomento anche quando Marion gliel'ha chiesto».

«Era insolito?»

«Sì. Preston era sempre quello chiacchierone, vivace come non mai, sempre in movimento».

Gavin setacciò tra i documenti nel fascicolo, poi si fermò. «Eravate a conoscenza del fatto che Preston avesse un considerevole ammontare di debiti?»

Marion si irrigidì. «Non ci ha mai detto nulla. E se l'avesse fatto, l'avremmo aiutato per quanto potevamo. Perché?»

«Come parte delle nostre indagini sulla sua morte, siamo stati informati che deve quattordicimila e cinquecento euro a quattro diverse società di carte di credito». Gavin guardò i Winford uno alla volta. «E non ha effettuato i pagamenti minimi a due di queste da gennaio».

«Quattordicimila…» Colin spalancò gli occhi. «Non ha mai detto nulla...»

«Vi ha mai parlato di denaro?» disse Kay. «O avete notato qualcos'altro riguardo alle sue abitudini di spesa che sembrasse fuori carattere per lui?»

«No. Non avevamo molto quando cresceva, ma ci siamo assicurati che capisse sempre come fare un bilancio e quel genere di cose. Su cosa diavolo stava spendendo tutti quei soldi?»

«Siamo in fase di acquisizione degli estratti conto dalle società di carte di credito», spiegò Gavin, «ma ci vuole un po' di tempo. Può darsi che i debiti siano stati contratti molto tempo fa, e Preston li stesse rimborsando da un po'. Anni, persino. E non vi ha mai detto nulla?»

Colin scosse la testa. «Voglio dire, so che si lamentava della mancanza di aumenti al lavoro, ma guadagnava una cifra decente, detective Piper. Non direi che stesse lottando, capisce? Almeno, non ci ha mai dato l'impressione che ci fosse un problema».

Kay osservò mentre Gavin estraeva due fotografie dal fascicolo e trattenne il respiro.

«Vorrei mostrarvi queste», disse ai Winford. «Sono state sistemate, ma devo avvertirvi che si tratta di due persone decedute che pensiamo possano essere collegate a Preston in qualche modo. Vi dispiacerebbe dare un'occhiata?»

Marion impallidì, ma poi strinse la mascella e annuì.

«Va bene», disse Colin.

Si avvicinarono quando Gavin fece scivolare le fotografie, i loro occhi esaminarono le immagini di Katrina e Angus.

«Avete mai visto queste persone prima?» chiese Kay.

«No, chi sono?» disse Marion, confusa. «Sono stati uccisi dalla stessa persona che ha assassinato mio figlio?»

«Non lo sappiamo ancora». Kay strinse le labbra per un momento. «Non siamo riusciti a trovare alcun collegamento tra vostro figlio e queste due persone attraverso i social media. Preston ha mai menzionato i nomi Katrina Hovat o Angus Zilchrist con voi?»

«No, mi dispiace», disse Colin. «Non riconosco nessuno di questi nomi».

«Nemmeno io», aggiunse sua moglie.

Kay si appoggiò allo schienale della sedia, combattendo l'ondata di delusione che la travolse.

Non erano più vicini a scoprire cosa fosse successo alle tre vittime, o perché.

E stava finendo il tempo per impedire al loro killer di colpire di nuovo.

CAPITOLO 28

Gavin si tolse gli occhiali da sole e fissò l'insegna che sporgeva dalla facciata sopra un container navale convertito.

Un gruppo di festoni verdi e oro ondeggiava da un cartello a cavalletto fuori dalla porta, coperto di scritte col gesso che urlavano le ultime offerte per spazi di deposito temporaneo.

Quando aprì la porta dell'ufficio, fu colpito da quanto fosse stipato nella minuscola stanza. Un bancone di formica economica formava una T alla sua sinistra, la superficie era cosparsa di cartone, briciole e ritagli di nastro adesivo da imballaggio, mentre alla sua destra c'erano due sedie di plastica e un espositore in acciaio inossidabile con vari opuscoli sui servizi offerti dalla società di deposito.

L'odore di cartone e colla si aggrappava alle pareti.

Un uomo stava armeggiando con una scatola delle dimensioni di un baule da tè sul retro dell'ufficio, con un'espressione pentita quando vide Gavin.

«Di nuovo qui?»

«Solo alcune domande di proseguimento, se va bene». Gavin mostrò il suo tesserino. «Lei è William Clyborne?»

«Will, sì. Un attimo». Seguirono alcuni movimenti col cartone, poi l'uomo avvolse abilmente un dispenser di nastro adesivo attorno alle pieghe e lo spinse da parte. «Il telefono può andare in segreteria per ora, vuole sedersi?»

«Grazie».

Will si pulì le mani sul davanti dei jeans e si lasciò cadere nella sedia accanto agli opuscoli. «È la prima volta che ho la possibilità di sedermi stamattina».

«Giornata intensa?» Gavin non riuscì a nascondere la sorpresa nella voce.

«Sì. Più del solito. Immagino che alcune persone non riescano a stare lontane dalla scena di un omicidio, giusto?» Will sbuffò. «Morbosi, tutti quanti. La maggior parte è venuta solo per curiosare, prendere un opuscolo o del nastro adesivo e poi svignarsela. Probabilmente non li vedremo mai più».

«Qualcuno ha fatto domande?»

Questa domanda provocò una risata strozzata. «*Tutti* fanno domande. Cercano informazioni, sa? Un tizio ha persino detto che sarebbe stata una storia fantastica per il suo podcast sui veri crimini».

«Porca miseria». Gavin scosse la testa. «Scusi».

«No, non si preoccupi. Ho pensato la stessa cosa. Allora, cosa voleva sapere?» L'uomo indicò con il pollice dietro di sé. «Ho altre otto di quelle da mettere insieme per un cliente legittimo che sarà qui all'una».

«Angus Zilchrist, il tizio che ha affittato l'unità - l'ha mai visto con quest'uomo?» Gavin gli consegnò la fotografia di Preston Winford. «Stiamo cercando di scoprire se si conoscessero».

Will tenne la fotografia tra indice e pollice, passando l'altra mano sulla mascella. «Non posso dirlo con certezza. Mi sembra vagamente familiare, ma vedo così tante persone passare di qui. È questo il tizio morto? Quello che è stato trovato qui?»

«Sì».

«Cristo».

«Non li abbiamo ancora individuati insieme nelle riprese di sicurezza che ci ha fornito all'inizio di questa settimana», disse Gavin, riprendendo la fotografia. «Se qualcuno accede alla propria unità qui e ha qualcuno con sé, entrambe le parti devono registrarsi, o solo la persona che affitta l'unità?»

«Solo la persona che paga l'affitto». Will si grattò di nuovo la mascella, poi guardò dietro a Gavin e indicò fuori dalla finestra. «Brian Melgren gestisce l'officina di restauro di auto d'epoca dall'altra parte della strada, potrebbe valere la pena fare due chiacchiere con lui. Ha telecamere in tutto il piazzale e non si sa mai, potrebbe essere fortunato».

Gavin sorrise. «Lo farò, grazie. Incroci le dita per me».

———

Coprendo la distanza tra il deposito e l'officina di restauro auto a grandi passi, Gavin seguì il suono di martellate in un ampio garage a due vani e attraversò fino a un pozzo di servizio.

Sopra di esso, sollevata su un ponte idraulico c'era una

MG della fine degli anni '60, la vernice verde racing britannica mostrava segni di ruggine intorno ai passaruota anteriori.

Un altro forte *colpo* del martello risuonò contro le pareti, e poi ci fu un movimento da sotto l'auto e un uomo sulla cinquantina lo guardò.

«Posso aiutarla?»

«Brian Melgren? Sono il detective Gavin Piper, Polizia del Kent. Mi chiedevo se potessi scambiare due parole con lei?»

Melgren sospirò, si allungò e posò il martello accanto ai piedi di Gavin, poi risalì i gradini incorporati nel pozzo di servizio, pulendosi le mani su una tuta grigia macchiata d'olio. «Ho parlato con i vostri colleghi all'inizio della settimana. Si tratta di quel corpo che avete trovato?»

«Esatto».

«Ho detto al poliziotto che è venuto qui che non ho visto niente». Socchiuse gli occhi contro la luce solare intensa che penetrava nell'interno buio attraverso le porte avvolgibili anteriori. «Non si può vedere da qui, guardi».

Gavin si girò per vedere cosa intendesse Melgren.

Effettivamente, anche se i cancelli metallici doppi del deposito erano spalancati, da dove si trovavano era visibile solo l'angolo dell'ufficio, e nessuna delle unità poteva essere vista.

Voltandosi di nuovo verso l'uomo, Gavin tirò fuori il suo taccuino. «In realtà mi chiedevo delle sue telecamere di sorveglianza. Alcune di esse inquadrano quei cancelli o la strada esterna?»

Melgren tirò su col naso, contemplando la domanda. «Potrebbe darsi, suppongo. Vuole dare un'occhiata?»

«Non mi dispiacerebbe».

«L'ufficio è da questa parte».

Gavin lo seguì oltre la MG sollevata, e osservò un'Aston Martin DB5 che brillava accanto a essa. «C'è qualcun altro qui che lavora con lei?»

«Un paio di appassionati part-time. James lavora solo il sabato, ed ha appaltato qualsiasi lavoro di tipo elettrico a un tizio che viene il martedì se ne ho bisogno. Per il resto del tempo, sono da solo». Melgren aprì la porta di un ufficio simile a una scatola da scarpe sul retro del garage e si lasciò cadere in una sedia girevole appena imbottita. Indicò un'altra dietro la porta. «Accomodati. Ci vuole un po' perché il portatile si avvii».

«Grazie. Da quanto tempo è qui?»

«Circa quindici anni. All'inizio facevo questo nel garage di casa, ma poi si è sparsa la voce e sono diventato più impegnato, così ho lasciato il mio lavoro e ho fatto questo invece». Melgren tamburellò le dita su un'agenda aperta in formato A4 mentre il sistema operativo del computer completava le procedure di avvio. «Il tempo è volato, però. Continuo a dire che farò questo per altri pochi anni e poi venderò l'attività, ma non lo faccio mai».

«Ci sono delle macchine stupende là fuori».

«Per questo le telecamere. La maggior parte viene portata dentro di notte, ma oggi c'è più movimento perché ho dei clienti che verranno più tardi a ritirare l'Aston Martin e la Ford GT. Ah, ecco qua. Cosa volevate vedere?»

«Posso dare prima un'occhiata alle angolazioni?»

«Certamente». Melgren spostò il mouse su un menù dello schermo e fece clic. «Ho sei telecamere in totale: due all'interno e quattro all'esterno che coprono ogni angolo dell'edificio».

«Incredibile».

«C'era un'offerta speciale quando ho acquistato il sistema. Probabilmente vi interessano le due anteriori, giusto?»

«Probabilmente. Cosa c'è sul retro?»

«Solo i bidoni di questo posto e della carrozzeria accanto. Dietro c'è un muro di cemento che ci separa dal deposito dei corrieri dall'altra parte».

«Ok. Le telecamere si muovono?»

Melgren scosse la testa. «Sono entrambe ad angolazioni fisse. Principalmente per coprire le auto parcheggiate fuori, ma anche per sorvegliare le porte d'ingresso. Quelle sono allarmate, ma con il valore di alcune delle auto che passano di qui, non posso rischiare di non avere un backup. Questa è quella che inquadra anche una parte dell'unità di deposito dall'altra parte della strada».

Gavin avvicinò la sedia e scrutò lo schermo.

L'angolazione della telecamera era perfetta, offrendo una chiara visuale della strada che conduceva alla società di deposito oltre il piazzale di Melgren.

«Per quanto tempo conserva le registrazioni?»

«Per sempre, suppongo. Salva tutto online».

Tirando fuori dalla tasca della giacca un biglietto da visita, Gavin cercò di contenere l'eccitazione nella voce. «Potrebbe inviarmi un link per scaricare tutto da questa telecamera, diciamo tra novembre e la settimana scorsa?»

«Se può essere d'aiuto, sì».

«Oh, sarà d'aiuto, signor Melgren». Gavin sorrise. «Sarà di grande aiuto».

CAPITOLO 29

«Amanda, grazie per avermi ricevuta con così poco preavviso.»

Kay strinse la mano alla donna più bassa, mentre l'investigatrice finanziaria spostava un portadocumenti in pelle che teneva sotto l'altro braccio.

«Sei fortunata. Ho appena finito di concludere un'altra indagine questa mattina, quindi sono libera per qualche ora finché Sharp o uno degli altri non avrà bisogno di me.» La donna controllò l'orologio. «Si sta facendo tardi, ma vuoi prendere un caffè?»

«Mi sembra un'ottima idea.»

Sulla cinquantina inoltrata, Amanda Miller emanava sicurezza, con i capelli castani raccolti in uno chignon alla moda che accentuava gli zigomi alti e il tailleur blu navy che completava la sua figura snella. I saluti ai colleghi che incrociavano sulla strada verso la mensa erano ricambiati con sorrisi calorosi.

Kay trattenne un sospiro, stirando le pieghe sulla sua giacca causate dal viaggio in auto da Maidstone e brontolando per i cerchi scuri sotto gli occhi per la mancanza di sonno.

«Come vanno le cose qui?» chiese, osservando le barrette ai cereali nel distributore automatico prima di selezionarne due.

«Penso che il modo migliore per descriverlo sia "costantemente impegnativo". Il crimine organizzato sta crescendo, nonostante i nostri sforzi, ma almeno questo significa che i pezzi grossi hanno ritenuto opportuno concedermi un budget leggermente più alto per assumere altre tre persone.» Amanda versò il caffè da una grande caraffa e passò una tazza a Kay. «E tu come stai?»

«Non si ferma mai.» Rispose con una risata stanca, aiutandosi con latte e zucchero. «Voglio dire, non vorrei che fosse diversamente, ma...»

«Di tanto in tanto sarebbe bello avere un momento per riprendere fiato, non credi?» Gli occhi di Amanda si addolcirono. «E come stai, Kay? Perdere un membro della squadra è difficile in qualsiasi circostanza, ma soprattutto quando hai lavorato così duramente per creare un gruppo di investigatori così unito. Ricordo com'era quando lavoravo a Maidstone con te.»

Kay deglutì, con gli occhi che bruciavano per le gentili parole. «Grazie. Ehm, sì... è stato difficile. L'agente che era con lui ora è tornato al lavoro però.»

«Mi fa piacere sentirlo.» Amanda indicò con la tazza di caffè verso un tavolo in fondo alla mensa. «Ci sediamo là? Tanto vale nascondersi qui dove c'è calma.»

Grata per il cambio di argomento, Kay si accomodò sulla sedia accanto a lei e aprì la sua valigetta, distribuendo i documenti sul tavolo. «Spero tu possa aiutarci con questo caso. Abbiamo avuto due omicidi. Una vittima è stata uccisa alcune settimane fa e il suo corpo è stato scoperto solo martedì, e l'altra è una donna uccisa venerdì sera scorso. Entrambi presentavano le stesse ferite, il che ha portato noi e il nostro patologo a credere che siano stati torturati prima di essere accoltellati a morte.»

Amanda annuì, con la bocca tesa. «Ne ho sentito parlare al telegiornale, ovviamente. Al telefono hai accennato che c'era anche una terza vittima, però?»

«Sì, il tizio che affittava il magazzino dove è stato trovato il corpo più vecchio, Angus Zilchrist. Il rapporto dell'autopsia dice che è morto per cause naturali, un attacco cardiaco, ma stiamo lavorando sull'ipotesi che ciò potrebbe essere stato causato dallo scoprire che questo tizio era stato infilato in un armadio all'interno del magazzino che stava affittando.»

«Capisco. Perché hai bisogno di me?»

«Questi sono i nostri riscontri finora, dopo aver esaminato gli estratti conto che abbiamo ottenuto dalle banche delle vittime, dalle società di carte di credito, cose del genere. Ognuno di loro era indebitato e faceva fatica a pagare le bollette. Ma nonostante guadagnassero, o nel caso di Angus avessero accesso a una pensione, non riuscivano a stare al passo con i pagamenti. Credo che il denaro finisse altrove.»

Amanda sbuffò. «Strozzini.»

«Esattamente.» Kay indicò gli estratti conto di esempio che aveva disposto. «Ma non possiamo dimostrarlo da questi, e non so cosa devo fare per confermare la teoria, o qualcosa che mi dica che sto sbagliando e devo cercare un movente diverso.»

Allungando la mano verso il caffè, Amanda bevve un sorso, senza mai distogliere lo sguardo dai documenti sparsi davanti a loro. «Non c'è nient'altro che colleghi queste tre persone?»

«Non che abbiamo trovato finora. La squadra ha setacciato i social media e interrogato amici e familiari. Non ci sono collegamenti di alcun tipo.»

«Eppure devono essere tutti entrati in contatto con lo strozzino in qualche momento negli ultimi mesi, e in un luogo simile.»

«Abbiamo usato le telecamere di sorveglianza per tracciare i movimenti di Katrina Hovat dai suoi due lavori, quelli legittimi comunque, e non abbiamo visto prove che suggeriscano che fosse minacciata prima di essere uccisa. Il suo appartamento... non c'era nulla.» Kay rabbrividì al ricordo. «Lavorava senza sosta, eppure riusciva a malapena a sopravvivere. La squadra non ha trovato biglietti minacciosi quando ha perquisito il posto. Controllerò con Andy riguardo al suo portatile dopo che avremo finito qui, ma non sembra promettente.»

Amanda raccolse i documenti e li fece scivolare indietro. «Ok, quindi discutiamo i primi passi. Posso darti quattordici ore della mia squadra prima di dover chiedere l'autorizzazione per più tempo. Ti va bene?»

Kay sbatté le palpebre. «Dovrà andare bene. Non ho altro budget per questo caso.»

«Cristo.» La donna anziana scosse la testa. «Bene, sia quel che sia. Assegnerò due persone alle ricerche perché questo consumerà la maggior parte del tempo, ma tu hai bisogno di risposte il prima possibile. Eseguiremo una ricerca nel database ELMER per vedere se ci sono

Segnalazioni di Operazioni Sospette specificamente per l'area di Maidstone, con l'enfasi sul tipo di transazioni effettuate dalle tue vittime. Ovviamente includeremo i loro dati così da ricevere un avviso se i loro nomi salteranno fuori. Quelle SOS includeranno ogni azienda coinvolta nel settore finanziario.»

«Ma non pensiamo che fossero preoccupati per un'azienda legittima, Amanda: sto pensando a bande di spacciatori con un'attività parallela di prestiti e intimidazioni.»

«Lo so,» disse l'investigatrice finanziaria, con gli occhi scintillanti. «Ma quel denaro doveva pur *entrare* nella vita delle tue vittime in qualche modo, no?»

Kay si appoggiò allo schienale della sedia, mentre la comprensione si faceva strada. «Quindi se puoi scoprire come è stato ricevuto il denaro…»

«Sì. Con un po' di fortuna, possiamo scoprire chi o *da dove* è stato ricevuto.»

CAPITOLO 30

La mattina seguente, di buona ora, Kay osservò la nebbia vorticosa che abbracciava il fiume Medway, poi si protesse gli occhi e scrutò verso il panorama frastagliato oltre il fiume mentre la luce del sole si innalzava sopra i palazzi e gli uffici della città.

Il rumore del traffico pendolare si diffondeva nell'aria intorno a lei, in contrasto con i versi delle anatre e il cinguettio eccitato dei balestrucci che volavano radenti sulla superficie dell'acqua, catturando moscerini in volo.

Un odore umidiccio di vegetazione marcia si aggrappava alle canne e all'erba alta che cresceva accanto alla passeggiata sul fiume lastricata, con l'acqua che lambiva la riva mentre una squadra di sommozzatori avanzava lungo il corso d'acqua, le loro mute in neoprene luccicanti.

Allentò la presa sulle chiavi dell'auto, si assicurò che fossero ben riposte nella tasca della giacca, e si diresse verso il punto dove Kyle Walker stava in piedi accanto a

205

un tratto di nastro della scena del crimine che era stato annodato tra due giovani alberi, bloccando di fatto il sentiero.

«Buongiorno, capo.» Le porse un porta-documenti e fece una pausa mentre lei firmava. «Mi dispiace averla svegliata così presto.»

«Non c'è problema. A che ora è arrivato?»

La sua bocca si incurvò. «Poco dopo le sei. Sembrava ancora notte fonda però.»

«Ci credo.» Annuì verso un'altra striscia di nastro qualche metro all'interno del cordone esterno. «Qual è la situazione, allora? Mi ha detto al telefono che qualcuno ha visto un cadavere nel fiume.»

«Sì, uno degli operai che lavora qui al mercato. Era andato verso il bordo del parcheggio vicino alla riva per fumarsi una sigaretta, e ha visto quella che gli sembrava la gamba di un uomo sporgere da dietro uno dei pali di legno. Si è rivelato corretto: il corpo era rimasto impigliato nei resti di un vecchio molo.» Kyle sorrise con aria compiaciuta. «Non credo che farà altre pause sigaretta di nascosto per un po'.»

«Chi c'è giù con la squadra di sommozzatori?»

«Simon Winter è arrivato dieci minuti fa con il furgone. Lucas è venuto ed è già andato via. Patrick sta dirigendo il lato forense della cosa; Harriet è sulla scena di un accoltellamento ad Ashford di ieri notte.» Percorse con lo sguardo la lista. «Il sergente detective Barnes ha staccato, ma ha detto che tornerà presto, e Aaron Stewart sta gestendo la scena come responsabile delle indagini facente funzione. Dave Morrison ha iniziato le indagini casa per casa in questa zona.» Indicò col mento verso un gruppo di eleganti appartamenti alla loro destra, i cui balconi che si affacciavano sul fiume. «Ci sono telecamere di sorveglianza lungo i passaggi tra i palazzi, quindi parleranno con la squadra di gestione per vedere se possiamo dare un'occhiata ai filmati oltre a interrogare i residenti.»

Kay sentì parte della tensione abbandonare le sue spalle mentre lo ascoltava, sollevata che la sua squadra avesse agito così rapidamente, specialmente dato che molti di loro avevano completato turni notturni prima della chiamata d'emergenza o, come Kyle, avevano lavorato fino a tardi nel turno del giorno precedente.

«Ottimo lavoro, Kyle, grazie.» Gli restituì la penna, poi guardò dietro di sé quando una voce familiare la chiamò per nome. «Buongiorno, Ian.»

Barnes le consegnò un caffè da asporto, con il vapore che saliva dal piccolo foro praticato nel coperchio di plastica. «Sono quattro corpi ora se includiamo Angus Zilchrist, capo.»

«Che sappiamo. Grazie.» Strinse il bicchiere di cartone tra le mani e socchiuse gli occhi verso il ponte che attraversava il fiume più a valle. «Vedo almeno un teleobiettivo, quindi voltate le spalle. Non voglio che quei bastardi leggano le labbra durante questa conversazione.»

«Patrick ha dato il via libera per il sentiero tra i due cordoni, quindi può tranquillamente camminare là se vuole controllare cosa sta succedendo», disse Kyle, spostandosi di lato e guardando il caffè con invidia.

«Ci vediamo in centrale quando avrà finito qui. Gradirei un altro aggiornamento.»

«Capo.»

Camminando al fianco di Barnes, Kay soffiò attraverso il foro nel bicchiere di caffè e bevve un sorso cauto prima di fare una smorfia quando il liquido bollente le scottò la lingua. «Immagino che sia già stato laggiù. Con cosa abbiamo a che fare?»

«Maschio, tra i venti e i trent'anni.» Barnes rimosse il coperchio dalla sua bevanda prima di fermarsi sotto una giovane betulla argentata. Il nastro del cordone svolazzava nella brezza, con l'estremità legata al tronco dell'albero che sbatteva contro la corteccia con un fruscio leggero. «Pantaloni eleganti, buone scarpe. Niente camicia o documenti d'identità per ora. Ecco perché stanno setacciando il fiume e poi a valle, nel caso qualcosa sia rimasto intrappolato nel limo.»

Lo sguardo di Kay vagò oltre il punto in cui lavoravano i sommozzatori e vide il Palazzo Arcivescovile sulla riva opposta. Due agenti in uniforme sorvegliavano la passeggiata sul fiume segnalata, allontanando ciclisti e jogger per impedire loro di fotografare la scena del crimine.

Alzò lo sguardo, osservando il parcheggio multipiano che sovrastava la piattaforma di cemento dove si teneva il mercato nel fine settimana. «Qualcuno ha già controllato lì dentro?»

«È nella lista, capo.» Barnes trangugiò il suo caffè prima di sospirare al suono di un clacson. «L'abbiamo chiuso finché non avremo avuto la possibilità di dare un'occhiata, da qui il rumore che sente.»

«Dov'è il tizio che ha trovato il corpo?»

«Viene interrogato in centrale.» Estrasse il telefono

dalla tasca quando vibrò, alzò gli occhi al cielo, poi lo rimise via. «Era Laura: a quanto pare Sharp ha appena telefonato per dire che sta arrivando. Il quartier generale vuole un aggiornamento urgente da noi e conoscere le nostre opinioni su una possibile connessione con gli altri corpi.»

Kay lo scrutò da sopra il bicchiere. «Ho avuto l'impressione che lei pensasse ci fosse un collegamento.»

«Ho dato un'occhiata al corpo mentre Lucas gli dava una prima valutazione. La nostra vittima ha lo stesso tipo di segni di taglio sul torso e sulle braccia.» Fece una pausa, con il volto preoccupato. «Anche molto sangue intorno all'inguine.»

«E ha detto che non c'erano documenti?»

Indicò con il pollice dietro di sé. «Non a meno che i sommozzatori non trovino qualcosa.»

«Forse si tratta di una rapina finita male, piuttosto che qualcosa legato alle altre morti.»

Persino Kay poteva sentire l'incertezza nella propria voce.

Entrambi abbassarono lo sguardo quando il telefono di Barnes vibrò di nuovo, e lui gemette quando guardò lo schermo prima di girarlo verso Kay.

Laura aveva inviato uno screenshot di un noto social media, una fotografia della scena del crimine accompagnata dalle parole "Corpo di un uomo recuperato dal fiume".

«Sembra che ci abbiano battuto sul comunicato stampa, capo», disse.

Kay si avvicinò a un tombino, versò il resto del caffè,

poi gettò il bicchiere vuoto in un vicino cestino per il riciclaggio usato dai commercianti del mercato.

«Meglio tornare in centrale, allora. Ci aspetta una mattinata intensa.»

CAPITOLO 31

Kay represse uno sbadiglio mentre si avvicinava alla lavagna, le palpebre appesantite dalla mancanza di sonno.

Indossava ancora i robusti scarponi da trekking che aveva usato per scendere al fiume, le suole erano più comode di quelle delle scarpe con il tacco che aveva gettato sotto la scrivania appena arrivata nella sala operativa.

La stanza era più silenziosa rispetto al giorno precedente, con molti membri della sua squadra ancora sulla scena del nuovo crimine o fuori a seguire piste e raccogliere testimonianze.

Debbie West le rivolse un debole sorriso mentre si avvicinava con l'ordine del giorno per il briefing e una pila di cartelline. «Ho bisogno della tua firma su alcune cose prima che tu sparisca, capo. Inclusi i turni del fine settimana e i rapporti di Harriet Baker sulla casa dei Brassick. Vuoi che li chiami per far sapere che possono riavere la casa ora che abbiamo finito?»

«Grazie. Ci sono nuovi aggiornamenti da parte di Harriet oltre a quello che già sappiamo?»

«No, e Aaron ha detto che non c'erano neppure riprese di sicurezza in quella fattoria. Quella che pensavamo i sospetti avessero attraversato per entrare e uscire dalla proprietà dei Brassick.»

«Accidenti.» Kay prese la pila di cartelline e iniziò a sfogliarne il contenuto, aggiungendo la sua firma con un gesto deciso dove Debbie aveva messo le frecce adesive. «Chi è fuori servizio oggi?»

«Nadine, Dave e uno dei miei amministrativi. Nadine e Dave rientreranno domenica. Ho parlato con Ian prima che tu arrivassi, e ha intenzione di lavorare per tutto il weekend. Gavin e Laura saranno in servizio domani, ma al momento sono fuori turno per domenica.» Scrollò le spalle. «Nessuno di loro vuole prendersi una pausa mentre c'è un assassino in libertà.»

Kay chiuse l'ultima cartellina. «Ok, grazie Debbie. Fai venire tutti qui e iniziamo.»

Cinque minuti dopo, la squadra si era riunita intorno a lei, e le loro conversazioni si interruppero quando si schiarì la gola.

«Iniziamo con te, Gavin: com'è andata ieri al deposito?»

«Will Clyborne non ha potuto aiutarci, ma mi ha indirizzato verso un tizio di nome Brian Melgren, che possiede l'attività di restauro di auto d'epoca dall'altra parte della strada.» Gavin bevve un sorso della sua bevanda energetica prima di continuare. «Fortunatamente per noi, ha due telecamere rivolte verso i depositi e fa il backup delle registrazioni online, non ha mai dovuto cancellarne nessuna per mancanza di spazio dati, e mi ha inviato via e-mail un link a tutte le riprese delle due telecamere dalla fine dell'anno scorso fino alla fine della settimana scorsa. Ho pensato che potremmo esaminarle per vedere se Preston Winford sia mai andato ai depositi con Angus, o se sia comparso lì con qualcun altro. Will Clyborne ha detto che solo la persona che affitta l'unità deve registrarsi, quindi Angus potrebbe essere arrivato con chiunque e non lo sapremmo ancora.»

«Ottimo, grazie Gavin.» Kay aggiornò la lavagna, poi chiamò voltandosi. «Avrò bisogno di aiuto per esaminare tutte quelle riprese, ragazzi. Chi ha tempo per aiutarlo?»

«Io posso», disse Laura. «Avevo intenzione di lavorare comunque nel weekend mentre i telefoni sono tranquilli.»

«Anch'io», disse Barnes. Si voltò verso una scrivania dove sedevano Kyle e Aaron. «Voi due? Avete programmi per questo weekend?»

Entrambi gli uomini scossero la testa.

«Sto ancora seguendo le piste dell'omicidio di Katrina», disse Kyle, «quindi potrei dare un'occhiata ad alcune di quelle riprese nel frattempo.»

«Bene, ok, Ian, ti lascio coordinare il lavoro.» Kay rimise il cappuccio alla penna. «Ho parlato con Andy Grey mentre ero a Northfleet ieri: è riuscito a recuperare alcuni file dal portatile di Katrina, ma finora si tratta solo di cose come vecchie buste paga del suo lavoro al negozio che aveva scaricato, vecchi curriculum, e cose del genere. Continuerà a cercare, ma non sembra che troverà qualcosa che faccia progredire la nostra indagine. Abbiamo anche finalmente ottenuto l'accesso ai tabulati telefonici di Preston Winford, quindi vorrei che qualcuno verificasse se ci sono corrispondenze con il numero di cellulare di Angus Zilchrist per controllare se quei due sono mai stati in contatto tra loro.»

Sean Gaskell alzò la mano. «Capo, posso occuparmene io. Posso lavorare anche nel weekend se serve.»

«C'è poco spazio per gli straordinari, ma cercherò di spremere qualche ora dal budget per tutti voi», disse Kay, sorridendo. «Grazie.»

«Nessun problema.» L'agente tirocinante scrollò le spalle. «Voglio solo essere d'aiuto, capo.»

Kay girò la pagina dell'ordine del giorno del briefing, passò in rassegna gli aggiornamenti amministrativi per la squadra, e poi lo mise da parte. «Infine, ieri mi sono aggiornata con Amanda Miller a Northfleet. Lei e la sua squadra di contabilità forense possono dedicarci qualche ora per esaminare gli estratti conto e altri documenti finanziari che abbiamo ottenuto finora per Katrina, Preston e Angus. Hanno anche un proprio database di informazioni che possono incrociare, oltre ad avere una conoscenza approfondita di molte delle bande del crimine organizzato attualmente sotto indagine attiva da parte del quartier generale. Non appena avrà qualcosa da dirci, vi terrò aggiornati. La mia sensazione è che…»

Si interruppe quando il telefono cellulare di Laura trillò, e le fece un leggero cenno mentre lei spingeva indietro la sedia e si affrettava verso il fondo della stanza. «Ok, mentre Laura si occupa di quella chiamata, quello che stavo per dire è che la pista del debito vale la pena di essere seguita fino a quando non avremo prove del contrario. Quello che ancora non riesco a vedere dalle informazioni che abbiamo finora è come quei tre siano stati presi di mira dalla persona, o dalle persone, che li hanno uccisi, o perché gli omicidi siano improvvisamente iniziati adesso. Cosa è successo che li ha scatenati?»

«Capo?» Laura si aggirava ai margini del gruppo.

«Cosa hai?»

«Era l'ufficio stampa al telefono. Qualcuno li ha appena chiamati per dire che pensa di conoscere il tizio che è stato tirato fuori dal fiume questa mattina.»

CAPITOLO 32

Laura era in piedi fuori dal cancello del giardino di una elegante casa a schiera in mattoni chiari alla periferia di Wateringbury e mise il suo telefono in modalità silenziosa.

Oltre il cancello, un sentiero di ciottoli conduceva a una porta d'ingresso in PVC con pannelli di vetro smerigliato nella parte superiore. Su entrambi i lati della porta, grandi vasi dipinti di blu contenevano gerani rosso brillante, il cui profumo arrivava fino a dove lei attendeva Gavin.

Finalmente, lui terminò la sua chiamata e si avvicinò. «Scusa, dovevo rispondere. La sorella di Leanne si sposa a marzo e le due stanno impazzendo su dove organizzare l'addio al nubilato».

Lei ridacchiò. «Cosa stava facendo, chiedendoti di controllare il locale?»

«No», lui alzò gli occhi al cielo. «Mi chiedeva quanto potessero spendere se lo organizzassero a Ibiza o in un posto del genere».

«Ahia. E noi senza straordinari, tra l'altro».

«Fortunatamente ha fatto qualche turno extra dall'inizio dell'anno». Il suo sorriso svanì. «Anche se alcuni sono stati difficili. Le operazioni di ricerca e soccorso non sempre finiscono bene».

Laura gli diede un leggero pugno sul braccio. «Andiamo».

Si avvicinò alla porta d'ingresso e suonò il campanello, facendo un passo indietro quando sentì il rumore della serratura che girava.

Un uomo sulla trentina aprì la porta, con il viso pallido e gli occhi arrossati. «È lui, vero? È Alec».

Laura mostrò il suo tesserino e presentò sé stessa e Gavin. «Lei è Edwin Moore?»

«Mi chiami Ed». Si fece da parte. «Lo fanno tutti».

Conducendoli in un ordinato soggiorno, si torse le mani. «Volete bere qualcosa?»

«Stiamo bene così, grazie». Laura guardò dietro di sé mentre una donna apparve sulla porta stringendosi un morbido cardigan sulle spalle. «Salve».

«Salve».

«Questa è Lisa, mia moglie». Ed le avvolse un braccio attorno alla spalla e la strinse prima di sprofondare sul divano accanto a lei. «Prego, accomodatevi».

Laura lanciò uno sguardo grato a Gavin mentre lui tirava fuori il suo taccuino, poi rivolse di nuovo l'attenzione a Ed.

«Può dirmi cosa le fa pensare che il corpo ripescato dal fiume stamattina sia il suo amico Alec?»

L'uomo deglutì e abbassò lo sguardo sulle sue mani. «Ho visto un post sui social questa mattina che diceva che era stato ripescato un corpo dal Medway. Sto cercando di mettermi in contatto con lui da ieri sera tardi. Abbiamo cenato in città: in realtà era un incontro d'affari. L'anno scorso ho avviato uno studio di commercialisti con una persona con cui lavoravo nella City, e sono riuscito a convincerla ad assumere Alec. Ieri sera era solo un modo informale per farli incontrare, il lavoro è suo. Angela, la mia socia, voleva incontrarlo per valutare la sua personalità, per vedere se si sarebbe integrato bene».

«A che ora avete lasciato il ristorante?»

«Verso le nove e mezza», disse Lisa. «Me lo ricordo perché subito dopo abbiamo ricevuto una telefonata dalla nostra babysitter che ci diceva che nostra figlia non stava bene».

«Ed, lei ha detto che ha provato a telefonare ad Alec ieri sera. Perché?»

«Dopo che la babysitter è andata via, ho ricevuto una telefonata da Angela che mi diceva di far entrare Alec immediatamente. Era preoccupata che qualcun altro potesse assumerlo al posto nostro». La sua bocca si increspò. «Non perde tempo una volta che ha preso una decisione su qualcosa. Appena ho finito di parlare con lei, ho chiamato Alec, ma è andato direttamente alla segreteria telefonica».

«Che ora era?»

«Aspetti». Ed si agitò sulla sedia, poi estrasse il cellulare dalla tasca dei pantaloni e scorse lo schermo. «Quello era alle dieci e diciassette. Ho riprovato alle dieci e trentadue. Poi di nuovo alle sette e mezza questa mattina».

Laura vide la sua mano tremare mentre abbassava il telefono. «Questo è insolito per lui?»

«Molto. Alec non lascia mai il telefono fuori dalla sua vista in questo periodo nel caso ci fosse un'offerta di lavoro. Era disperato di lasciare il posto dove si trova perché la paga è una merda».

«Va bene. Potrebbe descrivermi Alec?»

«Uhm, circa della mia altezza. Occhi marroni, capelli castano chiaro. Ha una piccola cicatrice sul mento: se l'è fatta cadendo da un'altalena quando avevamo sei anni. Ah, e ha uno di quei tatuaggi celtici a fascia sul braccio sinistro».

«Ha una sua foto?»

«Sì». Seguirono altri scorrimenti e scrollate, e poi Ed girò lo schermo del telefono verso di lei. «Lisa ha scattato questa a febbraio a casa di un amico. Eravamo andati a vedere la partita mentre le ragazze chiacchieravano».

Laura gemette interiormente, cercando di mantenere un'espressione neutra. «Grazie».

Fece un leggero cenno a Gavin.

Lui si agitò sulla sedia e si sporse in avanti. «Ed, Lisa, in assoluta confidenza siamo molto dispiaciuti di dirvi che, in base a quanto ci avete raccontato e a questa fotografia, l'uomo recuperato dal fiume questa mattina è Alec».

Un singhiozzo sfuggì dalle labbra di Lisa, e il viso di Ed si contrasse mentre si asciugava gli occhi.

«Ci dovrà essere un'identificazione formale, e dobbiamo insistere che non lo diciate a nessun altro fino a quando non sarà avvenuta», disse Laura, con voce dolce. «Sa se Alec ha famiglia, o…»

Ed tirò su col naso. «Suo padre è morto qualche anno fa, e sua madre non sta bene».

«Può darmi i contatti della madre di Alec così possiamo andare a trovarla?»

«Certo».

«Quando si sentirà pronto, avremmo qualche altra domanda da farle, d'accordo?»

L'uomo annuì. «Potete scusarmi un momento?»

«Certamente». Laura notò che lasciò il telefono quando uscì dalla stanza, e fece un respiro profondo.

«Ed conosce Alec dall'asilo», disse Lisa, con la voce tremante. «Sono come fratelli. Inseparabili. Non so come farà ad affrontarlo…»

«Posso inviarle una lista di consulenti locali specializzati», disse Laura. «Se, naturalmente, non sente di voler parlare con il suo medico di famiglia».

«Saremmo fortunati a ottenere un appuntamento di questi tempi». Lisa tirò su col naso. «Gesù, povero Alec».

Ed tornò, con un fazzoletto appallottolato in pugno, il viso arrossato. «Cosa è successo? Lo sapete? Non era ubriaco; ha appena toccato il suo drink ieri sera».

«Al momento non possiamo fornire troppi dettagli, non fino a quando non ci sarà stato un esame ufficiale», disse Gavin. «Ma Alec è stato aggredito. Pensiamo che sia caduto, o sia stato messo nel fiume dopo l'aggressione».

«Oh Dio». Lisa si portò la mano alla bocca. «È stato rapinato?»

«Questa è parte della nostra indagine in corso».

«Ed, quando sei pronto, puoi dirmi com'era Alec quando l'hai visto ieri sera?» chiese Laura. «Sembrava preoccupato per qualcosa?»

L'uomo appoggiò i gomiti sulle ginocchia e fissò la moquette. «Non preoccupato, no. Più che altro... *riservato*.

Voglio dire, ha fatto una bella figura con Angela, ma ci sono stati un paio di momenti in cui ho alzato lo sguardo e ho pensato che sembrasse distratto. So che odia il posto dove lavora, ma eravamo lì a dirgli che avrebbe avuto un nuovo inizio con uno stipendio migliore, e... non so. Qualcosa lo preoccupava, sì.»

«Alec aveva problemi economici, forse faceva fatica ad arrivare a fine mese?»

«Sì, credo di sì. Voglio dire, ieri ha preso l'autobus per venire in città. Ha detto che la sua auto è dal meccanico, ma un anno fa circa avrebbe semplicemente preso un taxi o un passaggio condiviso, capisce?»

«Sembrava anche magro» disse Lisa. «Mi sono chiesta se stesse mangiando adeguatamente. Ho notato anche che faceva molta attenzione a cosa sceglieva dal menù. Le opzioni più economiche.»

Ed gemette e chiuse gli occhi. «E poi quella maledetta Angela se n'è andata senza offrirsi di contribuire al conto, così io e Alec abbiamo dovuto pagare. Gesù, non avevo pensato...»

«Come è tornato a casa dopo?» disse Laura.

«Non potevamo offrirgli un passaggio, siamo nella direzione opposta comunque, ma mentre stavamo camminando verso la macchina con Alec, è stato allora che la nostra babysitter ha chiamato per dire che Hayley aveva vomitato.» Lisa si asciugò nuove lacrime. «Se l'avessimo accompagnato a casa prima, niente di tutto questo sarebbe successo...»

«C'era un taxi» disse Ed. «L'ho fermato e ho chiesto all'autista di portare Alec a Tovil. Poi sono corso via con Lisa. Siamo tornati a casa e abbiamo scoperto che Hayley

221

aveva preso un virus a scuola e le stava venendo la febbre.»

Laura alzò lo sguardo dai suoi appunti. «Hai visto Alec salire sul taxi?»

«Sì. Beh, l'ho visto parlare con l'autista quindi deve essere salito.» Aggrottò la fronte. «Almeno, *credo* che l'abbia fatto.»

CAPITOLO 33

«Due visite all'obitorio in una settimana», disse Barnes, entrando nel parcheggio affollato dell'ospedale Darent Valley. «A questo ritmo Lucas dovrà iniziare a distribuire punti fedeltà».

Kay scosse la testa, anche se un sorriso le sfiorò le labbra alle parole del collega.

Lui riusciva sempre ad alleggerire le occasioni più cupe, e sembrava sapere esattamente quando lei rischiava di sprofondare nei suoi pensieri più oscuri.

«C'è un posto laggiù, accanto al fuoristrada cremisi», disse, controllando l'orologio. «È l'orario di visita. Siamo fortunati a trovarne uno. Fammi scendere qui, vado a prendere il biglietto».

Correndo verso un vecchio parchimetro a monete, Kay infilò gli ultimi spiccioli che aveva e si affrettò a tornare all'auto mentre Barnes si toglieva la giacca e la metteva sul sedile posteriore.

«Pronta?» disse lui.

«Sarà proprio come Preston e Katrina, vero?» Lo seguì

verso le grandi porte di vetro dell'ospedale, mantenendo la voce bassa. «Esattamente lo stesso».

«Ora, ora», disse Barnes, agitando il dito verso di lei mentre salivano i due piani di scale. «Lucas dirà che stai saltando alle conclusioni».

«Ma ho ragione, vero?»

Lui sospirò. «Probabilmente. Penso di sì. È una coincidenza troppo grande, non credi?»

Kay rallentò il passo al suono di voci provenienti dalla porta dell'area della reception dell'obitorio, scorgendo un consulente che parlava con Simon a voce bassa. Tirò Barnes da parte per aspettare sotto un poster che avvertiva delle conseguenze per chiunque minacciasse il personale, irrigidendo le spalle al pensiero che un tale messaggio fosse addirittura necessario.

«Sono preoccupata che non abbiamo fatto progressi sull'omicidio di Katrina, Ian. Non c'è nulla nelle dichiarazioni dei testimoni o nelle indagini casa per casa, niente nei suoi social media... Se è stata uccisa perché doveva dei soldi, allora come diavolo ha scoperto le persone da cui ha preso in prestito? Kyle e Nadine hanno controllato tutte le società di prestito legittime all'inizio della settimana: nessuna di loro ha registrazioni di rapporti con lei».

«Speriamo che Amanda trovi qualcosa, capo. Dopotutto, quel suo database si concentra esclusivamente sull'aspetto finanziario, mentre noi semplicemente non riceviamo quel tipo di informazioni regolarmente». La sua faccia si rabbuiò. «Non fino a quando non è troppo tardi e stiamo indagando su una morte, comunque».

«Detective?»

Si voltarono alla voce di Simon per vedere l'assistente dell'obitorio che faceva loro cenno.

«Siamo pronti per voi ora, se volete prepararvi».

Kay gli lanciò un sorriso grato mentre firmava il registro. «Quanti altri ne avete oggi?»

«Il vostro è l'ultimo, grazie al cielo». Indicò la documentazione che copriva la sua scrivania. «Questo richiede tanto tempo quanto l'esame, di questi giorni».

«Allora non ti faremo aspettare a lungo».

«Ho la sensazione che lui abbia probabilmente già iniziato prima che arrivaste». Simon sorrise. «Avrà aperitivo e cena al suo club di golf stasera, quindi non credo che abbia intenzione di trattenersi».

Lei e Barnes andarono ognuno per la propria strada per cambiarsi con tute protettive e, dieci minuti dopo, entrarono nella sala autoptica per vedere Lucas brandire ancora una volta una sega, il cui suono stridulo risuonava sulle superfici di acciaio inossidabile.

Kay strinse i denti, la porta si chiuse alle sue spalle, e un gemito provenne dal suo collega.

«Se solo mi fossi fermato a riallacciarmi le scarpe...»

Lei non disse nulla, ma condivideva il sentimento. Lo smembramento quasi rituale di un corpo umano era qualcosa a cui non si sarebbe mai abituata, nonostante accettasse che il processo producesse le risposte che cercava così disperatamente.

La sega cadde nel silenzio dopo un paio di minuti, e Lucas guardò dietro di sé, con uno sguardo gentile negli occhi sopra la mascherina chirurgica protettiva che indossava.

«Avanti, voi due, la parte peggiore è finita».

«Come va il golf?» chiese Barnes innocentemente mentre vagava verso il tavolo, avvicinandosi più ai piedi della vittima che all'addome aperto o al cranio.

«Furbo impertinente. Simon, hai di nuovo diffuso voci?»

«Potrei aver suggerito che hai programmi per cena stasera, da qui l'urgenza con questo».

«Santo cielo. Il primo fine lavoro anticipato che ho in quasi tre mesi, e questo è ciò che ottengo». Lucas fece un verso di disapprovazione, allontanandosi con la sega e tornando con un bisturi dall'aspetto minaccioso. «Bene, cominciamo?»

«È lo stesso modus operandi di Katrina e Preston?» sbottò Kay, poi alzò le mani. «Scusa, so che non hai finito, ma...»

«Allora ti toglierò dall'angoscia. Sì, credo di sì». Il patologo fece un'incisione precisa, e poi fece un passo indietro. «L'unica differenza che ho trovato finora è questa contusione alla base del cranio... e vedrai che a differenza degli altri due, per finirlo non è stata usata una ferita da punta fatale».

«Era vivo quando è finito in acqua?» disse Barnes, incapace di trattenere la sorpresa nella sua voce.

«Sì». Simon alzò lo sguardo da un altro tavolo autoptico poco distante dove erano stati disposti vari organi. «C'è abbastanza acqua nei suoi polmoni per suggerire che sia successo così».

Kay aggrottò la fronte. «Beh, questo è diverso. Mi chiedo se il suo assassino sia stato interrotto e abbia dovuto improvvisare?»

«Potrebbe essere il caso che la vostra vittima sia

svenuta per lo shock prima che l'assassino potesse eseguire il taglio finale. Se non sono riusciti a rianimarlo, allora spingerlo nel fiume, se l'attacco è avvenuto vicino, avrebbe senso». Lucas posò la mano guantata sulla pallida spalla di Alec. «Il povero ragazzo non avrebbe potuto fare nulla una volta finito in acqua. Se si fosse ripreso sotto la superficie dell'acqua, il suo primo istinto sarebbe stato respirare».

«Annegandosi così da solo se non avesse avuto la forza di riemergere o di mantenersi a galla», disse Barnes.

«Dovremo assicurarci che la nostra ricerca continui lungo la passeggiata sul fiume più indietro rispetto a dove è stato trovato», disse Kay. «Laura ha parlato con alcuni suoi amici, e le hanno detto che Alec aveva un appartamento vicino al fiume a Tovil».

Il suo collega tirò fuori il telefono, ignorando l'occhiata fulminante che Lucas gli rivolse. «Contatterò subito Debbie e le chiederò di comunicarlo alle squadre sulla scena del crimine prima che perdiamo qualche prova. Un rischio enorme abbandonarlo lì, però, capo. Voglio dire, non è che il suo corpo sarebbe stato trascinato in mare, no? Troppi ostacoli lungo il percorso, per non parlare della chiusa di Allington.»

A Kay saltò un battito mentre osservava le ferite di Alec. «A meno che i suoi assassini non *volessero* che fosse trovato.»

«Ci stanno provocando, intende, capo?»

«Non noi.» Si allontanò dal tavolo autoptico e scrutò le radiografie esposte sul pannello luminoso accanto al portatile di Simon. «E se stessero usando la notizia della sua morte per spaventare tutti gli altri, proprio come hanno fatto con quel video di Katrina?»

CAPITOLO 34

Kay si strofinò gli occhi stanchi, poi attaccò di nuovo la tastiera. Le sue dita colpivano i tasti di plastica con rinnovata ferocia.

Il traffico dei pendolari in uscita da Londra aveva esasperato il suo ritorno alla centrale di polizia di Maidstone, con Barnes che imprecava contro ogni furgone che gli tagliava la strada durante il viaggio di ritorno da Gravesend.

Un gruppo stanco di agenti in uniforme si ammassava in un angolo della sala operativa, con gli orli dei pantaloni macchiati di fango e pezzi di sottobosco dalla ricerca lungo il Medway; i loro sforzi erano stati vanificati dagli effetti del tempo e delle intemperie.

Nessun portafoglio o telefono appartenente ad Alec Mingrove era stato trovato tra le canne e le erbacce che costeggiavano il sentiero sul fiume, ogni traccia di sangue era stata lavata via dalla pioggia di mercoledì notte, e se non fosse stato per l'intuizione di Edwin Moore che qualcosa fosse accaduto al suo amico, sarebbero stati in difficoltà nell'identificare il suo corpo.

Kay premette "invia" sull'ultima e-mail della giornata e aprì una mappa online.

Ingrandendo l'area dove era stato trovato Alec, risalì il fiume verso Tovil, passando alla vista satellitare nel tentativo di capire dove fosse stato aggredito.

Alzò lo sguardo mentre Laura passava. «Come stanno procedendo con la perquisizione dell'appartamento di Alec?»

«Abbiamo preso la chiave di scorta da sua madre mezz'ora fa, capo. Gli agenti riferiscono che non ci sono segni di colluttazione né lì né in nessun'altra parte dell'edificio. Hanno però prelevato il suo portatile». Laura indicò la mappa con un cenno del mento. «E stanno organizzando una ricerca nell'area verde tra il condominio e il fiume, nel caso.»

«Grazie». Tornò a guardare lo schermo. «Non posso fare a meno di pensare che chiunque l'abbia ucciso l'abbia aggredito più vicino al centro città. Voglio dire, dovremo verificare il corso del fiume e tutto il resto, ma ci sono troppi ostacoli tra quel molo vicino al parcheggio e il suo appartamento. Non credo sia possibile che sia arrivato così lontano a valle.»

Spingendo indietro la sedia, si stirò il collo e poi si chinò per bloccare lo schermo. «Forza, è ora del briefing. Vediamo cos'altro abbiamo.»

La squadra si radunò rapidamente attorno alle scrivanie più vicine alla lavagna; l'atmosfera era sommessa.

«So che è stata una settimana frustrante da quando è stata trovata Katrina Hovat assassinata», iniziò Kay. «Ma sapete bene quanto me che a volte dobbiamo combattere per catturare un assassino. Questo non significa che ci arrendiamo.»

Come un sol uomo, gli agenti di fronte a lei si raddrizzarono, due repressero uno sbadiglio e abbassarono i telefoni per ascoltare.

«Laura, puoi aggiornarci dopo il tuo colloquio con Edwin e Lisa Moore?»

La giovane detective si spostò a lato della lavagna e affrontò i colleghi. «Dunque, entrambi avevano un alibi nella loro babysitter, che ha confermato l'ora in cui sono rientrati mercoledì sera. Anche la loro figlia, Hayley, è ancora a casa malata da scuola. Ed ci ha detto che Alec aveva riferito loro che la sua auto era dal meccanico, quindi ha preso un autobus per incontrarli in città quella sera. Hanno cenato con la socia in affari di Ed, Angela Boxcombe, che ha lasciato il ristorante prima di loro dopo il pasto. Le ho parlato nel primo pomeriggio, ed è rimasta scioccata nel sentire dell'omicidio di Alec, ma ha anche fornito un alibi poiché suo marito era a casa quando è rientrata poco dopo le dieci.»

Kay osservò il resto della squadra chinare la testa sui taccuini, il soffice *tap tap* delle dita di Debbie che volavano sulla tastiera del portatile era l'unico rumore mentre Laura faceva una pausa per un sorso d'acqua.

«Dopo il pasto, Ed, Lisa e Alec sono usciti insieme», continuò. «Ed aveva parcheggiato la sua auto nel multipiano accanto al supermercato, ma quando la babysitter ha telefonato per dire che la loro figlia stava male, è sfumata l'idea di dare un passaggio ad Alec. Lisa in seguito ha detto che normalmente lui sarebbe tornato a casa in auto, o avrebbe preso un passaggio condiviso quando erano usciti insieme in passato. A quel punto, stava piovendo e quando Ed ha visto passare un taxi, lo ha fermato per Alec. Quella è stata l'ultima volta che l'ha visto.»

Kay lasciò che le parole della collega venissero assimilate per un momento, desiderosa di ribadire la necessità che la sua squadra mantenesse la concentrazione. Dopo un momento, ringraziò Laura e si voltò verso Gavin.

«Sei riuscito a localizzare l'officina che ha l'auto di Alec?»

«No, capo», disse lui. «Ma questo perché non c'era nulla che non andasse nella sua auto.»

«Che vuoi dire?»

«L'ha venduta tre settimane fa.»

Un silenzio scioccato riempì la stanza.

«Non ho avuto fortuna telefonando alle officine locali, così prima di perdere altro tempo, ho pensato di fare una ricerca presso la motorizzazione», spiegò Gavin. «L'ha venduta a un tipo di Sevenoaks. Quando gli ho parlato, ha sostenuto di averla presa a un prezzo stracciato. Ha detto che Alec non ha opposto molta resistenza durante la negoziazione del prezzo e sembrava essere contento di liberarsene.»

«Aveva bisogno di soldi», mormorò Kay.

«Non c'era quasi nulla nel suo appartamento, capo», disse Laura. «Come Katrina, aveva venduto la sua roba. In fretta, a quanto pare; gli agenti in uniforme hanno detto che c'erano ancora i segni di polvere dove c'era la TV. Forse ha capito che la vendita dell'auto non era sufficiente a coprire il debito.»

231

«Anch'io avrei fretta, se avessi visto quel video», disse Barnes.

Kay rivolse di nuovo l'attenzione a Gavin. «Il taxi dove ha lasciato Alec?»

«Non l'ha fatto. Ed ricordava il nome della compagnia sul lato del taxi, così li ho chiamati e sono riusciti a rintracciare l'autista. Quando gli ho parlato, ha detto che ha cercato di convincere Alec a salire, ma lui si è rifiutato: a quel punto pioveva a dirotto. Parole sue, capo», aggiunse Gavin con un leggero sorriso.

«Quindi è andato a casa a piedi. Che dire delle riprese delle telecamere di sorveglianza lungo quel tratto di strada?»

«Sono state richieste, capo. Mi hanno promesso che le avremo entro le cinque, quindi pensavo di iniziare domani mattina.»

«Ti darò una mano», disse Laura. «Tanto non c'è un cazzo in TV.»

Una risata spezzò la tensione nella stanza, e Kay sorrise. «Sarò qui dalle otto, così se riuscirò a sbrigare un po' di scartoffie, vi aiuterò anch'io.»

«Capo, non capisco», disse Barnes una volta che le risate si furono placate. «Alec conosceva Ed fin dall'asilo. Ovviamente si fidavano l'uno dell'altro, e stava per ottenere un nuovo lavoro che avrebbe risollevato la sua vita. Allora perché mentiva ai suoi amici?»

Kay si batté la punta della penna contro le labbra, fissando la lavagna. Alla fine, si girò verso il collega.

«Perché aveva paura, Ian», disse. «Perché era terrorizzato.»

CAPITOLO 35

Sophie Anderley barcollò fuori dalla porta del negozio di alcolici e strinse la borsa al petto.

Con gli occhi che saettavano a destra e a sinistra, si affrettò oltre i portoni bui e gli ingressi dei vicoli, mentre il fetore di urina stantia e peggio ancora aggrediva i suoi sensi.

Un leggero vento le scompigliò i capelli scuri e unticci, e si grattò una zona di pelle infiammata dietro l'orecchio.

Questo scatenò una sensazione di bruciore su tutto il cuoio capelluto, l'eczema che si diffondeva sulla sua pelle pallida.

Tirò su col naso, trattenendo le lacrime.

Voleva solo una bottiglia di vino economica. Era da tanto che non si concedeva qualcosa, e stasera aveva bisogno di qualcosa che l'aiutasse a dormire.

Soprattutto dopo aver visto il notiziario sul corpo dell'uomo nel fiume.

Quella potevo essere io.

«Tutto bene, cara? Ti va di scopare?»

Inciampò, indietreggiando dalla figura che barcollava attraverso le porte aperte di un pub dalle vetrine sporche, e gli ringhiò contro. «Vaffanculo.»

Una risata sguaiata accolse le sue parole, l'uomo barcollò mentre il suo braccio si avvolgeva attorno a un amico altrettanto ubriaco prima che entrambi sparissero di nuovo all'interno.

Le mani le tremavano, il senso di colpa le si insinuava nelle vene, e aumentò il passo, schivando due donne sulla quarantina che la guardarono storto prima che una di loro ridesse, mentre l'altra mormorava qualcosa sottovoce.

Tirò su col naso, con gli occhi che le bruciavano.

Non avrebbe dovuto spendere quei soldi, no davvero.

Non quando doveva ancora a loro.

Sophie abbassò lo sguardo sui suoi jeans sbiaditi e sulla felpa nera con i polsini sfilacciati e un buco in una delle maniche, poi deglutì.

Potrebbe andare peggio, si ricordò, raddrizzando le spalle.

Grazie a sua sorella, che pensava che Sophie avesse tardato di sette anni a lasciare il marito che l'aveva maltrattata per otto anni, aveva un tetto sopra la testa.

Ora doveva solo trovare un lavoro.

Non era perfetto, ma era determinata a cambiare la sua vita.

«Gliela farò vedere», mormorò. «Gliela farò vedere a tutti».

Svoltando su Tonbridge Road, attese a un attraversamento pedonale mentre il traffico sfrecciava. Il suo sguardo fu attratto dal fiume e dai vortici che si tumultuavano a valle.

Scorreva rapido dopo le recenti piogge, e rabbrividì al pensiero di entrare in quelle acque torbide.

Distolse lo sguardo al suono dello *zap* dell'attraversamento pedonale e aumentò il passo mentre la strada iniziava a salire.

Un venditore di kebab all'angolo davanti a lei stava facendo buoni affari, le sue insegne al neon che pubblicizzavano pizza e patatine e qualsiasi altra cosa un passante meno esigente potesse desiderare.

Lo stomaco di Sophie brontolò, e si voltò dall'altra parte mentre passava, trattenendo il respiro per non inalare l'inebriante aroma di spezie e grasso che cuoceva sulle griglie.

Sua sorella poteva a malapena permettersi di pagare le proprie bollette, figuriamoci provvedere al cibo per due, quindi Sophie aveva insistito per pagare la sua parte.

Se ciò significava saltare i pasti due o tre volte a settimana, così fosse.

Aggrottò la fronte mentre svoltava nella stretta strada tortuosa dove viveva sua sorella, cercando di ricordare se fossero rimaste delle gallette di riso nella credenza, e sperando che il contenitore di hummus nel frigorifero non fosse già ammuffito.

Quello era l'unico problema con gli scaffali più economici del supermercato: o rischiavi con la data di scadenza, o tentavi la sorte e ti beccavi una brutta intossicazione alimentare.

Strinse la borsa più vicino al petto. Se sua sorella fosse stata in casa, l'avrebbe condivisa con lei.

E poi avrebbe consegnato tutti i soldi nel suo portafoglio per l'affitto delle prossime due settimane, perché quella era la regola che si era imposta quando si era trasferita.

Charmaine aveva protestato ovviamente, alzando gli occhi al cielo di fronte alla sua insistenza nel voler mantenere un minimo di indipendenza date le circostanze.

Ma ora...

Sophie si morse il labbro.

Se solo si fosse presa il tempo di *pensare* prima di accettare l'offerta di quella donna. Dopotutto, era un po' strano, il modo in cui l'aveva avvicinata a poche centinaia di metri dal centro di accoglienza per donne.

Ma era stata disperata, e la donna era stata gentile, e... e...

Sbottò sottovoce.

«Qualcosa deve cambiare», mormorò. «*Troverò* qualcosa la prossima settimana. Qualsiasi cosa».

Mentre gli ultimi raggi di sole svanivano, inclinò la testa per ammirare le morbide tonalità del crepuscolo che avvolgevano il cielo, e fece un respiro profondo.

Stava andando meglio rispetto allo stesso periodo dell'anno scorso, almeno.

E le cose sarebbero cambiate per lei, ne era sicura.

Dopotutto, tutti meritavano un colpo di fortuna nella vita, no?

Non sentì l'auto dietro di lei che si accostava al marciapiede e mantenne il suo passo per un momento finché non registrò il movimento con la coda dell'occhio.

Balzando indietro, sorpresa, osservò la carrozzeria argentata e lucida e i finestrini posteriori oscurati, poi aggrottò la fronte quando l'auto frenò e lo sportello posteriore si aprì.

Un uomo robusto sulla quarantina la fissò attraverso il parabrezza, poi fece un cenno con la testa verso il retro dell'auto.

I piedi di Sophie si trascinarono sul marciapiede mentre si muoveva, il cuore le precipitò nello stomaco quando un volto familiare la scrutò.

«Rosalind? Cosa ci fai qui?» Sophie guardò a destra e a sinistra, ma tutte le tende dei vicini erano chiuse, e nessun altro camminava per la strada. «Il mio prossimo pagamento non è dovuto fino a luglio.»

La donna sorrise, esponendo denti simili a lapidi che brillavano nel crepuscolo. «Cambio di programma, Soph. Mi dispiace, ma avremo bisogno dell'importo completo più gli interessi la prossima settimana.»

«Stai scherzando.» A bocca aperta, Sophie fissò Rosalind. «Mi avevi detto che avevo sei mesi per ripagarti.»

«Beh, come ho detto, cambio di programma.» La donna contemplò un set perfetto di unghie, poi alzò lo sguardo. «È solo business, sono sicura che capisci.»

Sophie si morse il labbro. «Non so se posso consegnarti tutto la prossima settimana. Forse per la fine del mese. Potrei... potrei trovare qualche lavoro in nero, forse, o...»

«Non è abbastanza, mi dispiace. Ti ho detto all'inizio che questo sarebbe potuto succedere, e mi hai assicurato allora che avresti rispettato gli accordi se il debito fosse stato richiesto in anticipo. Dopotutto sono stati, quanto...?»

L'autista si voltò. «Quattro mesi.»

«Quattro mesi», confermò Rosalind. «Quattro mesi, e hai avuto ampio tempo per trovare qualcosa da fare, no?»

«È difficile. Ho un curriculum con quasi niente perché il mio ex non mi permetteva di lavorare, e non riesco a ottenere colloqui per lavori d'ufficio. I supermercati hanno più domande che posti disponibili, e...»

Rosalind agitò la mano con impazienza. «Non ho bisogno di sentire le tue scuse, Sophie. Come ho detto, quattro mesi. E tu sei qui, a comprarti regali. A cosa stavi pensando?»

«Le ho detto che la ripagherò.»

«Promesse, promesse, Sophie, eppure eccoci qui». Lo sguardo di Rosalind cadde sulla borsa. «Dopotutto, se puoi permetterti di regalarti una bottiglia di vino, puoi permetterti di ripagarci, giusto?»

Una lacrima le scivolò sulla guancia, e la asciugò con rabbia. «Io mantengo le promesse. L'ho sempre fatto.»

«Bene. Hai una settimana.»

«Ma è impossibile. Io...»

«Una settimana. Mi aspetto il pagamento completo entro venerdì prossimo». Rosalind strinse gli occhi. «Dopotutto, sai cosa ti succederà se non lo fai.»

«Va bene. Dovrò...»

Rosalind agitò la mano come per respingere un cattivo odore. «Non ho bisogno di sapere *come*, solo che lo *farai*.»

Sophie trattenne un singhiozzo, poi annuì. «Lo prometto.»

«Bene». Rosalind sorrise. «E ricorda: è il nostro piccolo segreto, vero?»

CAPITOLO 36

La mattina successiva, ancora intontita dal sonno, Kay scese al pianterreno ed entrò in cucina; la sua mano trovò automaticamente l'interruttore del bollitore.

Al piano di sopra, il rumore della doccia si sentiva sopra i versi dei piccoli ricci nella loro gabbia mentre si rotolavano l'uno sull'altro, annusando in cerca di cibo.

Posando la giacca del suo tailleur sullo schienale di uno degli sgabelli sistemati sotto il bancone centrale, si allungò e aprì una delle finestre sopra il lavandino per cambiare l'aria, il fetore dell'urina dei ricci era putrido dopo che la stanza era rimasta chiusa tutta la notte.

La luce brillante del sole filtrava attraverso il vetro, mentre il merlo locale cinguettava dal giardino del vicino. Una leggera rugiada ricopriva il prato, e si rese conto che avrebbero dovuto tagliarlo presto, altrimenti Adam avrebbe suggerito di portare a casa un'altra capra.

«Sul mio cadavere», mormorò, sorridendo.

Sbadigliando, preparò il caffè per due, e aggiunse un cucchiaino di zucchero a quello di Adam.

Poi il suo telefono vibrò sul bancone con un nuovo messaggino, la realtà del lavoro si intromise nei suoi pensieri.

«Non c'è pace per i malvagi», disse Adam, entrando in cucina e asciugandosi i capelli con un asciugamano. «Quale è il mio?»

«La tazza rossa.»

«Grazie.» La indicò verso di lei. «È Ian?»

«Sì. Passa a prendermi tra mezz'ora.»

«Hai tempo di aiutarmi a dar da mangiare ai piccoli prima?»

«Va bene. Lasciami andare a truccarmi, e sarò pronta.»

Lui le mise un braccio intorno mentre gli passava accanto, e la baciò. «Non c'è niente che non va nella tua faccia.»

«Gli altri potrebbero non apprezzare questa pelle da vampiro di prima mattina.» Sorrise. «Ma, grazie.»

«Fai sapere loro che vuoi tutti i lavori all'aperto per il prossimo mese così puoi lavorare sulla tua abbronzatura», le gridò dietro. «Stai passando troppo tempo chiusa in ufficio.»

«Non me ne parlare», mormorò, salendo i gradini due alla volta.

Dieci minuti dopo, rimpiangendo i cerchi scuri sotto gli occhi che solo tanto trucco poteva nascondere, tornò in cucina e trovò Adam inginocchiato sul pavimento accanto ai piccoli ricci.

Prima che potesse avvicinarsi, il suo telefono squillò, e lei spalancò gli occhi nel vedere il nome del chiamante sullo schermo.

«Amanda? Cosa ci fai al lavoro di sabato?»

«Mi crederesti se ti dicessi che è perché amo così tanto il mio lavoro che non riesco a starne lontana?» rispose l'analista finanziaria con ironia.

«No», disse Kay, ridendo. «Seriamente, tutto bene?»

«Tutto a posto. È solo che abbiamo avuto una svolta importante su uno dei casi di criminalità organizzata a cui sono distaccata ieri sera tardi, e volevo informarti su ciò che la mia squadra ha trovato in relazione al tuo prima di lunedì. Dopo di che, temo che non avrai più alcun aiuto dalla mia squadra per almeno sei settimane. In ogni caso, ho un incontro con il Vice Commissario capo più tardi oggi. Non voleva aspettare.»

Kay chiuse gli occhi, trattenendo la frustrazione per la continua mancanza di risorse che ostacolava ogni indagine. «Nessun problema. Vuoi inviarmi via e-mail quello che hai? Mi piacerebbe parlarne, ma mi vengono a prendere tra circa quindici minuti e ho un briefing in programma per stamattina.»

«In realtà, sto sbrigando alcune commissioni a Maidstone prima di andare a Gravesend, quindi volevo proporti di passare da te. Diciamo verso le nove: ti va bene?»

«Sarebbe perfetto, grazie. Ci vediamo allora.»

Terminata la chiamata, Kay lasciò cadere il telefono nella sua borsa e si avvicinò ad Adam che teneva in braccio uno dei piccoli ricci, con un contagocce di plastica in mano.

«Ok, cosa devo fare?» disse, accovacciandosi accanto a lui.

«I contagocce sono proprio lì, li ho già riempiti con la formula del latte, quindi prendi un riccio e puoi iniziare.

241

Stai solo attenta a quanto gliene dai, non vogliamo che si soffochino.» Adam fece un cenno verso una scatola separata riempita con una coperta dove altri due piccoli ricci erano rannicchiati in un angolo. «Quei due sono già stati nutriti, e ce ne sono tre da fare.»

«Quante volte ti sei alzato durante la notte per fare questo?»

«Quattro.» Fece un sorriso stanco. «Presto non avranno più bisogno di liquidi. Questo è solo un aiuto mentre si stanno adattando al cibo solido. Una volta che saranno passati completamente ai solidi, possiamo provare a portarli in uno dei centri di soccorso fino a quando non saranno pronti per tornare in natura. È questa fase quando sono così piccoli che è critica, e non ci sono abbastanza volontari qui intorno per far fronte a tutti.»

Kay strofinò il pollice sulla piccola schiena del riccio mentre succhiava con entusiasmo dalla tettarella del contagocce. «Beh, per fortuna che hai potuto accoglierli tu. Almeno sono più facili da curare rispetto a…»

All'improvviso un getto di liquido caldo le schizzò sul grembo, e lei si immobilizzò inorridita mentre il piccolo riccio emetteva un minuscolo peto, il fetore la sopraffece immediatamente.

Kay guardò le strisce marroni che ora si incrociavano sui suoi pantaloni del tailleur, con la bile che le saliva in gola mentre Adam scoppiava a ridere.

Poi un clacson suonò fuori.

«Oh, merda.» Chiuse gli occhi. «Non la finiremo più con questa storia.»

CAPITOLO 37

«Quindi, il riccio le ha fatto la cacca addosso?»

Gavin consegnò a Barnes una copia del programma del briefing, mentre il rumore elevato degli altri membri della squadra nella stanza arrivava fino alle loro scrivanie.

«Sì.» Barnes sorrise, raccogliendo il suo taccuino sgualcito e una penna. «Credo che la lavanderia le proibirà di tornare una volta che avranno finito con quei pantaloni.»

Un fascio di scartoffie lo colpì tra le scapole, e lui girò la sedia per vedere Kay che lo fissava, con gli occhi scintillanti nonostante i suoi sforzi di sembrare arrabbiata.

«La prossima volta, farò portare i pantaloni a te», disse lei. «Basta chiacchiere, voi due. Andiamo.»

Gavin lanciò un'occhiata di traverso a Barnes mentre lei si allontanava a passo deciso. «Pensi che permetterà mai ad Adam di portare a casa qualcos'altro?»

Barnes ridacchiò. «Sottovaluti quanto sia tenera in realtà, nonostante l'apparenza d'acciaio. Vedrai, la prossima volta che lui avrà qualcosa di piccolo e peloso

243

che ha bisogno di cure, lei sarà la prima ad aiutare. Ti ricordi dei gattini?»

Dopo aver trovato posto nelle prime file degli agenti riuniti, sfogliò il suo taccuino e si stiracchiò il collo.

Kay non perse tempo e iniziò il briefing nel momento in cui l'ultimo sergente in uniforme si affrettò a raggiungerli.

«Bene, Gavin: a che punto siamo con le telecamere di sorveglianza riguardo agli ultimi movimenti di Alec Mingrove?»

«Il materiale è stato inviato come promesso ieri sera tardi, capo», rispose il detective. «Ho iniziato a esaminarlo questa mattina, fortunatamente mi hanno fornito il filmato già montato così non devo farlo io. Finora, non ho visto nulla di preoccupante vicino alla città, quindi mi chiedo se sia stato prelevato più vicino a casa. In ogni caso, vi terrò aggiornati. Se finisco le angolazioni delle telecamere, inizierò a fare indagini casa per casa dall'ultima posizione in cui è stato visto.»

«Ottimo, grazie. C'è già qualcosa che suggerisca che potrebbe aver percorso il sentiero sul fiume?»

«Non ancora.» Gavin fece una smorfia. «Speriamo di no, perché ci sono pochissime telecamere lungo quel percorso. A proposito, hai visto che Edwin Moore è stato citato in quell'articolo del notiziario online stamattina?»

Le sopracciglia di Kay schizzarono verso l'alto. «No. Cosa aveva da dire?»

«Fortunatamente, a quanto pare, non ha elaborato nulla di ciò di cui gli abbiamo parlato. È un po' scarso di contenuti, ad essere onesti.» Gavin tirò fuori il suo cellulare e scorse l'app delle notizie finché non trovò l'articolo. «Ecco qua. Dice: "Conoscevo Alec da quando andavamo a scuola insieme. Non posso credere che se ne sia andato. Non così. Aveva tutto da vivere, doveva iniziare un nuovo lavoro la prossima settimana. Era il mio migliore amico, non so cosa faremo senza di lui." L'articolo finisce con il numero di telefono fornito dal nostro ufficio stampa nel caso qualcuno abbia ulteriori informazioni.»

Barnes si voltò sulla sedia quando la porta della sala operativa si aprì e Amanda Miller entrò con un'espressione determinata sul viso.

Kay la salutò con un caloroso sorriso, poi la presentò alla squadra. «Alcuni di voi avranno lavorato con Amanda qualche anno fa, ma per chi non l'avesse fatto, Amanda dirige la nostra squadra di investigazione di contabilità forense al quartier generale. La sua squadra ha esaminato le finanze di ciascuna delle prime tre vittime, incluso Angus Zilchrist, per vedere se c'è un collegamento tra loro, e per cercare di scoprire dove porta questo collegamento.»

«Grazie.» Amanda aprì la sua valigetta e le consegnò una serie di cartelline. «Tutto questo sarà inviato via e-mail e aggiunto a HOLMES2 più tardi questa mattina, ma ho pensato che vi farebbe piacere avere anche delle copie cartacee.»

Girando una pagina vuota del suo taccuino, Barnes si rese conto che stava trattenendo il respiro mentre aspettava che Amanda continuasse. La donna era stata fondamentale per il successo della precedente indagine su cui avevano lavorato insieme, quindi sicuramente avrebbe contribuito a fornire la svolta di cui avevano così disperatamente bisogno ora?

245

«Salterò le parti noiose, potrete leggerle per conto vostro», disse Amanda con un sorriso prima di voltarsi verso la lavagna e schizzare un diagramma delle sue scoperte mentre parlava. «L'introduzione al rapporto per ciascuna vittima espone semplicemente i parametri delle nostre ricerche come discusso con l'Ispettrice Hunter all'inizio di questa settimana, e poi ci sono un paio di pagine su come abbiamo condotto queste ricerche. Sono sicura che tutti voi vogliate solo sentire i risultati.»

Un mormorio di consenso si diffuse tra gli agenti prima che la contabile forense continuasse.

«La prima parte della nostra indagine consisteva nell'accertare con quali finanziatori legittimi le tre vittime avessero conti, e poi sommare l'esposizione debitoria complessiva. Questo include alcuni dei nuovi tipi di finanziatori, per lo più associati allo shopping online, operatori di prestiti su immobili, quel genere di cose. Felicemente posso confermare che nessuno di questi sembra colpevole di nulla se non forse di alcune pratiche poco chiare in relazione ai controlli preliminari sul debito esistente prima di incoraggiare le persone a contrarre un prestito con loro. Abbiamo trasmesso i dettagli di due di questi al mediatore finanziario.»

Fece una pausa e rivolse un sorriso riconoscente a Laura quando la detective le passò un bicchiere d'acqua. «Grazie. Ok, quindi una volta esauriti tutti i finanziatori legittimi, ci siamo trovati di fronte a un'anomalia che appariva in ciascuno dei profili delle vittime che avevamo creato. Ognuna di loro, senza eccezione, aveva versato grandi somme in contanti tra lo scorso luglio e gennaio, ma avevano suddiviso il pagamento tra diversi conti, come carte di credito, finanziatori immobiliari, ecc., in modo da non sollevare sospetti. La maggior parte delle banche oggi limita i depositi in contanti a mille euro alla volta in conformità con le normative antiriciclaggio.»

«Qualcuno ha detto loro di farlo», disse Amanda, rivolgendosi a Kay. «Chiunque abbia prestato loro i soldi ha detto loro di non attirare l'attenzione su se stessi. Normalmente non mi sbilancerei a dire questo, ma lo schema è troppo evidente tra le tre vittime per ignorarlo. Come ho detto, i pagamenti sono divisi tra conti regolari, ma arrivano tutti lo stesso giorno in ogni caso. Iniziano con una somma più grande, diciamo quattromila cinquecento o seimila euro, poi ci sono uno o due importi più piccoli dopo, non più di mille euro. Alcune di queste somme di contante più piccole non sono state necessariamente versate su alcun conto, ma dalla nostra analisi abbiamo notato che forse un paio di volte al mese, ogni vittima usava meno la propria carta di debito, suggerendo…»

«Che avevano contanti extra da spendere per le necessità», disse Barnes.

«Sì.»

Incrociò le braccia e guardò le frecce che si intersecavano sulla lavagna tra le fotografie delle quattro vittime. «Qualcuno sapeva che queste persone erano disperate. Qualcuno che era in grado di prestare diverse migliaia di euro alla volta...»

«E non possiamo scoprire come perché i prestiti sono stati pagati in contanti.» Kay si strinse il ponte del naso e chiuse gli occhi per un momento. «Siamo fregati, vero?»

«Abbiamo provato diverse angolazioni per vedere se

potevamo trovare qualcos'altro, ma temo che questo sia il nocciolo della questione», disse Amanda. «Mi dispiace, mi rendo conto che non sia il risultato che speravate».

«Grazie comunque». Kay sospirò. «Mi rendo conto di quanto impegno ci sia voluto per mettere insieme tutto questo nel tempo che abbiamo».

«Come ho detto, le invierò tutto via e-mail più tardi in mattinata», disse Amanda, raccogliendo le sue cose e dirigendosi verso la porta. «E mi chiami se ha altre domande».

Un silenzio attonito calò sulla squadra dopo che la porta si chiuse alle sue spalle, e Barnes colse lo sguardo ansioso di Kay mentre esaminava le note disordinate che ora coprivano la lavagna.

«A cosa sta pensando, capo?»

«Chiunque stia facendo questo sta intensificando le sue azioni, non è vero?» disse. «Il corpo di Preston è stato nascosto in modo che Angus lo trovasse, eppure sia Katrina che Alec, partendo dal presupposto che troveremo lo stesso tipo di prestiti in contanti nei suoi estratti finanziari quando li riceveremo, sono stati esposti pubblicamente. È come se chiunque li abbia uccisi volesse pubblicizzare il fatto piuttosto che prendere di mira una sola persona».

«È audace», disse Barnes. «Sembrano incredibilmente sicuri di non essere scoperti».

«Ma lo sono davvero?» Kay camminava sulla moquette. «O è un segno di disperazione? Voglio dire, non abbiamo mai avuto niente di simile prima, vero?»

«Non abbiamo mai avuto lo stesso metodo di

uccisione, intendo con la tortura con i tagli», disse Gavin. «Non da quando sono qui io».

«È emerso qualcosa dai registri?»

«Niente, capo. È stata una delle prime ricerche che ho fatto su HOLMES2 quando è stata trovata Katrina».

«Quello che mi preoccupa è perché questi debiti vengano riscossi proprio ora». Kay batté le nocche contro la lavagna e poi si voltò verso la sua squadra. «Cos'è cambiato negli ultimi tre mesi che fa sì che chiunque abbia prestato questo denaro ne abbia bisogno indietro così in fretta da essere disposto a uccidere alcuni dei suoi clienti per far pagare gli altri?»

CAPITOLO 38

Gavin aprì la linguetta della lattina di energy drink, con un leggero *pop* e un sibilo d'aria che diffuse un aroma dolciastro sulla sua tastiera.

Laura arricciò il naso mentre lui beveva a grandi sorsi. «Dio, si sente l'odore dello zucchero da qui. Perché non bevi semplicemente caffè come una persona normale?»

«Lo faccio. A volte non è abbastanza.»

«Ti si carieranno i denti.»

«È quello che mi dice mia madre.» Posò la lattina e sorrise. «E tu sembri proprio uguale a lei.»

La collega gli diede uno schiaffo sul braccio, poi indicò i tre schermi del computer davanti a loro. «Pronto a ricominciare?»

«Vai pure.»

Appoggiando il mento sulla mano, lo sguardo di Gavin passava da uno schermo all'altro, un'osservazione distratta delle immagini che in qualche modo lo aiutava a rimanere vigile e con la mente aperta a qualsiasi anomalia potesse apparire.

Sapeva che Laura stava facendo lo stesso, entrambi avevano già trascorso due ore della loro mattinata nella sala di osservazione a guardare i filmati delle telecamere dal piazzale del garage di Brian Melgren.

Era più tranquillo qui, ora che i detenuti della notte precedente erano stati registrati e trasferiti.

Una porta sbatté da qualche parte lungo il corridoio, e un sorriso sardonico si formò sulle sue labbra mentre pesanti passi superarono la stanza.

Era comunque più tranquillo del pandemonio nella sala operativa al piano di sopra.

Laura sbadigliò. «Vorrei che stessimo guardando i filmati della città invece. Quel tizio del garage avrebbe potuto filtrare queste registrazioni, no?»

«Credo che dovremmo essere grati che le abbia conservate tutte.» Controllò l'orologio, poi i suoi occhi tornarono sullo schermo. «Ma almeno abbiamo i registri dei visitatori del magazzino per restringere la ricerca. Altrimenti saremmo qui fino al prossimo weekend.»

«Vero.» Sospirò mentre la registrazione si interrompeva. «Ok, passiamo al file successivo. Questo è del weekend di Pasqua.»

«Sembra passata una vita,» borbottò Gavin. «E faceva più caldo di adesso.»

«L'abbronzatura sta svanendo?»

«Molto divertente.» Si sporse in avanti. «Melgren non ha aperto quel sabato. Ha detto che lui e sua moglie sono riusciti a fare una vacanza last-minute a Copenaghen a metà prezzo fino al mercoledì successivo. Puoi velocizzare anche il filmato, Angus quel giorno non ha firmato fino all'una e mezza.»

Rimasero seduti in silenzio per un momento, osservando un flusso costante di visitatori alle unità di deposito in veicoli di diverse forme e dimensioni.

«Sembra che tutti abbiano avuto la stessa idea di fare le pulizie di primavera quel fine settimana,» mormorò Gavin.

«Angus non sembrava fermarsi troppo a lungo durante le sue altre visite, vero?» Laura diede un'occhiata ai suoi appunti. «E quella che abbiamo appena visto risale a febbraio. Pensi che sia insolito quanto tempo abbia lasciato passare fino a questa visita successiva?»

«Non particolarmente. Voglio dire, se era un po' accumulatore seriale, probabilmente ci metteva roba e se ne dimenticava. Non è che tornasse a controllare, da quello che suggerisce questo registro.»

«Quante altre visite dopo questa?»

Gavin abbassò lo sguardo, poi si bloccò. «Solo una, il giorno prima che morisse.»

«Aspetta, guarda.» Laura mise in pausa la registrazione. «Quello è Angus, giusto?»

Sullo schermo, un furgone per traslochi di colore scuro, dall'aspetto malconcio, si era fermato all'ingresso dell'azienda di deposito, e mentre rallentava fino a fermarsi completamente, l'uomo al posto di guida guardò verso il garage.

«Non sembra contento,» disse Gavin.

«Perché non sta guidando la sua auto? Di chi è questo furgone?» Laura riavviò la registrazione a velocità normale e guardarono mentre il furgone avanzava lentamente fino a non bloccare più l'ingresso, e poi il conducente scendeva.

«Non riesco a vedere le targhe da questa angolazione,

ma potrebbe esserci accesso ad altre telecamere di sorveglianza lungo la strada. Dovrò controllare.»

«Chi è quello con lui, Gav?»

«Non lo so, ma è costruito come un edificio di mattoni, no?»

Osservò l'uomo tarchiato che stava parlando con Angus sul retro del furgone, i bicipiti che sporgevano da una maglietta senza maniche, la testa rasata che brillava sotto la luce intensa del sole come se stesse sudando.

Un'altra auto si avvicinò lentamente all'ingresso, poi svoltò nel cortile del deposito e scomparve dalla vista. L'uomo fece un cenno con il pollice sopra la spalla e Angus si affrettò attraverso i cancelli, tornando cinque minuti dopo con un carrello per pallet.

Gavin deglutì, il cuore che gli martellava. Nonostante l'energy drink, aveva la bocca secca, e trattenne il respiro.

Sullo schermo, Angus spingeva il carrello verso le porte posteriori del furgone.

L'altro uomo le spalancò e salì all'interno, il furgone oscillò sulle sospensioni per un momento e poi apparve un oggetto di grandi dimensioni.

«Quello è l'armadio, quello in cui è stato trovato Preston,» esclamò Laura.

I due uomini spostarono l'armadio sulla piattaforma di carico, e poi Angus premette un pulsante sul retro del furgone per abbassarla.

Dopo altri due minuti di spostamenti e gesti arrabbiati dell'altro uomo, i due fecero oscillare l'armadio attraverso i cancelli d'ingresso del deposito.

«Perché non guidare prima il furgone nel cortile?» disse Laura. «Avrebbe risparmiato loro un po' di fatica.»

«Ci sono telecamere là, tieni presente.» Gavin annuì verso il furgone sullo schermo. «Chiunque stesse guidando il furgone lo sapeva, ma non sapeva che i file non vengono conservati a lungo. Non voleva che le targhe fossero viste.»

«Non vedo loghi di società di noleggio da nessuna parte, tu?»

«No, quindi o è il veicolo dell'autista, o l'hanno preso in prestito.»

Quindici minuti dopo, i due uomini tornarono, salirono sul furgone e se ne andarono.

«Preston era già in quell'armadio, vero?» Laura fermò la registrazione e girò la sedia per guardarlo. «Si vedeva che stavano facendo fatica con il peso, ed era solo un mobile economico.»

«Penso di sì.» Gavin si appoggiò allo schienale e fissò lo schermo vuoto.

«Ma il rapporto di Harriet diceva che il peso del corpo ha fatto aprire le porte dell'armadio una volta che quella scatola è stata spostata. Non c'era niente che non andava con le porte quando l'hanno spostato adesso, vero?»

«Credo che il peso di Preston si sia spostato quando hanno messo l'armadio nell'unità e poi l'hanno circondato di scatole.» Sospirò e gettò la penna sulla scrivania. «Ma Angus sapeva che Preston era dentro? O stava solo facendo un favore all'altro tizio?»

«Un bel favore, Gav.»

CAPITOLO 39

Kay sfogliò le immagini stampate dalle riprese delle telecamere di sorveglianza del garage, mordendosi il labbro.

Gavin e Laura erano in piedi pazientemente accanto a lei mentre la sua mente lavorava, i loro volti erano tirati dopo aver fissato gli schermi dei computer così a lungo.

«I figli di Angus avevano qualche idea su chi fosse costui?» disse infine, appendendo le foto su una seconda lavagna che si era aggiunta alla prima nella parte anteriore della stanza.

«Siamo andati da Richard prima per mostrargli quelle foto, ma non l'ha riconosciuto», disse Gavin. «Lo stesso vale per Alana. Non avevano neppure idea di chi potesse essere il furgone.»

«E le telecamere di sorveglianza da altre angolazioni lungo quel tratto di strada?»

«Sono state richieste, capo, ma dato che è weekend...»

«Saremo fortunati se le vedremo prima di metà

settimana». Kay sospirò. «Almeno abbiamo un'altra pista su cui lavorare. Cos'altro avete in programma di fare?»

«Pensavo di dare una mano a Ian con alcune registrazioni di sicurezza arrivate da uno degli altri negozi vicino a dove lavorava Katrina», disse Gavin, passandosi le dita tra i capelli a spazzola. «Hanno dovuto ottenere l'autorizzazione dalla loro sede centrale a Newcastle prima di rilasciarle a noi.»

«Farò aiutare Ian da Kyle, tu hai bisogno di riposarti, quindi dopo che avremo finito qui, non voglio vederti fino a lunedì. Lo stesso vale per te, Laura.»

«Certo, capo, grazie», disse Laura. «Pensavo di chiedere ad alcuni degli agenti in divisa di esaminare gli estratti conto di Alec Mingrove questo pomeriggio per vedere se riescono a individuare uno schema come quello identificato da Amanda.»

«Buon piano. Prima di andare a casa, puoi preparare una dichiarazione da inviare alle associazioni di beneficenza locali che si occupano di dipendenza dal gioco, banchi alimentari e cose del genere, avvertendoli che crediamo ci sia una nuova organizzazione criminale che prende di mira persone vulnerabili?» Kay attraversò la stanza verso la sua scrivania, con i due detective alle calcagna. «Fai attenzione a come la formuli, non voglio che la colleghino alla nostra indagine, ma dobbiamo assicurarci di essere proattivi. L'ultima cosa che vogliamo è che altre persone cadano vittima di chiunque sia dietro questi omicidi.»

Laura annuì. «Lo farò, poi le manderò un'e-mail una volta finito.»

«Grazie. Bene, ci vediamo lunedì.»

Kay tornò alla sua scrivania, attualmente nascosta sotto una pila di verbali di riunioni del quartier generale, quattro nuovi rapporti di bilancio che richiedevano la sua revisione e firma, e un mucchio di briciole di una pasta danese alla mela mangiata a metà.

Represse un gemito.

Tutto ciò che voleva fare era concentrarsi sulla caccia e cattura di un assassino, ma sembrava che i suoi superiori avessero altre idee per il suo weekend.

Prendendo la pasta, se la ficcò tra le labbra, poi prese la sua tazza di caffè tiepido e il suo taccuino e tornò alla lavagna.

Il caffè e il taccuino furono posati su una scrivania accanto ad essa mentre lei sgranocchiava quello che avrebbe dovuto costituire il suo pranzo; il suo sguardo assorbiva gli appunti e le fotografie che erano stati raccolti.

«Chi diavolo sei?» mormorò tra un boccone e l'altro, scrutando l'uomo calvo nella fotografia. «E come conoscevi Angus?»

«Parla di nuovo da sola, capo?»

Lei lanciò un'occhiata dietro di sé sentendo la voce di Barnes. «Aiuta. Ha mai visto questo tizio prima?»

Il suo collega esaminò attentamente la lavagna. «No. Non posso dire di averlo visto. È un nuovo ricercato?»

«Sì. Gavin e Laura l'hanno notato fuori dal deposito durante il weekend di Pasqua mentre aiutava Angus con quell'armadio. Ho visto anche io le riprese: dato il modo in cui stavano faticando, al momento presumiamo che il corpo di Preston fosse già all'interno.»

Barnes fischiò sottovoce. «Quindi Angus sapeva...?»

«O è stato incastrato?» Kay si pulì le dita e prese il caffè. «Secondo i registri del deposito, la volta successiva che Angus è andato lì è stato il giorno prima della sua morte.»

«Ma il rapporto di Harriet ha confermato che il corpo non era stato disturbato da quando era stato messo nell'armadio. Angus non avrebbe potuto aprire la porta, scoprire cosa c'era dentro e poi richiuderla. L'avremmo notato.»

«Forse gli avevano parlato del cadavere, è andato lì per vedere di persona, ma ha cambiato idea una voltà arrivato.»

«O lo sapeva e ha accettato di nasconderlo.»

«C'è anche questa possibilità.» Kay bevve l'ultimo sorso della sua bevanda e prese il suo taccuino, sfogliando le pagine. «Abbiamo qualcosa che suggerisca che Angus conoscesse Preston, o Katrina, tra l'altro?»

«Non ancora. Posso scambiare un'altra parola con Richard Zilchrist se vuole?»

«Gavin ha già parlato con lui prima per vedere se conoscesse il nostro uomo misterioso. Non lo conosce.»

Barnes indicò la fotografia con un cenno. «Angus non era molto attivo sui social media, ma potrebbe aver fatto parte di qualche tipo di circolo sociale, o aver frequentato regolarmente un pub particolare, qualcosa del genere. Abbiamo già esaurito le ricerche sulla sala scommesse che frequentava in città, e ci hanno detto che Angus ci andava sempre da solo. Richard ci ha detto quando gli abbiamo parlato la prima volta che suo padre aveva smesso di andare nel suo locale abituale, cosa che il proprietario ha confermato, ma deve essere andato in altri posti prima di iniziare a rimanere senza soldi, giusto? Lui e Preston potrebbero essersi incrociati da qualche parte.»

«Vale la pena provare.» Diede un'ultima occhiata alla lavagna. «Farò iniziare gli agenti in divisa su questo mentre lei esamina i nuovi filmati delle telecamere.»

CAPITOLO 40

«Questa scrivania non è stata progettata per due persone.»

Kyle sorrise al detective senior accanto a lui. «È accogliente, te lo concedo, sergente.»

Si voltò nuovamente verso la serie di schermi, con gli occhi che saltavano da uno all'altro mentre Barnes sorseggiava rumorosamente una tazza di tè e piluccava i resti di un'insalata di pollo.

Sui monitor, un'immagine sgranata di Katrina Hovat entrò nel campo visivo e si diresse verso il negozio dove aveva lavorato un tempo.

Sembrava minuta, avvolta in un cardigan pesante che stringeva intorno a sé, con la testa abbassata mentre parlava al suo cellulare.

Si fermò prima di raggiungere le doppie porte di vetro, ignorando il fatto che si aprissero automaticamente in attesa, e invece voltò le spalle al negozio e sembrava stesse litigando con qualcuno.

«Abbiamo i registri di quella chiamata dal suo operatore telefonico, sergente?» chiese Kyle.

Sullo schermo, Katrina camminava avanti e indietro, gesticolando con la mano verso chiunque fosse all'altro capo del telefono.

«Aspetta.» Barnes posò la lattina e sfogliò un elenco di numeri. «Sì, eccolo. Una delle banche a quanto pare, è la loro squadra di recupero crediti con sede a Leeds.»

Kyle sbuffò gonfiando le guance. «È difficile pensare che fosse morta un giorno dopo questo. Non aveva alcuna possibilità contro di loro, vero? Voglio dire, non c'è niente in lei.»

«Non se quel tizio che guidava il furgone con Angus era coinvolto, no.»

I due uomini rimasero in silenzio mentre Katrina terminava la chiamata, si fermava un momento come per raccogliere i pensieri, poi entrava a passo deciso nel negozio.

Allungando la mano per mandare avanti veloce la registrazione, Kyle osservò un flusso costante di clienti entrare e uscire dalle porte principali, alcuni riapparendo poco dopo con borse cariche di acquisti convenienti, altri che lottavano con articoli più grandi prima di farli entrare a fatica nel bagagliaio delle loro auto.

Si agitò sulla sedia, rischiando un'occhiata di lato all'uomo accanto a lui.

Barnes era sempre stato qualcuno che ammirava, fin da quando aveva iniziato la sua carriera nella polizia del Kent, e non era certo uno che tratteneva le sue opinioni, quindi...

«Sergente? Posso chiederle una cosa?»

Gli occhi del sergente detective rimasero fissi sullo schermo. «Certo.»

«Pensa che dovrei fare domanda per l'esame da detective?»

Barnes si girò verso di lui e alzò un sopracciglio. «Forse. Cosa ti ha fatto venire quest'idea?»

«Philip e io ne stavamo parlando prima che venisse ucciso, avremmo dovuto iscriverci entrambi. Stavo pensando...» Si interruppe, guardando le sue mani. «Penso di aver bisogno di qualcosa su cui concentrarmi, qualcosa in cui affondare i denti, capisce?»

Il detective più anziano sorrise, con l'attenzione nuovamente sulla registrazione. «Allora penso che sarebbe una grande idea. Ad essere sincero, non sono sorpreso che tu voglia farlo. Hai fatto molta strada da quando eri un tirocinante, e so che Kay parla molto bene di te.»

«Grazie, sergente.» Il calore salì alle guance di Kyle, e poi annuì leggermente. «Va bene. Presenterò la domanda la prossima settimana. Poi...»

«Eccola.» Barnes si sedette più dritto. «Dev'essere in pausa o qualcosa del genere.»

«Ho dato un'occhiata alle dichiarazioni del negozio. Il suo manager, o supervisore, non ricordo, ha detto che nelle ultime settimane della sua vita faceva più telefonate del solito», rispose Kyle. «Guarda l'ora. Sono solo le nove e quarantacinque.»

«È di nuovo al telefono, guarda.»

Osservarono Katrina rannicchiarsi contro il lato dell'edificio, nascosta dietro un'esposizione di grandi vasi da giardino, con il telefono all'orecchio.

«Sta chiamando un'altra compagnia di carte di credito», disse Barnes, puntando il dito sui tabulati telefonici.

Poi, poco più di un minuto dopo, una donna con una camicia della divisa identica uscì a passo deciso dal negozio e le fece cenno, con fare impaziente.

«Quella è una dei supervisori», mormorò Barnes. «La riconosco da quando abbiamo parlato con il manager di Katrina.»

Katrina seguì l'altra donna a passi pesanti, mentre le porte si chiudevano dietro di loro.

Passarono la successiva mezz'ora fermando la registrazione, annotando gli orari in cui Katrina riappariva. Gli ultimi espositori esterni furono portati dentro da due altri lavoratori mentre Katrina lasciava il lavoro per la giornata.

«Ok. È finita, allora.» Sentendo la delusione nella propria voce, Kyle allungò la mano per fermare la registrazione.

«Aspetta.»

Si bloccò mentre Barnes indicava lo schermo.

Una donna, più alta di Katrina grazie ai tacchi che indossava, l'aveva avvicinata e ora le faceva gesti aggressivi.

«Chi è quella?» Il sergente detective gli prese il mouse e ingrandì la finestra dell'applicazione. «Non la riconosco, tu?»

«Chiunque sia, non è contenta di qualcosa.»

«Pensi sia una cliente?» Barnes si infilò gli occhiali da lettura, cercando di angolare la testa per vedere meglio.

Kyle sfogliò i suoi appunti, poi scosse la testa. «Non ricordo di aver visto nessuno vestito così entrare nel negozio oggi.»

Rimettendo gli occhiali in tasca, Barnes incrociò le

braccia e si appoggiò allo schienale della sedia mentre la donna finiva di parlare e si allontanava a grandi passi.

«Ricomincia. Guarda come Katrina è rimasta lì ferma.»

«Sembra scioccata.»

«No, sembra terrorizzata.»

———

«Che cosa ne pensi?»

Il rumore nella sala operativa si era ridotto a un basso mormorio di voci mentre Kyle teneva il telefono all'orecchio e girava un morbido pallone di feltro tra le dita, lanciandolo in aria mentre aspettava.

Un tramonto sempre più profondo stava illuminando la moquette accanto ai suoi piedi, il rumore del traffico esterno cambiava mentre gli acquirenti e i turisti lasciavano la città per la giornata e le strade diventavano più tranquille nel periodo precedente a quando tutti i pub e le discoteche si sarebbero animati.

Trattenne un sorriso mesto mentre ricordava i suoi primi giorni di pattuglia in quelle stesse strade, affrontando le conseguenze.

Un educato colpo di tosse all'altro capo del telefono interruppe i suoi pensieri.

«Mmm, non credo sia possibile, non con questa angolazione o qualità della registrazione», disse Andy Grey. «Non c'è modo di migliorare quello che avete qui, non senza che l'immagine risulti completamente sfocata. Certamente non in modo tale da permettere a qualcuno di leggere il labiale di ciò che stanno dicendo, in ogni caso».

«Cazzo». Kyle lanciò la pallina sulla scrivania, dove

rimbalzò sulla tastiera e colpì un portapenne accanto al computer. «Pensavo che avessimo qualcosa di utile».

«Mi dispiace di non poterla aiutare».

«No, va bene così. Mi scusi per aver interrotto il suo weekend». Kyle ripose il ricevitore e scorse rapidamente le nuove e-mail che erano apparse.

«Che cosa ha detto?» Barnes si avvicinò, con due piccole scatole di pizza in mano. «Ecco qui».

«Grazie, sergente». Aprendo il coperchio, prese una fetta e vi affondò i denti, il formaggio caldo e il salamino piccante mandarono le sue papille gustative in visibilio. «Dice che non si può fare».

«Maledizione».

«Sì, ho detto qualcosa di simile».

Mangiarono in silenzio per un po', ognuno perso nei propri pensieri.

«Buonanotte, sergente».

Barnes fece un cenno a un agente in uniforme che passava, poi rivolse nuovamente l'attenzione alla sua pizza. «Non ci sono altri file in sospeso relativi a quel parcheggio, vero?»

«No. Quelli dell'altro negozio erano gli unici che stavamo aspettando». Kyle represse un rutto e prese l'ultima fetta, trattenendo uno sbadiglio. «E ho incrociato gli altri file mentre eri fuori a prendere queste: posso vederle entrambe in un'altra inquadratura dal negozio di mobili accanto, ma quando finiscono di parlare, quella donna gira intorno al lato di quel condominio e non si vede più».

Barnes chiuse il coperchio della sua scatola di pizza e la mise accanto al cestino vicino alla scrivania, l'aroma grasso ancora persisteva nell'aria. «Quindi deve essere andata via in macchina, ma da un'uscita diversa rispetto a quella principale».

«L'ho pensato anch'io. Ma non ci sono angolazioni delle telecamere». Kyle inghiottì l'ultimo pezzo di pizza e si pulì le dita con un tovagliolo di carta. «Quindi siamo fregati».

Alzò lo sguardo mentre la porta della sala operativa si apriva e Kay entrava a grandi passi, con un'espressione scura sul volto.

«Capo», disse Barnes. «Tutto a posto?»

«La squadra in uniforme ha parlato con Richard Zilchrist», rispose lei. «Lui ha suggerito che Angus potrebbe occasionalmente aver socializzato con i membri del suo vecchio circolo di golf, ma non è emerso nulla. Quando la squadra è andata lì, è venuto fuori che Angus ha cancellato la sua iscrizione settimane fa e non è più stato visto da allora. Hanno persino controllato i registri dei visitatori. Niente».

Si appoggiò alla scrivania libera accanto a Barnes e poi fissò lo schermo di Kyle. «Chi è quella?»

Lui attese mentre Barnes la aggiornava, e osservò come un lampo di interesse si trasformò in crescente allarme.

«Qualcuno nel negozio dove lavorava Katrina l'ha riconosciuta?» chiese.

«Abbiamo parlato con il direttore e i supervisori», disse Barnes. «Tutti dicono di no».

«E ad essere sincero, dal modo in cui è vestita... non sembra una cliente», aggiunse Kyle.

«E nei social media di Katrina? C'è qualcosa?»

«Niente che abbiamo potuto vedere tra i suoi amici o follower, no».

«Può stampare questa foto e metterla sulla lavagna per il briefing di lunedì?» disse Kay. «Domani non ce ne sarà uno perché c'è a malapena personale disponibile nel turno».

«Lo farò, capo», disse Barnes.

«Potremmo ricontrollare tutti i profili social delle nostre vittime domani», disse Kyle, notando la frustrazione sul volto dell'ispettrice. «Anche se non è elencata come amica o follower, potrebbe apparire in una foto con uno di loro».

«Buona idea. Fatelo». Kay indicò lo schermo. «Quando è stata scattata?»

«Il venerdì pomeriggio in cui è stata uccisa», disse Barnes. «Secondo la nostra cronologia, Katrina è andata da qui direttamente a casa dei Brassick».

«Beh, chiunque sia, dobbiamo trovarla, e in fretta. Probabilmente è l'ultima persona ad aver visto Katrina viva».

CAPITOLO 41

I primi fili di calore si alzavano dall'asfalto del parcheggio mentre Kay si fermava accanto a una panchina di legno e riallacciava le sue scarpe da ginnastica.

Dietro di lei, vicino al piccolo bar che serviva i visitatori di Mote Park, un uomo anziano su una spazzatrice motorizzata andava avanti e indietro, la fronte corrugata concentrata mentre la testa ondeggiava al ritmo di qualsiasi musica stesse ascoltando sotto le cuffie protettive fornite dal comune.

Uno scoiattolo schizzò fuori dalla base di un cespuglio di biancospino al suo avvicinarsi, corse attraverso i margini sterrati dell'area di parcheggio, poi si arrampicò velocemente su una comoda quercia prima di scomparire dalla vista.

Oltre il parcheggio, i pigri movimenti di una città che si svegliava in una luminosa domenica mattina cominciarono a raggiungere Kay, con l'occasionale fruscio del traffico lungo la A20 che arrivava fino a dove si trovava lei.

Dopo aver allungato i muscoli posteriori della coscia e aver fatto oscillare le braccia per sciogliere i muscoli, alzò la mano in segno di saluto al dipendente comunale, controllò nuovamente di aver chiuso l'auto, poi partì con una comoda corsetta.

Di solito, avrebbe corso fino a qui da casa, ma date le circostanze pianificava di andare direttamente alla sala operativa passando per le docce della centrale di polizia e cercare di esaminare tutti i rapporti che doveva inviare al quartier generale l'indomani.

C'era semplicemente troppo da fare, troppi fili sciolti nell'indagine sull'omicidio.

Kay fece un respiro profondo mentre un dolce pendio la portava attraverso prati aperti verso il lago sul bordo settentrionale del parco.

Seguendo la biforcazione a sinistra, sentì che la pendenza si appiattiva, e poi aumentò il ritmo.

Alla sua destra, il lago si estendeva per tutta la lunghezza del parco, le sue acque alimentate dal fiume Len mentre si faceva strada attraverso la contea verso il più grande Medway.

Le anatre nuotavano felicemente verso di lei, poi le voltarono le spalle quando capirono che non aveva cibo, mentre una coppia di cigni abbassava i lunghi colli frugando sott'acqua.

«Buongiorno.»

Annuì in risposta alla coppia di corridori che passava, non volendo interrompere la sua andatura ora che aveva trovato un ritmo confortevole. Le loro voci scomparvero in lontananza mentre continuavano la loro conversazione, mentre Kay allungò i passi e seguì il sentiero verso destra.

Un gruppo disordinato di pedalò con le prue a forma di cigno era ormeggiato a un molo di cemento, ondeggiando alla leggera brezza che attraversava l'acqua e le sfiorava le braccia nude prima che passasse una tranquilla insenatura dove un vecchio Labrador sguazzava felicemente mentre i suoi proprietari lo osservavano.

Il sentiero cominciò a salire di nuovo, il percorso circolare cedeva il posto a uno spazio aperto mentre emergeva da sotto la volta di un salice piangente e tornava al parco che dominava il lago. Cercando un percorso che la portasse lungo il bordo orientale e più lontano dal centro città, si asciugò il sudore dalla fronte e cercò di ignorare al meglio i dolori che cominciavano a pizzicarle i polpacci.

Lo sentiva ora, la tensione che cominciava ad allentarsi nelle spalle, il battito cardiaco che pulsava ad ogni metro che correva, e la sua mente tornò all'indagine.

Se non faceva attenzione, i suoi superiori a Gravesend avrebbero presto cominciato ad analizzare le sue azioni fino ad oggi, chiedendosi perché non ci fosse stata una svolta nonostante l'avessero ostacolata con un personale inadeguato per ottenerla.

Era tutto in equilibrio precario.

Soprattutto quando la sua squadra era già sovraccarica di lavoro.

Ricordò la loro ostinata determinazione, la loro disperazione nel trovare chiunque fosse alimentato da una tale rabbia da fare a pezzi così tante vite umane.

Non solo le vite delle vittime, ma anche quelle di chi rimaneva.

Kay cominciò a pompare le braccia mentre girava in una leggera curva e passava con forza davanti al tempio di pietra a cupola che dominava la distesa erbosa, dirigendosi di nuovo verso il parcheggio.

Le sue unghie affondarono nei palmi.

Era forse colpevole di pretendere troppo dalla sua squadra?

Tutte le richieste del quartier generale relative ai budget, ai turni e ai cambiamenti del personale per i prossimi sei mesi avevano offuscato il suo giudizio?

Perché avevano perso qualcosa, da qualche parte, ne era sicura.

Due persone erano ora collegate all'indagine sull'omicidio, eppure non sapevano nulla di loro.

A cominciare dalla donna vista mentre rimproverava Katrina fuori dal suo posto di lavoro, e poi l'uomo che aveva aiutato Angus a spostare l'armadio nell'unità di deposito.

Kay raggiunse la sua auto, ansimando mentre la sbloccava e prendeva dall'interno una borraccia di acciaio inossidabile nella console centrale. Bevendone un quarto, si appoggiò alla portiera mentre il battito cardiaco tornava normale e guardò oltre gli alberi che punteggiavano il parco, con la mente che vagava.

I suoi pensieri si bloccarono mentre osservava la responsabile del bar che scaricava quattro scatole dal retro di una macchina con portellone, mentre la donna sbuffava per lo sforzo. Le scatole erano timbrate con il logo del fornitore e le etichette del corriere erano attaccate ovunque all'esterno, il nastro adesivo marrone luccicava mentre catturava la luce mentre lei lavorava.

Dopo aver bevuto un altro sorso d'acqua, Kay posò la bottiglia e poi si chinò e appoggiò le mani sulle ginocchia.

Respirò profondamente mentre l'ossigeno gradualmente si faceva strada attraverso il suo corpo stanco, e un sorriso cominciò a formarsi.

Forse il lavoro d'ufficio poteva aspettare.

Forse oggi avrebbe passato la giornata a fare la detective, non la manager.

CAPITOLO 42

«Grazie per essere venuto a prendermi».

Kay lanciò la sua borsa nel vano piedi dell'auto di servizio e si allacciò la cintura mentre Barnes si immetteva nuovamente nella corsia.

«Nessun problema. È bello avere una scusa per uscire quando c'è questo tempo». Barnes si spinse gli occhiali da sole sul naso e svoltò sulla strada principale. «Dove vuoi andare?»

«Al deposito. Ho telefonato prima, Will Clyborne lavora oggi e voglio scambiare due parole con lui». Kay sfogliò i suoi appunti, leggendo gli scarabocchi frettolosi che aveva fatto prima di fare la doccia dopo la corsa. «Voglio vedere se conosce il tizio che Gavin e Laura hanno visto aiutare Angus con l'armadio».

«Dovrebbero tornare domani, capo».

«Lo so». Kay batté il pugno sul bordo della portiera mentre aspettavano che il semaforo sulla A20 diventasse verde. «Ma non può aspettare».

Lui aggrottò la fronte. «Gli avvoltoi stanno già girando?»

«Non ancora», disse lei, incapace di reprimere un sorriso al suo riferimento ai loro superiori del quartier generale. «Sharp li terrà a bada ancora per un po', non ha ancora dimenticato come si fa. Ma arriveranno, Ian. Arriveranno».

«E non vuoi che prendano il controllo».

«No, non lo voglio. Devo a Katrina, a tutti loro, scoprire chi diavolo è responsabile delle loro morti. E poi mi assicurerò che vengano rinchiusi per molto, molto tempo».

«Stiamo facendo del nostro meglio, capo».

«Lo so che lo state facendo». Fece un sospiro profondo mentre il semaforo cambiava e lui accelerava. «Ma ultimamente mi sembra di essere stata sommersa dal fare il capo, non l'investigatrice».

Lui sorrise. «Ah, quindi è di questo che si tratta oggi. Sei semplicemente gelosa del resto di noi».

«Dannazione, è così evidente?»

———

«Gavin e Laura hanno visto quel tizio in altri filmati?» disse Barnes mentre camminavano verso il piccolo ufficio che serviva l'azienda di deposito.

«No, non nelle registrazioni che ci hanno dato». Kay strizzò gli occhi contro la luce intensa del sole che macchiava il piazzale di cemento. «Ma mi stavo chiedendo se lui potrebbe riconoscere il furgone, o se gli mostriamo una foto dell'uomo che hanno visto...»

Si fermò quando lui alzò un sopracciglio. «Lo so, è una possibilità remota».

«Chi non risica non rosica, capo». Aprì la porta e si mise da parte per lasciarla entrare per prima nell'ufficio.

Will Clyborne sbirciò oltre un cliente al bancone e fece un leggero cenno. «Sarò da voi tra un momento».

Kay si voltò e guardò fuori dalla finestra, il suo sguardo vagava sulla fila di unità che si estendevano fin dove poteva vedere.

Fino a qualche anno fa, il sito era stato abbandonato dopo che una vecchia azienda manifatturiera aveva cessato l'attività; l'area era separata dalla strada da una recinzione di filo spinato fatiscente che era riuscita solo a non tenere fuori nulla e a costituisce un pugno nell'occhio.

Era rimasta sorpresa quanto molti altri residenti locali quando la compagnia di deposito nazionale aveva acquistato il sito, demolito i magazzini in degrado e installato una serie di container impilati al loro posto.

A giudicare dal numero di auto che stavano attraversando i cancelli d'ingresso oggi, però, gli affari andavano bene.

La porta dell'ufficio sbatté sulla sua chiusura automatica e lei lanciò un'occhiata dietro di sé a Will.

«Giornata impegnativa?»

Lui alzò gli occhi al cielo e si allontanò dal bancone. «Magari. Quello era un altro curioso. Ho avuti più di quelli che di veri clienti da quando è stato trovato il corpo di quel tizio».

«Succede, purtroppo», disse Barnes. «Perderanno interesse alla fine».

«E i tuoi clienti abituali?» chiese Kay. «Ne hai persi molti?»

«No, ma probabilmente è solo perché la maggior parte di loro non ha voglia di trovare un altro posto e poi spostare tutte le proprie cose». Will sorrise. «Comunque, cosa volevi oggi?»

Barnes estrasse un fermo immagine dalle riprese di sicurezza che mostrava il grande uomo calvo accanto ad Angus Zilchrist. «Riconosci quest'uomo sulla sinistra?»

«No. Quello che stava con lui è quello che ha affittato l'unità, vero? Lo riconosco da un'altra foto che uno dei vostri mi ha mostrato la settimana scorsa». Spalancò gli occhi. «Santo cielo… quello è l'armadio in cui è stato trovato il morto?»

«Crediamo di sì», disse Kay. «Ed è per questo che siamo ansiosi di parlare con lui».

«Ci credo».

«Questa foto è stata scattata ad aprile. Puoi confermare chi stava lavorando qui lo stesso giorno?»

«Certo. Venite qui mentre controllo il sistema».

Kay attese pazientemente mentre lui scorreva i programmi dell'azienda, solo per essere ricompensata da un'espressione perplessa.

«Sembra che quel giorno ci fossi solo io», disse Will. «Beth, che a volte mi aiuta, era in vacanza quella settimana. E mi ricordo che avevo due clienti che stavano svuotando le unità, quindi era un gran casino. Probabilmente è per questo che non ricordo di averli visti spostare quell'armadio. Spiega anche perché erano parcheggiati sulla strada, perché c'erano almeno quattro camion dei traslochi parcheggiati qui a un certo punto. Questo me lo ricordo. Un vero pandemonio».

«E sei assolutamente sicuro che non avete telecamere lungo la strada a cui potete accedere?»

«No, non ne abbiamo; quella recinzione ondulata impedisce a chiunque di entrare, specialmente con il filo spinato in cima. Solo io e gli altri due dipendenti a tempo pieno abbiamo il codice per il cancello».

Kay inghiottì la sua delusione mentre Barnes si rimetteva la fotografia in tasca e riuscì a fare un piccolo sorriso.

«Grazie per il tuo tempo».

«Accidenti», mormorò Barnes sottovoce una volta fuori. «E ho fatto ricontrollare a Dave Morrison: non ci sono decisamente telecamere di sorveglianza rivolte verso la strada da angolazioni diverse, quindi non possiamo vedere chiaramente la targa di quel furgone».

Camminando attraverso il cancello aperto, Kay si fermò sul marciapiede mentre passava un flusso costante di traffico. «E non è stato ripreso da nessuna telecamera sulle strade principali in uscita da qui?»

«No, quindi probabilmente hanno tagliato attraverso le strade laterali». Barnes fece una smorfia. «Comunque, due telecamere erano rotte e in attesa di una squadra di manutenzione quella settimana, quindi...»

«Cristo». Kay si morse il labbro. «Va bene. C'è un altro posto dove vorrei andare oggi, ma mentre guido, puoi telefonare alla sala operativa e far mandare una squadra al vecchio bar di Angus e al golf club per vedere se qualcuno riconosce questo tizio?»

«Gli agenti in divisa potrebbero farlo domani, capo».

«Non possiamo aspettare così tanto, Ian. Temo che potremmo trovarci un'altra vittima entro allora».

CAPITOLO 43

Kay si rimboccò le maniche e attraversò il parcheggio del centro commerciale, con la mascella serrata.

Il rumore dei carrelli metallici sull'asfalto riempiva l'aria, con l'occasionale lamento di un bambino annoiato che si mescolava alle voci stressate dei genitori che cercavano di allontanare i figli più grandi dai negozi di animali prima che cadessero preda delle suppliche per un coniglio o un porcellino d'India.

Una giovane coppia litigava fuori dal negozio di articoli da letto, la donna che cercava di bilanciare tre cuscini bianchi e soffici tra le braccia mentre una borsa rigonfia le ondeggiava da un polso mentre rincorreva il suo ragazzo esasperato.

Fermandosi sotto la tettoia del negozio di articoli da letto, Kay si girò fino a trovarsi di fronte al parcheggio del personale e alzò lo sguardo.

La telecamera che aveva ripreso Katrina Hovat mentre discuteva con la donna misteriosa era posizionata sopra di lei, la sua lente rifletteva la luce del sole del primo pomeriggio.

Una ragnatela coperta di residui di foglie vecchie di anni si aggrappava alla staffa montata sul retro, e Kay arricciò il labbro alla vista dell'obiettivo sporco.

«È il filmato di questa, Ian?»

«Sì.» Lui indicò più avanti lungo il blocco di unità. «Le altre due sono sotto le gronde laggiù, vedi?»

«Quindi è qui che quella donna è scomparsa dopo aver parlato con Katrina...» Kay vagò intorno all'angolo, lanciando uno sguardo su una fila poco profonda di bidoni per il riciclaggio di dimensioni industriali. «Con che frequenza vengono svuotati?»

«Settimanalmente. Gli agenti in uniforme sono riusciti a esaminare l'ultimo lotto prima che arrivassero gli addetti.» Diede un calcio a una pietra e la fissò con rabbia mentre rotolava via. «Non hanno trovato nulla.»

Lei alzò lo sguardo. «E quella sopra la porta di servizio?»

«L'angolazione era sbagliata, ho controllato personalmente. Chiunque fosse, ha tenuto la testa girata in modo che la telecamera non catturasse correttamente i suoi lineamenti.»

Kay continuò oltre i bidoni, osservando il cartone traboccante e gli imballaggi di plastica che erano stati rimossi da vari articoli di magazzino, poi rivolse la sua attenzione a una bassa siepe di carpino e gelsomino.

Un varco era stato aperto nel mezzo della siepe verso un marciapiede che costeggiava una strada di servizio, e si fermò per un momento, osservando le diverse entrate delle altre attività commerciali.

Non c'erano telecamere di sorveglianza in vista.

«Dannazione.»

Barnes imprecò sottovoce mentre si faceva strada tra le piante sfilacciate, liberando il pantalone da una spina persistente, e poi la raggiunse.

«Potrebbe essere andata ovunque da qui,» disse Kay, indicando con il mento la fine della strada. «Quella strada porta in città o verso la M20 nell'altra direzione, e non sappiamo nemmeno cosa stesse guidando.»

«Se guidava.»

Kay scosse la testa. «Non riesco a immaginarla camminare, tu sì? Non sembrava il tipo di persona che camminerebbe fino a qui. Non con i tacchi che indossava in quella ripresa, comunque.»

«Lavorerò con gli agenti in uniforme domani mattina presto per scoprire se qualche membro del personale nei negozi qui intorno la riconosce.» Barnes tentò uno sguardo speranzoso, e fallì. «Ci proveremo, comunque.»

Un'insidiosa sensazione di frustrazione si insinuò in Kay alla consapevolezza che nonostante le sue migliori intenzioni, stava affrontando gli stessi problemi della sua squadra. Chiunque avesse affrontato Katrina era scomparso senza lasciare traccia.

«Questa è stata una perdita di tempo,» mormorò. «L'abbiamo persa nel momento in cui ha girato l'angolo di questo edificio, vero?»

«Valeva la pena dare un'occhiata, capo,» disse Barnes. Aggrottò la fronte mentre il suo telefono iniziava a vibrare nella tasca. «È Kyle.»

Kay si avvicinò mentre lui rispondeva, mettendolo in vivavoce.

Il giovane agente non perse tempo.

«Sergente, sono al club di golf, quello a cui apparteneva Angus Zilchrist. C'è un tizio qui che dice di conoscere l'uomo nella fotografia, quello che stava spostando l'armadio con Angus.»

———————

Venti minuti dopo, Kay si precipitò attraverso le doppie porte di vetro ed entrò nell'arioso salone dei membri di un vasto campo da golf alla periferia di Maidstone.

Una reception in mogano si estendeva lungo il lato sinistro della stanza mentre numerosi divani in pelle e poltrone con schienale ad ali circondavano un tavolino basso al centro dello spazio.

Notò Kyle Walker seduto su uno dei divani accanto a un uomo sulla settantina che sembrava perplesso per l'improvvisa attenzione.

L'agente si alzò in piedi mentre lei si avvicinava, fece un cenno a Barnes e procedette con le presentazioni. «Capo, questo è George Lamplighter.»

Kay non perse tempo e indicò la fotografia che giaceva su un tavolino basso accanto a un menù rilegato in pelle. «Presumo che lei riconosca l'uomo a destra nella fotografia. Chi è?»

«Non sono sicuro,» fu la risposta. L'uomo si tirò il lobo dell'orecchio. «Ma come stavo dicendo al suo collega, ricordo di aver visto Angus parlare con lui lì fuori nel parcheggio qualche settimana fa. Avevamo concordato di incontrarci per giocare una partita una mattina, di solito qui è tranquillo la domenica come oggi, e ogni tanto giocavamo una partita e poi pranzavamo. Fanno un ottimo buffet di carne arrosto.»

«Quando è successo?»

«Il quindici maggio.» L'uomo si raddrizzò sotto lo sguardo attento di Kay, poi indicò Kyle. «Gli ho mostrato il calendario sul mio telefono.»

«Va bene. Cosa è successo?»

«Sembrava che stessero discutendo di qualcosa. Ricordo che Angus si è girato dall'altra parte, ma non prima che lo vedessi impallidire. Come se avesse avuto uno shock. L'uomo gli ha parlato a voce bassa, non sono riuscito a sentire cosa si stessero dicendo.»

«Per quanto tempo hanno parlato?»

«Non più di un paio di minuti. Quando se n'è andato, Angus è rimasto lì per un momento senza fare nulla. Poi sembrava aver preso una decisione, ed è tornato verso la mia auto.» Lamplighter abbassò lo sguardo sulle sue mani. «Ero imbarazzato per lui, quindi ho semplicemente finto di stare ancora prendendo delle cose dal bagagliaio della mia auto. Ha cercato di sdrammatizzare, ma si vedeva che era piuttosto scosso.»

«Angus ha detto chi era?»

«Non un nome, no. Ha solo detto che era qualcuno che conosceva di sfuggita e che c'era stato un malinteso su qualcosa, tutto qui. Ha cambiato argomento dopo, e io non volevo insistere.» Lamplighter fece un timido sorriso. «L'ho battuto quel giorno però: il suo gioco era completamente fuori fase.»

«Sembrava che avesse problemi a concentrarsi?»

«Era totalmente distratto. E prima che me lo chieda, sì, era insolito per Angus. È stato un peccato anche perché quella è stata l'ultima volta che è stato qui.»

«Non ha mai più giocato?»

«Ha cancellato la sua iscrizione il giorno dopo.»

CAPITOLO 44

Kay fissò una puntina su una nuova copia della fotografia della donna ripresa dalla registrazione delle telecamere di sorveglianza e fece un passo indietro dalla lavagna.

Alle sue spalle, un flusso costante di agenti entrava nella sala operativa, un contingente completo si univa agli altri ora che il fine settimana era terminato ed era iniziato un nuovo turno.

Tale era la loro impazienza di tornare all'indagine e trovare l'assassino che alcuni stavano facendo ultimi aggiustamenti alle maniche delle camicie o rimuovendo i caschi da ciclismo mentre si dirigevano verso le loro scrivanie, ansiosi di iniziare il briefing mattutino.

Dave Morrison passò una mano tra i capelli ancora umidi dalla doccia mentre parlava a bassa voce con Nadine Fenning, entrambi gli agenti sembravano rinvigoriti dopo un po' di tempo libero, sebbene quando Nadine raggiunse Kyle accanto alla macchina del caffè, Kay sentì la giovane agente tirocinante commentare la quantità di aggiornamenti dal database HOLMES2 che avrebbe dovuto affrontare per mettersi in pari.

Kay si voltò, aspettando mentre Barnes radunava la squadra verso di lei.

«Ci sta mettendo troppo tempo», mormorò, fissando la seconda immagine che mostrava l'uomo misterioso accanto ad Angus Zilchrist. «E ancora non abbiamo niente, e ancora non sappiamo chi siano questi due».

«Capo, gli agenti in uniforme hanno già iniziato al centro commerciale per vedere se qualcuno nel negozio dove lavorava Katrina riconosce quella donna, ma finora non hanno avuto fortuna», disse Barnes. «Stanno attualmente visitando gli altri negozi man mano che aprono».

«Grazie, Ian». Sospirò. «Non nutro molte speranze comunque».

«Debbie ha detto di aver sentito che Sharp sarebbe venuto qui più tardi oggi».

Lei forzò un sorriso. «Non preoccuparti, non gli lascerò ancora prendere il controllo di questo caso. Sì, verrà qui per un aggiornamento, ma non sarà lui a decidere di inserire una terza parte qui. Quella decisione verrà da qualcuno più in alto».

«Quanto tempo pensa che abbiamo prima che lo facciano?»

«Non molto». Guardò dietro di sé mentre gli ultimi della squadra prendevano posto. «Ok, iniziamo».

Gavin e Laura presero le loro solite posizioni a lato degli agenti riuniti, mentre i loro occhi vagavano sulla lavagna cercando di capire cosa potessero essersi persi durante il fine settimana. Kay fece loro un breve cenno, poi prese l'ordine del giorno preparato da Debbie e si schiarì la gola.

«Per quelli di voi che non erano qui negli ultimi due giorni, temo che non abbiamo fatto molti progressi in vostra assenza. Abbiamo parlato con un altro testimone che gioca a golf nello stesso club dove andava Angus Zilchrist, e ha confermato che l'uomo che appare nella ripresa con Angus quando hanno spostato l'armadio nell'unità di deposito è stato visto anche al club di golf. Sfortunatamente il club non ha alcun filmato disponibile, perché il loro sistema funziona con una rotazione di quattro-sei settimane e l'abbiamo appena mancato».

Un gemito collettivo si levò verso di lei, e represse l'impulso di rispondere con un commento sarcastico.

Si ricordò che i suoi agenti erano frustrati quanto lei, e che quelli che non avevano ancora avuto un giorno di riposo erano esausti.

«Ciò che il nostro testimone è stato in grado di dirci è che ha visto Angus e quell'uomo discutere, e che Angus era piuttosto scosso dopo. Dal punto di vista temporale, questo è accaduto solo poco prima che Angus morisse, quindi mi chiedo se il loro litigio abbia contribuito ai suoi problemi di salute legati allo stress, o forse è stato quando Angus è stato informato su cosa ci fosse esattamente in quell'armadio». Fece una pausa, rivolgendo l'attenzione alla fotografia successiva. «Inoltre, questa donna è stata vista affrontare Katrina Hovat il giorno in cui è stata uccisa». Kay fece una pausa e batté le nocche contro la nuova fotografia. «Sono state inviate a tutti copie delle immagini aggiornate, e in HOLMES2 avrete i link alle dichiarazioni dei testimoni pertinenti che sono state raccolte durante il fine settimana».

Mettendo da parte l'ordine del giorno, incrociò le braccia e raccolse i suoi pensieri per un momento prima di parlare di nuovo. «Prima di continuare, vorrei dissipare alcune delle voci che probabilmente circolano questa mattina. È tipico in un'indagine come questa che va avanti da diversi giorni senza una svolta che un ufficiale superiore venga chiamato per verificare i progressi fatti finora. Questo è perfettamente normale, e non è qualcosa di cui preoccuparsi. Qualsiasi revisione non è un riflesso del vostro lavoro, è semplicemente un mezzo per garantire che non abbiamo perso qualcosa di cruciale lungo il percorso. Mi risulta che l'Ispettore capo investigativo Devon Sharp sia in arrivo qui dal quartier generale più tardi oggi. Per quanto ne so, non sta prendendo il controllo di questa indagine, ancora. A tal fine, se vi dovesse fare domande riguardo alle nostre indagini, assicuratevi di aiutarlo ove possibile. La nostra priorità fondamentale è scoprire chi ha ucciso Katrina, Preston e Alec».

Osservò mentre i suoi agenti si agitavano sui loro posti, si scambiavano occhiate di traverso, e poi rivolgevano nuovamente l'attenzione a lei.

«Bene, chiarito questo, diamo un'occhiata a ciò su cui dobbiamo concentrarci oggi. Prima di tutto, bentornati Gavin e Laura. Gav, sembra che tu sia riuscito a prendere il sole di nuovo, quindi grazie per far sembrare il resto di noi uno schifo».

Facendo una pausa mentre le risate si placavano, percorse con lo sguardo l'ordine del giorno. «Vorrei che voi due rivedeste i filmati delle telecamere di sorveglianza che abbiamo raccolto su Alec Mingrove e verificaste se uno di questi ricercati fa la sua comparsa. Vorrei anche che parlaste con Edwin e Lisa Moore per vedere se riconoscono uno di loro. È una coincidenza troppo grande che queste due persone appaiano poco prima che Katrina e Angus muoiano».

Si fermò quando Laura mormorò sottovoce, il volto dell'agente mostrava un'espressione perplessa. «Cosa c'è?»

«Mi stavo solo chiedendo perché proprio lei tra tutte le persone potesse aver parlato con Katrina».

«Sa chi è?»

«Sì». La detective più giovane sbatté le palpebre, poi guardò Gavin. «È Jackie Nithercott, vero?»

Kay aggrottò la fronte. «Jackie...?»

«È apparsa al quartier generale dopo che abbiamo parlato con suo marito, Duncan», disse Laura. «Sa… il capo di Stephen Brassick».

CAPITOLO 45

«Vuole interrogarla qui o al quartier generale?»

La domanda di Gavin interruppe il silenzio mentre Kay camminava avanti e indietro sulla moquette nella parte anteriore della sala operativa.

Il personale amministrativo e gli agenti in uniforme tornavano alle loro scrivanie mentre i suoi detective attendevano pazientemente accanto alla lavagna mentre lei faceva il punto della situazione.

La rivelazione di Laura aveva causato una raffica di attività alla fine del briefing, con controlli sui social media che non avevano rivelato nulla che suggerisse che la donna conoscesse Katrina Hovat, o cosa potesse collegare le due.

«Credo che proveremo a interrogarla a casa sua», disse infine, fermandosi accanto a Barnes e osservando nuovamente la fotografia. «C'è il rischio che saltiamo a conclusioni affrettate data la mancanza di prove immediate che suggeriscano che ci sia qualcosa tra queste due».

Laura si schiarì la gola e indicò Gavin. «Potremmo parlare con lei, capo. Mi sento in colpa per essere stata assente ieri, abbiamo perso ancora più tempo su questa faccenda, vero?»

«Non puoi pensarla così», disse Kay in tono rassicurante. «Se avessi lavorato stanca, potresti non aver fatto per niente il collegamento. È andata così. Detto questo, no, credo che io e Barnes dovremmo parlare con lei. Se *è* in qualche modo collegata a tutto questo, non voglio che associ il nostro colloquio con quello che tu hai condotto con suo marito».

«Cosa stai pensando, capo?» Barnes aggrottò la fronte. «O stava minacciando Katrina in quel filmato, o era arrabbiata con lei per qualcosa. Non si può negare».

«Lo so», disse Kay. «Non preoccuparti, questa chiacchierata sarà solo preliminare».

«Per scoprire se conosce Katrina?» chiese Gavin.

«No. Per scoprire se ha intenzione di mentirci».

———

Il viaggio in auto da Maidstone a Eynsford richiese solo quaranta minuti, ma in quel lasso di tempo Kay aveva cercato Amanda Miller e supplicato la contabile finanziaria per avere più del suo tempo, oltre ad aver organizzato che Gavin accogliesse l'Ispettore capo investigativo Sharp al suo arrivo per aggiornarlo sugli ultimi sviluppi.

Mentre riponeva il telefono e guardava fuori dal finestrino dell'auto, iniziò a formulare le domande che avrebbe posto a Jackie Nithercott.

«Come fa a sapere che sarà in casa?» disse Barnes, rallentando mentre un trattore usciva da un campo recintato e procedeva lentamente davanti a loro.

«Laura ha trovato una riunione di beneficenza regolare sulla pagina dei social di Jackie a cui partecipa ogni lunedì mattina. È una delle amministratrici, quindi immagino che sarà a casa prima di quella».

«Quindi arriverà in ritardo alla riunione».

«Se non risponde alle mie domande, sì».

Barnes sorrise, indicando a sinistra mentre entravano nel villaggio e seguivano una strada stretta e tortuosa.

Poco dopo, rallentò davanti a una grande casa moderna indipendente, protetta dalla strada da un'alta siepe di ligustro, con i cancelli del vialetto spalancati. Passando tra due pilastri di mattoni identici, Barnes parcheggiò accanto a un elegante SUV davanti alla porta d'ingresso.

Kay abbottonò la giacca, poi allungò la mano per suonare il campanello prima di estrarre il suo tesserino dalla borsa.

Passarono alcuni secondi, poi la porta si aprì e la donna del filmato delle telecamere di sorveglianza fece capolino.

Il suono di un aspirapolvere proveniva da qualche parte all'interno dell'enorme casa, l'odore distinto di lucido per mobili fresco compensava l'aroma che emanava da un vaso ornamentale accanto alla porta pieno di gerani.

«Jackie Nithercott?» disse Kay. «Sono l'Ispettrice Hunter, e questo è il mio collega, il sergente detective Barnes. Possiamo entrare?»

«Io, uhm... Di cosa si tratta?»

Kay fece un sorriso zuccheroso. «Se potessimo entrare, signora Nithercott. Ci vorrà solo un minuto o due, ne sono sicura».

«Oh. Va bene». Jackie aprì la porta un po' di più, poi si fece da parte mentre entravano. Indicò verso il retro della casa. «Meglio andare di là. La mia donna delle pulizie è ancora qui al momento, quindi parleremo in cucina».

«Nessun problema», disse Kay. «Ha una donna delle pulizie regolare?»

Jackie agitò la mano sopra la spalla in modo sprezzante mentre guidava il cammino. «Solo ogni due settimane. Mio marito insiste che io abbia un po' di aiuto in casa. Mi sento in colpa per questo, ma se lei non fosse qui, non potrei dedicare così tanto del mio tempo alla beneficenza».

«Ha senso», disse Barnes. «Viene da un'agenzia, la sua donna delle pulizie?»

«Sì. Quella di Maidstone chiamata "Maid By Us". Perché lo chiede?»

Kay ignorò la domanda e invece volse lo sguardo intorno alla cucina in cui erano appena entrati.

Vantava una moderna serie di attrezzature, i piani di lavoro in granito brillavano alla luce del sole che filtrava attraverso le portefinestre che si aprivano su un'area di patio pavimentata. Un vaso di gigli era posto sul piano di lavoro accanto a una caffettiera appena preparata, e una pila di lettere non aperte era stata appoggiata contro una ciotola di frutta traboccante.

Jackie spazzolò via un'immaginaria traccia di pelucchi dalla camicetta, poi incrociò le braccia e si appoggiò al lavandino. «Bene, cosa voleva chiedermi? Ho una riunione di amministratori tra mezz'ora, e non posso fare tardi».

«Vorrei mostrarle una fotografia», disse Kay, estraendo l'immagine catturata dalla telecamera di sicurezza. «Può confermare che questa è lei?»

Jackie aggrottò la fronte in risposta, ma prese la fotografia e la fissò per un momento.

Alla fine la porse, ma Kay la ignorò.

«Può confermare che è lei?»

«Potrei essere io, sì».

«Sì o no, signora Nithercott? È molto importante».

Jackie guardò di nuovo, poi annuì. «Sì, sono io».

«Cosa stava dicendo all'altra donna?»

«Non riesco a ricordare. Quando è stata scattata?»

«Poco più di due settimane fa».

«Beh, ecco qui», disse Jackie, esasperata. «Se sapeste quante persone incontro quotidianamente con il mio lavoro di beneficenza...»

«Si chiama Katrina Hovat. È stata trovata morta a casa di Stephen e Penelope Brassick due settimane fa. Era anche lei impiegata presso Maid By Us.»

«Oh mio Dio, *lei*? Non avevo idea...» I suoi occhi si spalancarono mentre guardava ciascuno di loro a turno. «Che cosa c'entra questo con me?»

«Dove si trovava, venerdì di due settimane fa tra le cinque e le nove di sera?»

Lo sguardo di Jackie si indurì. «Proprio qui, Detective Hunter. Duncan stava tornando dalla City e avevo organizzato per noi una cena al pub gastronomico qui in fondo alla strada. L'ho incontrato alla stazione ferroviaria alle sette e trenta e siamo entrati nel pub neanche dieci minuti dopo.» Jackie prese il telefono e scorse le app finché non trovò quello che cercava, girandolo verso Kay. «Era il nostro anniversario, vede, così abbiamo chiesto a uno dei camerieri di scattarci una foto.»

Kay represse la delusione mentre la donna riponeva il telefono e invece indicò la fotografia. «Può dirmi cosa stava succedendo qui?»

Jackie fece un respiro profondo. «Ha danneggiato la vernice della mia auto, quella stupida stronza.»

«Ah sì?»

«Di solito non faccio acquisti lì.» Il labbro della donna si arricciò. «Ovviamente non è il mio genere di posto. Ma stavo passando in macchina vicino al centro commerciale e mi sono resa conto che stavamo finendo il cibo per cani.»

«Ha un cane?» Barnes si guardò intorno nella stanza.

«È in soggiorno. Non le piacciono gli estranei, l'abbiamo presa da un centro di recupero tre anni fa, e Dio solo sa cosa le sia successo in passato, ma non le piacciono in particolare gli uomini. Non corriamo rischi... l'ultima cosa che vogliamo è essere accusati di essere proprietari irresponsabili.»

«Comprensibile.» Barnes annuì. «Molto lodevole da parte vostra.»

«Quando è stata danneggiata la sua auto?» disse Kay.

Jackie sbuffò, indicando con il dito la fotografia. «Mentre stavo tornando con il cibo per cani, ho visto *lei* vicino alla mia auto. La cosa assurda è che avevo parcheggiato sulla strada di servizio anziché rischiare di essere colpita nel parcheggio perché può succedere, no? E poi *lei* passa camminando dondolando la borsetta e colpisce lo specchietto laterale con una delle fibbie metalliche. Voglio dire, doveva essere sovrappensiero o qualcosa del genere, o sotto l'effetto di droghe, penso. È riuscita a graffiare la vernice. Comunque, non si è fermata né altro, così ho messo il cibo per cani sul sedile posteriore e l'ho seguita attraverso il varco nella siepe. Indossava una polo tipo uniforme di quel negozio economico di articoli per la casa.»

«Cosa è successo dopo?»

«L'ho chiamata, e si vedeva subito che sapeva che mi ero accorta di ciò che aveva fatto. Ha cercato di accampare delle scuse pietose, ma poi ho detto che avrei chiamato i vostri. È a quel punto che ha iniziato a insultarmi.»

«Ha minacciato di chiamare la polizia?»

Jackie abbassò lo sguardo, torcendo la fede nuziale al dito. «So che è stato cattivo da parte mia, ma non sapevo cos'altro fare. Non avevo veramente intenzione di chiamare la polizia. Volevo solo che pagasse per il danno. Duncan era già arrabbiato con me perché ero riuscita a fare retromarcia contro uno dei muri dei vicini il mese scorso. È stato un incidente: è un muro di pietra e alcune delle pietre più grandi sporgono più di altre, ma è costato parecchio da riparare, l'auto, non il muro. Con *quello* non c'era niente che non andasse. È di selce solida in molti punti. Non volevo dirgli che l'auto si era danneggiata di nuovo.»

«Cosa le ha detto?» Kay osservò la fotografia, cercando di immaginare la conversazione mentre ascoltava.

«Beh, ecco il punto. Mi ha minacciata, Ispettrice Hunter. Mi ha scattato una fotografia e ha detto che l'avrebbe messa sui social se non l'avessi lasciata in pace. Ero scioccata: non potevo permetterlo, non con tutto il lavoro di beneficenza che faccio, così ho lasciato perdere.

Me ne sono andata il più velocemente possibile e sono tornata a casa in macchina.»

Rabbrividì. «Guardi, mi dispiace che sia morta, ma è stata assolutamente orribile con me. Mi ha spaventata.»

CAPITOLO 46

Laura guardò oltre il monitor del suo computer mentre si apriva la porta della sala operativa e Kay e Barnes entravano.

Un costante ronzio di attività riempiva la stanza, con la squadra investigativa che cercava di dividere il proprio tempo tra ciascuna delle tre vittime di omicidio e altri casi in corso che richiedevano ancora la loro attenzione quotidiana.

Dopo due settimane, qualsiasi effetto rimasto della sua vacanza era ormai un lontano ricordo e si coprì la bocca mentre la travolse un enorme sbadiglio.

Abbassò lo sguardo mentre i due detective senior passarono davanti alla sua scrivania, con un senso di colpa che le rodeva la coscienza per essere stata quella che aveva fornito una qualche svolta nel caso, ma un giorno più tardi del necessario, date le circostanze.

La porta del vecchio ufficio dell'Ispettore capo investigativo Sharp rimaneva chiusa, con lui e Gavin rinchiusi lì dentro da un'ora mentre il suo collega spiegava cosa avesse fatto la squadra negli ultimi dodici giorni.

Si aprì quando Kay raggiunse la sua scrivania, e Laura osservò mentre parlava con entrambi a bassa voce prima di condurre Sharp verso la lavagna.

Sbuffando sottovoce, riportò l'attenzione allo schermo e riprese a digitare i suoi appunti del colloquio con Richard Zilchrist di quel pomeriggio.

Né lui né sua sorella avevano riconosciuto l'uomo visto al deposito con Angus e, quando interrogati in confidenza, avevano confermato di non aver mai incontrato Jackie Nithercott.

Mentre lei era fuori a fare questo, Gavin era rimasto con Kyle Walker per rivedere le immagini delle telecamere di sorveglianza delle ultime ore di Alec Mingrove.

Poi Sharp era entrato, annunciando che ci sarebbe stata una revisione del caso in ultima analisi.

Gavin le aveva lanciato uno sguardo inorridito prima di accettare l'invito di Sharp a fornire un aggiornamento.

Non aveva scelta, questo era stato reso chiaro.

Laura si vergognò intimamente, contenta che fosse il suo collega a dover portare le cattive notizie, e non lei.

«Com'è andata?» chiese mentre lui si lasciava cadere sulla logora sedia alla sua scrivania.

«Abbastanza bene, suppongo».

«Ha detto chi è il nuovo Ispettore?»

«No. Solo che è molto ambizioso».

Il labbro superiore di Laura si arricciò. «Ci scommetto. Qualsiasi cosa per far cadere la capo dal suo trespolo, eh?»

«Non può succedere». Gavin smise di digitare e lanciò un'occhiata di lato. «Vero?»

«Ma non abbiamo niente, Gav», sibilò lei. Indicò il suo schermo. «Debbie e la sua squadra hanno verificato tutto questo pomeriggio. Non ci sono informazioni mancanti, nulla che sia stato trascurato. Questa indagine è una delle più pulite che abbia mai visto».

«Tranne che non abbiamo arrestato nessuno».

Laura tacque, le sue parole che affondavano nel suo disperato ottimismo.

«Gavin, Laura, potreste raggiungerci qui?» chiamò Kay. «Portate anche quello che avete su Jackie Nithercott».

Quando si unirono agli agenti di grado superiore, Sharp estrasse il suo cellulare dalla tasca della giacca mentre vibrava rumorosamente. «Dovrò tornare a Gravesend. Ascoltate, prima di andare, dovreste sapere tutti che far entrare una terza parte per rivedere il vostro lavoro non è un riflesso dei vostri sforzi. È un evento comune, e spesso un paio di occhi freschi può aiutare a identificare un'angolazione che non è ancora stata considerata. Non prendetela sul personale, d'accordo?»

Laura si schiarì la gola. «Non la prendiamo sul personale, capo, ma è frustrante. Se avessimo avuto solo qualche risorsa in più...»

Barnes alzò la mano prima che potesse continuare. «L'Ispettore capo investigativo Sharp è perfettamente consapevole dei problemi di personale, statene certi. E ha ragione, questa è semplicemente una procedura, niente di più».

«Tuttavia, le vostre preoccupazioni sono debitamente prese in considerazione», disse Sharp gentilmente. «So che prendete questo genere di cose sul personale, ma è ciò che vi rende bravi nel vostro lavoro».

«Non abbastanza bravi», mormorò Gavin.

«Nessuno è sovrumano», disse Sharp. Fece l'occhiolino. «Nemmeno io».

Questo suscitò una risata educata, e poi Kay rivolse la sua attenzione a Laura.

«Cosa hai raccolto su Jackie?»

«Non c'è nulla nel sistema che faccia alzare una bandiera rossa», rispose, aprendo la cartellina di cartoncino che aveva in mano e sfogliando i rapporti stampati. «Ho fatto controlli alla Motorizzazione, ricerche sui social attraverso i suoi post degli ultimi due anni, e nulla sembra fuori posto. Ho anche telefonato a quel pub gastronomico di cui lei ha parlato, e hanno confermato la prenotazione del tavolo due settimane fa. A quanto pare lo chef ha persino preparato un dessert speciale per loro perché sono... parole del proprietario... "clienti abituali di valore"».

«Quindi il suo alibi regge per la morte di Katrina», disse Sharp. «E i social? C'è qualcosa lì che la colleghi alle altre vittime, o agli altri ricercati che avete identificato?»

«Niente, capo», disse Laura, chiudendo il fascicolo. Poteva sentire il calore sulle guance. «A meno che non possiamo ottenere l'autorizzazione per controlli sulla storia creditizia e simili, non so cos'altro posso fare».

«E non otterremo l'autorizzazione per quelli senza un giusto motivo», disse Kay.

Sharp controllò di nuovo il telefono, poi li guardò tutti. «Avete tempo fino a venerdì prima che Tess Bainbridge, il Vice-Commissario Capo, firmi per la revisione. Fate del vostro meglio».

Laura lo guardò uscire dalla stanza, poi si voltò verso Kay. «Odio dirlo, capo, ma questa situazione fa schifo».

«Non hai torto».

«Cosa ne pensa, capo?» disse Barnes. «Crede che Jackie stesse dicendo la verità riguardo a quella faccenda con Katrina nel parcheggio?»

Kay sospirò. «Non lo so, Ian. C'è qualcosa che succede qui, qualcosa che collega le nostre tre vittime e Angus Zilchrist, ma che mi venga un colpo se riesco a capire cosa sia».

Il sergente detective sorrise. «C'è solo una cosa da fare, allora».

«Cosa?»

«Pub. Offro io».

Kay fece un sorriso stanco mentre il viso di Gavin si illuminava. «Beh, come potremmo resistere a un'offerta del genere?»

CAPITOLO 47

Il sergente di polizia Ellis Hughes fece scrocchiare il collo, ruotò le spalle e poi rivolse nuovamente l'attenzione allo schermo del computer davanti a lui.

La stanza di custodia era relativamente tranquilla quella sera, con solo un uomo portato dentro per ubriachezza e comportamento molesto attualmente detenuto nella cella quattro, e un altro che aveva cercato di scatenare una rissa fuori da una delle taverne meno raccomandabili della città prenotato nella cella sei.

Il resto delle celle era vuoto, e sperava che rimanesse così per il resto del suo turno.

Hughes osservò la spessa porta di sicurezza che conduceva al parcheggio, poi bevve un sorso di caffè tiepido da una tazza di ceramica bianca sbeccata sul lato.

Alle dieci e trenta, era ancora presto. I pub avrebbero cominciato a chiudere tra altri trenta minuti circa, e poi tutto avrebbe potuto cambiare.

Non necessariamente in meglio, tra l'altro.

Le dita di Hughes picchiettavano sulla tastiera, gli occhi si spostavano tra il foglio di accusa completato per il loro ultimo visitatore temporaneo e lo schermo. Oltre la scrivania rialzata, una giovane agente di polizia fissava severamente l'individuo poco pulito che se ne stava accanto a una bacheca che esponeva una serie di manifesti sulla salute e la sicurezza, la sua radio che emetteva un leggero crepitio dalla sua posizione sul giubbotto prima che lei allungasse la mano per abbassare il volume.

«Non hai ancora finito?»

Hughes alzò lo sguardo e fissò l'uomo coperto di pulci, che indossava jeans trasandati e un sottile maglione multicolore con enormi buchi nelle maniche. «L'unico motivo per cui ci sta mettendo così tanto è perché tu hai una carriera così lunga, Mickey.»

L'uomo emise una risata rauca, esponendo denti marci tra ampi spazi dove il resto era caduto. «Non faccio male a nessuno, io. Dovevo fare una pisciata.»

«Beh, la prossima volta usa un bagno pubblico invece della pensilina dell'autobus in Jubilee Square», ribatté l'agente, alzando gli occhi al cielo. «Onestamente, Mickey, ho cose migliori da fare che occuparmi di te ogni settimana.»

Hughes scosse la testa, premette una sequenza di tasti e poi si girò verso la stampante dietro di lui, tirando fuori il foglio ancora caldo. «Bene, ho stampato tutti i dettagli per la tua udienza in tribunale. Assicurati di far leggere questo a qualcuno, e assicurati di presentarti. Altrimenti i magistrati ti daranno una multa anche per la mancata comparizione.»

Il labbro inferiore di Mickey si abbassò mentre piegava il foglio. «Ti ho detto che dovevo solo fare una pisciata.»

«Va bene, ma non puoi continuare ad andare in giro a tirare fuori il tuo arnese in pubblico», rispose Hughes. «Forse un giorno, te ne ricorderai.»

Osservò l'uomo barcollare verso l'uscita dalla porta principale, e poi si rivolse all'agente. «Quante volte sono con oggi, Tara? Quattro? Cinque?»

Lei sospirò in risposta. «Ho parlato di lui con le persone del dormitorio la settimana scorsa. Non sta bene, sergente. Una specie di infezione renale, credo. Il problema è che continua a dimenticarsi di andare agli appuntamenti ospedalieri che gli fissano.»

Hughes sbuffò, allungò la mano in un cassetto e tirò fuori un deodorante spray, lo spruzzò abbondantemente intorno alla scrivania, poi alzò lo sguardo quando la radio di Tara si animò.

Lei confermò la sua presenza al controllo centrale poi gli lanciò un sorriso ironico. «Ed eccomi di nuovo in partenza. Marcus sarà incazzato: sperava di riuscire a mangiare qualcosa prima che ci chiamassero di nuovo.»

«Tieni, prendi questi.» Spostandosi verso un mobile laterale, tirò fuori una manciata di barrette ai cereali e gliele spinse attraverso la scrivania. «Vi terranno in piedi.»

Tara sorrise. «Lei è una leggenda, sergente.»

Si affrettò verso il parcheggio, la porta di sicurezza si chiuse sbattendo alle sue spalle, e Hughes fece un respiro profondo.

Dietro di lui nella stanza di custodia, poteva sentire l'ubriaco che cantava un vecchio successo degli anni '80; le sue parole arrivavano biascicate attraverso la porta della cella.

L'uomo che era stato coinvolto nella rissa era sorprendentemente tranquillo, forse stava pentendosi della sua precedente collera.

O forse no.

Hughes controllò il suo orologio e decise che avrebbe aspettato altri cinque minuti prima di controllare entrambi.

I fari attraversarono il vetro della porta d'uscita mentre un'altra auto di pattuglia entrava nel parcheggio, si sentì il ronzio elettronico della barriera di sicurezza che vibrava contro il muro, e Hughes si preparò per un altro round di scartoffie ed emozioni forti.

Chissà mai chi sarebbe stato portato nella sala di custodia.

Aggrottò la fronte quando sentì delle voci dall'altro lato della porta, e poi il familiare ronzio della tessera di sicurezza di qualcuno contro il pannello raggiunse le sue orecchie e la porta si aprì.

Un agente maschio appena uscito dall'accademia condusse alla scrivania una giovane donna sui vent'anni, con gli occhi abbassati sotto una frangetta scomposta. Mentre lui le toglieva le manette, lei si strofinò i polsi e tirò su col naso rumorosamente.

I suoi vestiti erano vecchi, ma puliti: una felpa larga di colore scuro sopra jeans neri attillati, i piedi chiusi in stivaletti neri.

Il suo labbro inferiore tremò quando diede il suo nome.

«Sophie... Sophie Anderley.»

«La signorina Anderley è stata arrestata dopo aver fatto irruzione nella lavanderia a gettoni verso la Aylesford

Road», disse l'agente. «Il proprietario era nell'appartamento al piano di sopra e ha sentito qualcuno rompere il vetro della finestra sul retro e ha chiamato il centododici. L'ha sopraffatta prima che potesse scappare. Fortunatamente per lui, non portava con sé alcun tipo di arma.»

«Io... io non volevo», disse Sophie, con una grossa lacrima che le scendeva sulla guancia. «Ho bisogno di soldi.»

L'agente sospirò. «Aveva con sé l'incasso preso dal cassetto della scrivania. Cinquecento novanta euro in banconote da dieci e venti. Il proprietario ha detto che normalmente non chiude il cassetto perché di solito fa il versamento in banca prima che raggiunga quella cifra, ma oggi è stato troppo occupato. Sono tutti i contanti dei clienti che vogliono cambiare le banconote in monete.»

Hughes si girò verso lo schermo del computer e poi guardò la donna. «È il suo nome completo?»

«Sì. Nessun secondo nome.»

«Data di nascita?»

Completò le procedure preliminari, poi annuì all'agente. «Va bene, vediamo cos'altro ha nelle tasche.»

L'agente girò Sophie di lato e le chiese di fare come Hughes aveva richiesto, con un tono fermo, ma gentile.

Ne uscì un telefono cellulare di vecchio modello, una banconota da cinque euro con una striscia di pennarello su un angolo e una singola chiave con un portachiavi di pelle stropicciato.

«È tutto qui?»

Lei annuì. «Per favore, deve lasciarmi andare.»

«Lei capisce di essere stata arrestata per effrazione?»

disse Hughes incredulo, aggiornando il rapporto iniziale. «Non andrà da nessuna parte per un po'.»

«Ma deve.» Sophie spalancò gli occhi mentre guardava il poliziotto accanto a lei, poi tornò a guardare Hughes. «Mi uccideranno se non restituisco i soldi entro venerdì.»

Hughes sentì il cuore sussultare, le mani ferme a mezz'aria sopra la tastiera. «Cosa ha detto?»

CAPITOLO 48

Il suono melodico del cucchiaino di acciaio inossidabile contro una tazza di ceramica consunta risuonava nel piccolo angolo cottura, mentre l'aroma del caffè appena preparato faceva ben poco per alleviare la stanchezza di Kay.

Si era fermata solo per un piccolo bicchiere di vino, lasciando i colleghi in un pub di East Street a rilassarsi con un altro giro, ignorando la loro insistenza a rimanere.

Ricordando la delusione sui loro volti alle parole di Sharp quel pomeriggio, era tornata alla sala operativa un'ora prima e aveva trascorso il tempo da allora rivedendo la storia dell'indagine.

Tornando alla sua scrivania, vide il display del suo cellulare illuminarsi e sorrise al nome familiare sullo schermo.

«Come stanno quei ricci?» disse.

«Si sentono in colpa per il conto della lavanderia» rispose Adam. «Lavori fino a tardi?»

«Solo per un po'». Si massaggiò le tempie. «Pensavo di

fare un'altra ora mentre c'è tranquillità. Domattina esci presto?»

«Non devo essere in ambulatorio fino alle nove. Però stasera sono di guardia, quindi non preoccuparti se non ci sono quando torni. Ho preparato della pasta prima, scaldala se hai fame. Scommetto che oggi non hai mangiato nulla».

Sorrise, con lo stomaco che brontolava in risposta. «Sono stata un po' occupata».

«Sapevo che avresti detto così».

Poteva sentire il sorriso nella sua voce, poi alzò lo sguardo quando la porta si aprì ed Ellis Hughes fece capolino. «Devo andare. Ti amo».

Bastò uno sguardo al volto del sergente per farle prendere il taccuino e una penna. «Va tutto bene?»

«Non lo so. Potrei aver frainteso, ma è appena stata portata dentro una donna arrestata per effrazione». Indicò con il pollice dietro di sé. «Ha detto qualcosa sul fatto che se non avesse preso gli incassi dalla lavanderia dove è stata sorpresa, "loro" l'avrebbero uccisa: parole sue, non mie».

I peli sulla nuca di Kay si elettrizzarono. Spingendo indietro la sedia, indicò la porta. «Qual è la sua prima impressione? Pensa che stia dicendo la verità?»

«Non sembra il tipo di persona che abbia mai fatto una cosa del genere prima. Sicuramente non è mai stata arrestata: non è nel nostro sistema e non aveva familiarità con la procedura come alcuni degli altri che vengono qui». Hughes la guidò giù per le scale. «Parla bene, e... non so... ho solo la sensazione che sia più spaventata da qualunque cosa o chiunque ci sia là fuori, piuttosto che da ciò che le sta accadendo qui dentro. Quasi come se fosse sotto shock».

«Aspetta». Kay si fermò accanto alla porta che conduceva alla sezione di custodia, si mise da parte e sbirciò attraverso il vetro rinforzato.

Hughes aveva lasciato la donna in custodia all'agente che l'aveva arrestata, e ora lei sedeva con la testa tra le mani su una delle sedie di plastica avvitate al pavimento.

L'agente in uniforme sembrava annoiato mentre rileggeva vari poster sul muro che senza dubbio aveva visto centinaia di volte prima.

«Come si chiama?» mormorò Kay.

«Sophie Anderley. Ha fornito un indirizzo oltre Tonbridge Road e ha detto che è la casa di sua sorella».

«D'accordo. Voglio interrogarla formalmente. Può trovare qualcun altro per gestire la reception mentre lei partecipa?»

«Vedrò chi c'è in giro. Mi dia un minuto, capo».

«Nessun problema».

Lui le passò accanto, e lei camminò avanti e indietro ai piedi delle scale finché lui non sporse la testa dalla porta e le fece cenno. «Tutto pronto, e l'ho fatta portare nella sala interrogatori due».

Quando Kay entrò nella stanza, fu colpita dall'aspetto della donna.

A un'ispezione più attenta sembrava mezza affamata, con zigomi prominenti privi di colore, e la sua felpa sembrava pendere dalla sua esile figura.

Gli occhi della donna si spalancarono mentre Hughes si sistemava sulla sedia di fronte a lei e avviava il registratore, poi guardò Kay con disagio e si tormentò un'unghia spezzata.

«Sophie, sono l'Ispettrice Kay Hunter, e credo che lei abbia già incontrato il mio collega, il sergente Ellis Hughes. Registreremo questa conversazione, e lei deve essere consapevole dei suoi diritti, quindi cominciamo con questo».

Kay ripeté l'avvertimento formale, poi chiese conferma dell'indirizzo di Sophie.

«Perché ha fatto irruzione nella lavanderia stasera?» chiese, aprendo il suo taccuino a una pagina vuota.

«A...avevo bisogno dei soldi» mormorò Sophie.

«Deve parlare più forte in modo che la registrazione possa percepirla» disse Kay.

«Avevo bisogno dei soldi». La donna sospirò e portò una mano tremante agli occhi, asciugandoli con la manica. «Non avevo scelta».

«Mi può spiegare cosa intende con questo?»

«Non posso. Mi uccideranno». Le lacrime scorrevano sulle guance di Sophie e gocciolavano sulla superficie rovinata del tavolo. «Proprio come hanno fatto con Katrina».

Il cuore di Kay ebbe un sussulto, la bocca si seccò. «Chi, Sophie? Chi l'ha minacciata?»

La donna scosse la testa in risposta.

«Va bene, ci torneremo. Perché vogliono ucciderla?»

«Perché... perché ho dovuto prendere in prestito dei soldi. Non potevo ottenere credito da nessuna parte perché non avevo un lavoro».

«Come ha trovato queste persone?»

Sophie deglutì, trattenendo un nuovo torrente di

lacrime. «Lei mi ha trovata. Deve avermi sentita all'ufficio sussidi o fuori dal rifugio per donne o qualcosa del genere. Poi mi ha avvicinata fuori dall'ufficio postale dopo che avevo cercato di prelevare dei soldi, e ha detto che poteva aiutarmi».

«Quando è successo?»

«All'inizio dell'anno».

«E le dispiace se le chiedo quanto ha preso in prestito?»

«Tremila quattrocento euro». Le mani di Sophie tremavano mentre le stringeva insieme. «Dovevo dei soldi per la bolletta del riscaldamento, e la mia vecchia coinquilina è scappata dopo aver danneggiato un box doccia, quindi ho dovuto pagarlo prima di poter recuperare il deposito della locazione».

«E ora vive a casa di sua sorella, è corretto?»

«Sì».

«Queste persone che dice l'hanno minacciata, cosa può dirmi di loro?»

Sophie scosse la testa. «Non posso. Gliel'ho detto, mi uccideranno».

Kay fece una pausa, guardò Hughes, poi fece un respiro profondo. «Sophie, ascoltami. Queste persone sono estremamente pericolose, lo sai. Sai cosa è successo a Katrina. Sospettiamo inoltre che siano responsabili di altri due omicidi sui quali stiamo investigando».

La donna emise un sussulto di stupore e si ritrasse sulla sedia. «Non è vero».

«È vero, Sophie, e dobbiamo fermarli», disse Kay con fermezza. «Se non lo facciamo, temo per quello che potrebbe succedere a te, o a tua sorella. Sanno dove abiti?»

Sophie annuì in silenzio.

«Per favore», disse Kay. «Dimmi quello che puoi su di loro. Prima che sia troppo tardi. Prima che facciano del male a qualcun altro».

Sophie allungò le mani e afferrò il bordo del tavolo, tenendo gli occhi bassi per un momento.

Alla fine, fece un respiro profondo e incontrò lo sguardo di Kay. «So solo il suo nome. Rosalind».

Kay si sforzò di non emettere un sospiro di sollievo, e invece rivolse la sua attenzione al taccuino. «Ok, cosa puoi dirmi di Rosalind?»

«È... normale, suppongo. Altezza media, un po' più alta di me. Quando l'ho vista, indossava pantaloni eleganti e o una camicetta o una canottiera sotto una giacca. Non una giacca da completo però, qualcosa di più casual, come un blazer colorato o una giacca imbottita durante l'inverno».

«È ottimo, Sophie. E il colore dei capelli?»

«Biondi, ma sono riflessi decolorati piuttosto che un colore uniforme. Radici scure, ma sembra lasciarle crescere un po'». Sophie rabbrividì. «Occhi marroni, molto scuri. Labbra sottili».

«Qual è il suo cognome?»

«Non lo so, non me l'ha mai detto».

«Quando l'hai vista, è sempre stata a piedi o guida una macchina?»

«Si è avvicinata a piedi la prima volta». Sophie si sporse in avanti e incrociò le braccia. «C'è un uomo che la accompagna in macchina. Una macchina argento. Rosalind siede dietro, mai sul sedile del passeggero. I finestrini posteriori sono oscurati così non si può vedere all'interno».

Kay alzò lo sguardo e tamburellò con la penna sulla pagina. «Pensi che ci sia qualcun altro dentro l'auto?»

Sophie scosse la testa. «Non credo».

«Parlami dell'uomo».

«È spaventoso. Calvo, o almeno si rade la testa. Più grosso di me. Più o meno della sua altezza», disse, facendo un cenno verso Hughes. «Indossa una giacca scura e jeans, e sembra che si alleni molto».

«Tutto muscoli e spalle larghe, forse?» disse Kay.

«Sì, esatto. Occhi cattivi».

«Tatuaggi o altre caratteristiche che lo distinguono dalla maggior parte dei buttafuori che conosco qui intorno?»

Un piccolo sorriso si formò sulle labbra di Sophie al commento di Kay, poi scosse la testa. «Non che io abbia visto, ma come ho detto, indossa sempre una giacca quindi potrebbe nascondere dei tatuaggi».

«E gli accenti? Come parlano entrambi?»

Sophie aggrottò la fronte. «Lui non parla molto. Lei ha, non so, suppongo che si potrebbe definire un accento da classe media. Non come il mio».

«C'è qualcos'altro che puoi dirmi sull'auto?»

Fermandosi un momento, lo sguardo di Sophie vagò verso il soffitto, poi tornò indietro. «Ha un buon odore, quando lei apre la portiera intendo. Non l'odore di auto nuova, ma qualcosa come un profumo. Forse uno di quei deodoranti per auto, sa? Ma non di pino. Qualcosa di più gradevole».

«E riguardo a questa Rosalind e all'uomo che hai visto con lei? Qualcos'altro che puoi dirmi su di loro?»

Sophie scosse la testa.

«Li riconosceresti se li vedessi di nuovo?»

«Assolutamente sì».

Kay strinse le labbra, poi aprì la cartellina di cartoncino che aveva portato con sé dalla sala operativa, ed estrasse una fotografia di Jackie Nithercott.

«È questa la donna che ti ha minacciato?»

Sophie aggrottò la fronte. «No, non l'ho mai incontrata. Chi è?»

Delusa, Kay ripose la fotografia, scorse con gli occhi i suoi appunti, poi sospirò. «Ok, Sophie, sei stata di grande aiuto, grazie. Il sergente Hughes si occuperà da qui in poi, ma mi assicurerò che il tuo contributo venga annotato quando il tuo caso sarà inviato al tribunale».

Sophie spalancò la bocca, con la consapevolezza negli occhi. «Sarò comunque accusata?»

«Sei stata arrestata per effrazione stasera», disse Kay con voce dolce. «Sì, sarai accusata».

Mentre lasciava la stanza dietro Hughes, poteva sentire la donna singhiozzare sommessamente.

Tornando lungo il corridoio, inviò un messaggino a Barnes per farsi venire a prendere presto il mattino seguente.

«Capo, cosa faremo con lei?» disse Hughes. «Se ha ragione su questa storia, è in pericolo».

Kay sentì delle voci, poi osservò mentre Sophie veniva portata via verso le celle. «Una volta che la documentazione per l'accusa di effrazione sarà completata, dovremo rilasciarla fino a quando non comparirà in tribunale, quindi non è una buona soluzione se sta dicendo la verità e qualcuno la sta cercando. Tuttavia, possiamo trattenerla qui per trentasei ore prima di formalizzare l'accusa, quindi facciamo così. Assicurati che stia comoda, dalle qualcosa da mangiare per l'amor del cielo, sembra che non abbia mangiato abbastanza, e tieni le orecchie aperte nel caso dica qualcos'altro che possa aiutarci a identificare queste persone».

«Lo farò». Hughes guardò oltre la sua spalla mentre una porta della cella si chiudeva con un tonfo, il rumore vibrò sulle pareti di intonaco. «Qualcos'altro prima che se ne vada?»

«Sì. Chiama sua sorella il prima possibile. Scopri se c'è un altro posto dove possa stare per qualche giorno, giusto per sicurezza».

CAPITOLO 49

«Hai dormito stanotte, capo?»

Barnes chiuse a chiave l'auto di servizio, poi seguì Kay verso la porta sul retro che conduceva alla centrale di polizia.

«Non molto», ammise. «Credo fosse passata la mezzanotte quando ho finito di parlare con Sharp». Si concesse un momento per assaporare il caldo sole che colpiva i mattoni, poi si voltò verso il collega. «Siamo vicini, Ian. Lo sento. Qualcosa sta per cedere».

«Deve farlo», disse lui con rammarico, seguendola nell'atrio e su per le scale. «Stiamo finendo il tempo, e io, non so tu, sono preoccupato che se questa Sophie viene minacciata dalle stesse persone che hanno ucciso le nostre tre vittime, andranno nel panico nel momento in cui scopriranno che è stata arrestata. Chi sa cosa potrebbero fare allora?»

«Pensavo esattamente la stessa cosa». Kay spinse la porta della sala operativa, si spostò verso la lavagna e chiamò a raccolta il resto della squadra.

Togliendosi la giacca mentre prendevano posto, accettò con gratitudine un bicchiere di caffè da asporto da Laura, poi si prese un momento per raccogliere i pensieri.

Le ore successive avrebbero richiesto tutte le sue capacità di leadership per guidare gli agenti che aveva di fronte, e per assicurarsi che ogni passo fatto resistesse all'esame sia dei suoi superiori che della Procura della Corona.

Alzò lo sguardo e vide Barnes farle l'occhiolino per incoraggiarla, poi iniziò il briefing.

«La scorsa notte, una donna di nome Sophie Anderley è stata arrestata per essere entrata in una lavanderia a gettoni qui in città», disse. «Durante l'interrogatorio, ha fornito informazioni che potrebbero collegarla alle persone responsabili dell'omicidio di Katrina Hovat, Preston Winford e Alec Mingrove».

Un'esplosione di voci riempì la stanza mentre gli agenti in uniforme si giravano l'uno verso l'altro, e Gavin si strozzò con la sua bevanda energetica.

«Un modo incredibile per iniziare un briefing, capo», riuscì a dire, battendosi il pugno sul petto.

Lei sorrise. «Sapevo che avrebbe attirato la vostra attenzione. Ok, ascoltate tutti. La dichiarazione di Sophie è nel sistema quindi potrete leggerla dopo questo briefing, ma, essenzialmente, ha confermato di essere stata avvicinata all'improvviso da una donna che le ha offerto un prestito di tremila quattrocento euro. Sembra che sia stata ascoltata di nascosto all'ufficio dei sussidi, o forse all'ufficio postale mentre parlava con uno degli impiegati allo sportello. Le informazioni fornite da Sophie includono i dettagli di una berlina argentata usata dalle persone che riscuotono i pagamenti: la donna che l'ha minacciata e un uomo che guida l'auto».

Kay si fermò per bere un sorso di caffè: la caffeina che non faceva altro che evidenziare quanto fosse stanca. «Incarichi per questa mattina, dunque. Laura, voglio che tu dia un'altra occhiata ai social di Jackie Nithercott e vedi se qualcuno che corrisponde alla descrizione che Sophie ha dato della donna che le ha prestato i soldi compare da qualche parte. Ovviamente, tieni conto dei cambiamenti di colore dei capelli, dato che sembra che si tinga i capelli».

«Lo farò, capo».

«Gavin, ho bisogno che tu lavori con una squadra di agenti per riesaminare i filmati delle telecamere di sorveglianza già identificati che mostrano le nostre vittime nei giorni precedenti ai loro omicidi per vedere se puoi individuare questa macchina argentata che Sophie ha menzionato». Kay sfogliò i suoi appunti. «Poi, Kyle, voglio che tu parli con Sophie per scoprire la data in cui era all'ufficio postale, e poi se riesce a ricordare quella o una data approssimativa, contatta l'ufficio postale e ottieni i loro filmati di sicurezza. Vedi se riesci a individuare questa donna e a rintracciarla».

Attese mentre l'agente annotava l'incarico senza fare domande. «E sì, so che sembra impossibile, ma dobbiamo coprire ogni aspetto di questa vicenda. Da qualche parte, una di queste persone avrà commesso un errore. Poi, dov'è Dave?»

«Qui, capo». L'agente più anziano alzò la mano in fondo al gruppo.

«È probabile che, quando queste persone scopriranno che Sophie non rispetterà la scadenza per il pagamento, andranno a casa di sua sorella. Andrò al quartier generale dopo questo incontro per organizzare una squadra di sorveglianza sul posto, ma ho bisogno che tu organizzi un controllo nel frattempo. Hughes ha parlato con la sorella di Sophie, e lei ha preso accordi per stare con degli amici fuori Maidstone per una settimana, quindi è al sicuro. Dato che i nostri sospetti sembrano intensificare la loro violenza, potremmo essere fortunati se sono determinati a scoprire dove si trova Sophie e si presentano lì mentre siamo di guardia. Consiglia comunque alla squadra di prendere precauzioni: sappiamo bene di cosa sono capaci».

Kay attese che Dave Morrison avesse finito di prendere appunti, poi rivolse l'attenzione al resto della squadra. «L'arresto di Sophie ci ha dato un'opportunità. Qualcosa è successo nelle ultime settimane che ha fatto andare queste persone nel panico: non ha senso uccidere le persone a cui hanno prestato denaro, quindi perché sta succedendo? Perché ora?»

Abbassò i suoi appunti e osservò ciascuno degli agenti mentre parlava. «Ho bisogno che ognuno di voi dia la massima attenzione a questa indagine. So che ne avete altre che vi stanno impegnando, ma credetemi: se non otteniamo alcune risposte oggi, potremmo pentircene».

Laura alzò la mano. «Pensa che il quartier generale prenderà il controllo prima della fine della settimana, capo?»

«No», disse Kay. «Sono preoccupata che qualcun altro possa morire».

CAPITOLO 50

Gavin tamburellava con le dita sulla stampante e si spostava da un piede all'altro mentre questa si metteva in funzione.

Un'atmosfera inquieta riempiva la sala operativa, con le parole di Kay che gli risuonavano nelle orecchie mentre raccoglieva ogni foglio appena uscito, impaziente di tornare alla sua scrivania.

Poteva sentire la disperazione nelle voci dei colleghi, nel modo in cui si aggredivano verbalmente prima di scusarsi, e nella mancanza di battute dalla piccola cucinetta su un lato.

I telefoni squillavano, le conversazioni mormorare erano mantenute brevi, e quando si voltò a guardare, tutti sembravano tesi quanto lui.

Non potevano permettere che morisse un'altra persona.

«Finalmente», mormorò, afferrando l'ultima pagina e dirigendosi alla sua scrivania.

Sfogliando i vari documenti che aveva in mano, raccolse il suo portatile e una lattina di bibita analcolica mezza vuota prima di affrettarsi in una delle sale riunioni libere lungo il corridoio.

Chiudendo la porta con un calcio, si prese un momento per assaporare il silenzio, poi dispose i fogli sul tavolo laminato che occupava il centro della stanza e li fissò intensamente.

Qualcosa lo tormentava da quando era stato svegliato dalla sveglia di Leanne alle quattro del mattino.

Era qui, da qualche parte, ne era sicuro.

Tirò fuori una delle sedie e si sporse in avanti, massaggiandosi le tempie. «Okay, Piper, *pensa*».

Erano successe così tante cose da quando il corpo mutilato di Katrina Hovat era stato scoperto da Mark ed Estelle Hastings-Jones che i suoi pensieri si accavallavano l'uno sull'altro.

Il primo documento che prese in mano fu la trascrizione dell'intervista video che lui e Laura avevano condotto con Penelope e Stephen Brassick.

In essa, avevano dichiarato che Katrina lavorava per loro tramite un'agenzia da gennaio. Lesse poi la testimonianza dell'impresa di pulizie, con la fronte che si corrugava sempre più ad ogni pagina. Aveva già identificato due diversi pagamenti sul conto di Katrina, uno dall'agenzia di pulizie e l'altro dal lavoro part-time nel negozio, ma qualcosa non quadrava.

Il documento successivo che selezionò era un elenco degli ospiti che Penelope e Stephen avevano accolto tra i loro viaggi a New York negli ultimi sei mesi.

Esaminando le date, le fece risalire ai pagamenti che Katrina aveva ricevuto dall'agenzia, poi abbassò i fogli.

«Ma Penelope ha detto che ci andava settimanalmente

quando erano a casa», mormorò. «Quindi dove sono quei pagamenti?»

Brontolando tra sé, spinse da parte i documenti, aprì il suo portatile e si collegò a HOLMES2. Scorrendo il più velocemente possibile, trovò la testimonianza che cercava e rilesse ancora una volta i suoi appunti.

Quando era stato interrogato al quartier generale di Northfleet, Duncan Nithercott era stato categorico sul fatto che non ci fossero problemi con il lavoro di Stephen Brassick.

Eppure...

«Ti ho trovato».

Quando Laura gli aveva chiesto se socializzasse con Stephen Brassick, aveva confermato di no, eccetto che le loro mogli andavano molto d'accordo durante gli eventi. Infatti, aveva elaborato ulteriormente, citando che era contento che non lo facessero per timore che alimentassero a vicenda il loro amore per l'antiquariato e le scarpe.

Eppure...

Solo ieri sua moglie, Jackie, aveva insistito sul fatto che il suo alterco con Katrina non era stato niente di più che una discussione per un graffio alla sua auto.

Eppure...

Quando avevano intervistato Duncan al quartier generale, sembrava sorpreso quando sua moglie si era presentata nonostante avesse scherzato sul fatto che fosse andata a fare shopping.

Gavin si bloccò, sbalordito dalla realtà contenuta nelle pagine davanti a lui.

Perché Jackie Nithercott si era presentata a Northfleet quella mattina?

«Laura!»

Gavin chiamò la sua collega mentre entrava nella sala operativa, poi si scusò con la giovane assistente amministrativa contro la quale quasi si scontrò nella fretta di raggiungerla.

«Perché tanta foga?» disse la sua collega, con uno sguardo divertito.

«Qualunque cosa tu stia facendo, lasciala stare. È urgente». Agitò la copia della dichiarazione di Duncan Nithercott verso di lei. «Credo ci sia qualcosa qui, e ce lo siamo persi».

«Cosa intendi?» Il volto di Laura impallidì.

Gavin spinse verso di sé la tastiera del computer di lei, fece scorrere HOLMES2 e poi indicò le immagini di Penelope Brassick e Jackie Nithercott. «Ricordi quando abbiamo intervistato Duncan, ha detto che lui e Stephen non socializzavano mai al di fuori degli eventi aziendali? Poi ha continuato dicendo che le loro mogli andavano d'accordo, ma ha lasciato intendere che entrambe avessero abitudini di shopping sfrenato».

Laura gli strappò la dichiarazione dalle mani, scorrendo le pagine. «Ha anche detto che Jackie non lavora, quindi dipende da lui per i soldi, no?»

«Esatto, ma ho avuto l'impressione che lui non sia completamente consapevole di come vengano spesi quei soldi».

«Ha detto "antiquariato e scarpe". Non c'è niente di male in questo».

«A meno che non stia spendendo i soldi in antiquariato e scarpe. E se stesse spendendo i suoi soldi sulle persone?»

«Ma lui ha detto che è coinvolta in opere di beneficenza, quindi avrebbe senso».

«Io...» Gavin fece una pausa mentre le parole della collega vennero recepite. «Lo so, ma se... e se stesse prestando i suoi soldi ad alcune delle persone con cui è entrata in contatto tramite le sue attività di beneficenza?»

Raggiungendo un vassoio accanto alla tastiera, Laura prese un altro documento e glielo sventolò davanti. «Questa è la dichiarazione di Sophie Anderley. Non menziona nulla sull'essersi rivolta a un ente di beneficenza per chiedere aiuto».

«Kay non glielo ha chiesto. Nessuno si stava concentrando su questo aspetto quando l'ha interrogata ieri sera».

Laura gli staccò le dita dal mouse e prese il controllo, aprendo un'altra finestra. «Ok, vediamo con quali enti di beneficenza lavora Jackie. Se è così coinvolta, ci deve essere qualcosa sui social media o su uno dei siti di informazione locali».

Trovarono un articolo sul sito del *Kentish Times* dieci minuti dopo.

«E guarda chi c'è nella foto», mormorò Gavin.

Penelope Brassick e Jackie Nithercott indossavano abiti da cocktail, con ampi sorrisi rivolti alla fotocamera mentre alzavano calici di champagne, con una terza donna al fianco di Penelope.

Nessuno dei nomi delle donne appariva sotto la fotografia, la didascalia invece forniva solo una descrizione generalizzata dei donatori che si godevano un gala di raccolta fondi.

Laura scorse l'articolo allegato, poi sospirò. «Questo articolo non menziona Duncan o Stephen».

«Quindi forse le mogli stavano socializzando a questo evento senza che loro lo sapessero?» disse Gavin. «Specialmente se Stephen era all'estero in quel periodo».

«E pensi che siano più che semplici conoscenti occasionali come ha suggerito Duncan?»

«Esattamente». Indicò lo schermo. «Stampa questo, poi vieni con me».

Due minuti dopo, stavano aspettando fuori dalla sala interrogatori uno quando si presentò un sergente di custodia perplesso, la sua mano guidava delicatamente Sophie Anderley verso di loro.

Sbrigando rapidamente le formalità, Gavin si prese un momento per calmare il respiro, poi sollevò il mento e osservò la donna davanti a lui.

Era tesa, ma certamente aveva più colore nelle guance questa mattina rispetto a quando la sua fotografia era stata elaborata la notte scorsa dopo essere stata accusata.

«Sophie, le farò alcune domande in relazione a un'altra indagine, e ho bisogno che lei ricordi che attualmente è sotto accusa. Capisce?»

«Sì».

«Si è rivolta a qualche associazione benefica per aiuto o consiglio prima o dopo aver preso in prestito quei tremila quattrocento euro?»

La confusione attraversò il volto della donna. «Sì, ma cosa c'entra...»

«Per favore, risponda solo alla domanda».

«L'ho fatto, sì. Ce n'è una piuttosto nuova, abbastanza locale, che offre aiuto alle persone che hanno bisogno di consulenza legale, finanziaria, quel genere di cose». Le sue labbra si incurvarono. «Sono stati piuttosto inutili però: mi è stato detto che la mia situazione non giustificava l'assistenza finanziaria secondo le loro competenze o qualcosa del genere, e sono stata mandata via».

«Ha incontrato Rosalind prima o dopo essersi rivolta all'associazione?»

«Dopo. Perché?»

Lui dispiegò l'articolo di giornale e lo posò sulla scrivania davanti a lei. «Riconosce qualcuno in questa fotografia?»

Sophie deglutì, e poi il suo dito tracciò la figura della donna all'estrema sinistra dell'immagine. «Questa è Rosalind, quella di cui ho parlato all'altro detective ieri sera».

Gavin sentì la sorpresa soffocata della sua collega, ma mantenne l'attenzione su Sophie. «Qualcun altro in quella fotografia le sembra familiare?»

«Questa donna, ma solo perché quell'altro detective mi ha chiesto se la conoscevo. Non la conosco. Chi è?»

«Jackie Nithercott. Le suona familiare il nome?»

«No».

«E la donna al centro?»

«No, mi dispiace».

«Interrogatorio terminato alle nove e quarantacinque».

Ignorando l'espressione sciocca di Sophie, Gavin schizzò fuori dalla stanza, con Laura alle calcagna.

Fermandosi vicino alla porta che conduceva al vano

scale, tirò fuori il suo telefono cellulare, scorse tra le sue note e poi compose un numero.

Dopo due squilli ci fu la risposta.

«Sono l'agente Gavin Piper, della Polizia del Kent. Ho bisogno di parlare con Duncan Nithercott. Adesso».

CAPITOLO 51

Quando Kay tornò da Northfleet e seguì Barnes nella sala operativa, rimase sbalordita dal numero di agenti riuniti in piccoli gruppi, ognuno che lavorava freneticamente a un computer mentre Gavin correva da uno all'altro.

Un acquazzone pomeridiano aveva bagnato le finestre, appannando i vetri e cancellando la vista sulla città, creando una cupezza che prosciugava le luci del soffitto e dava a tutto ciò che la circondava un tono smorzato.

Allungò una mano e fermò Debbie mentre l'agente in uniforme le passava accanto in fretta. «Cosa sta succedendo?»

Spostando una pila di cartelline tra le braccia, la donna indicò con il mento oltre la sua spalla. «Gavin è riuscito a far salire Stephen Brassick su un aereo di ritorno oggi pomeriggio. Stiamo cercando di coordinarci con una squadra più vicina a Heathrow per accoglierlo all'arrivo e portarlo qui per l'interrogatorio.»

«Ma che diavolo...» Kay guardò oltre la testa di

Debbie, vide Gavin che la osservava e gli fece cenno di avvicinarsi. «Gav? Possiamo parlare?»

Barnes si diresse verso le loro scrivanie, portando una sedia extra per il detective mentre Laura si affrettava verso la fotocopiatrice, senza dubbio per creare una certa distanza tra sé e qualsiasi conseguenza potesse abbattersi sul suo collega.

Kay attese che Gavin la raggiungesse, poi marciò verso dove Barnes attendeva, dando un colpetto sullo schienale della sedia mentre il giovane detective si sedeva.

Facendo un respiro profondo, Kay osservò il suo viso in cerca di segni di pentimento, poi si arrese. «Va bene. Mi spieghi cosa sta succedendo.»

«Prima di tutto, capo, mi scusi.» Gavin si sporse in avanti, con un'espressione sincera. «Ma non pensavo che questa cosa potesse aspettare il suo ritorno, e non sono riuscito a contattarla al quartier generale. Ero anche preoccupato che, se la mia teoria fosse corretta, Penelope Brassick potesse rappresentare un problema se dovessimo cercare di estradarla dagli Stati Uniti.»

«Estradarla?» Kay cercò, senza successo, di nascondere la sorpresa nella sua voce, poi alzò lo sguardo mentre Laura si avvicinava. «Esattamente cosa avete combinato voi due mentre ero fuori?»

Ascoltò mentre i due detective le spiegavano la teoria di Gavin, poi prese l'articolo di giornale stampato e osservò attentamente la fotografia.

«Porca miseria», mormorò, prima di passarlo a Barnes.

«Il punto è, capo, che quando abbiamo iniziato con la morte di Katrina e abbiamo interrogato Duncan Nithercott e Stephen Brassick, c'era un elemento dell'indagine che considerava se il suo omicidio fosse un messaggio per loro», disse Gavin. «Eravamo così concentrati sul fatto che i Brassick potessero essere quelli minacciati indirettamente che, una volta eliminato la pista di vista militare, non abbiamo considerato che le loro mogli potessero essere in qualche modo coinvolte.»

«Avete parlato con l'associazione benefica?»

«Circa venti minuti fa», disse Laura, con le spalle che si rilassavano un po' mentre si appassionava all'argomento. «Uno dei direttori è riuscito a incontrarci nei loro uffici in High Street con breve preavviso...»

«Anche se è stata piuttosto persuasiva nella sua richiesta», sorrise Gavin.

«Continuate», li incitò Kay.

«Beh, il direttore ci ha detto che Penelope Nithercott è fiduciaria da tre anni e partecipa a tutti i loro eventi sociali», continuò Laura. «Ma ha anche detto che ... come l'ha messa, Gav?»

«I suoi contributi erano meno che utili», concluse lui. «In pratica, aveva iniziato essendo generosa con le sue donazioni, ma nell'ultimo anno circa si sono prosciugate. Ora devono chiederle se hanno bisogno che contribuisca con qualcosa oltre al suo tempo. E il suo tempo, come ha detto Laura, viene concesso principalmente solo quando c'è un raduno sociale piuttosto che un aiuto concreto.»

«Soprattutto se c'è un giornalista nei paraggi», disse la giovane detective, con le guance che mostravano le fossette.

Kay li osservò entrambi, poi scosse la testa meravigliata. «Ok, ditemi cosa c'entra questo con il costringere i Brassick a tornare dagli Stati Uniti. E come diavolo ci siete riusciti comunque?»

«Ho chiesto a Duncan Nithercott di richiamare Stephen con la scusa di una riunione d'affari urgente che doveva tenersi a Londra domattina. Fortunatamente, i Brassick sarebbero dovuti tornare comunque tra un paio di settimane, quindi non sarà una grande sorpresa per loro che li voglia qui prima.» Lo sguardo di Gavin si abbassò verso le mani. «*Potrei* anche aver suggerito al signor Nithercott che era nel suo interesse aiutarci.»

«In che modo?»

«A quanto pare, Duncan stava segretamente pianificando di divorziare da Jackie. A suo dire, le cose non andavano troppo bene tra loro ultimamente.» Fece una smorfia. «Gli ho detto che avremmo cercato di non coinvolgerlo in procedimenti penali, se possibile.»

Kay lo fissò. «E se non fosse possibile?»

«I Brassick sono già in volo, capo.» Controllò l'orologio. «Dovrebbero atterrare a Heathrow tra poco più di sei ore.»

Lei allungò il collo e guardò attraverso la sala operativa, ignorando l'espressione impassibile che Barnes mostrava.

Senza dubbio il suo sergente detective si stava chiedendo la stessa cosa di lei: se strangolare il giovane detective o applaudire la sua audacia.

«Chi andrà a prenderli?», chiese.

«Ecco il punto. Stavamo cercando di ottenere l'assistenza di qualcuno della polizia metropolitana», disse Gavin. «Ma sta risultando difficile, e non riesco a contattare nessuno con l'autorità necessaria a Gravesend o Dartford.»

Kay si voltò verso di lui, incapace di trattenere un sorriso. «Meglio che voi due vi sbrighiate se volete coordinarvi con la sicurezza dell'aeroporto prima che arrivino. Il traffico sulla M25 sarà infernale a quest'ora del giorno.»

Lui sbatté le palpebre, immobile sulla sedia per un momento, poi scattò in azione. «Certo, capo. Grazie, capo.»

Laura lo seguì di corsa, le loro voci concitate mentre afferravano chiavi dell'auto, giacche e zaini e uscivano in fretta dalla stanza.

Quando Kay si voltò verso Barnes, lui stava sorridendo.

«Bisogna dargliene atto, capo. È stato un buon lavoro.»

«Lo è stato», disse lei. «E al quartier generale lo adoreranno per questo, a patto che abbia ragione.»

CAPITOLO 52

Kay osservò Barnes pizzicarsi il ponte del naso, poi frugò nel cassetto della scrivania e trovò una confezione di paracetamolo.

«Tieni» disse, lanciandogli il blister e spingendo un bicchiere d'acqua attraverso la scrivania. «È da dieci minuti che lo fai».

«Grazie, capo». Mise due capsule in bocca, bevve l'acqua e poi si massaggiò la mascella. «Penso sia ora di farmi controllare di nuovo la vista».

«Senti il peso dell'età?»

«Arriverà anche per te», replicò lui, incapace di trattenere il sorriso nella voce. «E no, probabilmente sto solo passando troppo tempo curvo su questo schermo del computer».

Lei guardò oltre Barnes verso l'orologio alla parete, poi l'ora visualizzata nell'angolo del proprio schermo.

«A che ora è atterrato il volo?»

«Un'ora fa. Li avranno fatti passare rapidamente al controllo passaporti e viaggiavano in business class, quindi

335

non avranno impiegato molto tempo per raggiungere l'uscita».

«Come sono le notizie sul traffico?»

«Non male per quest'ora di notte. Il solito ingorgo all'incrocio con la M23, ma a parte quello, dovrebbero essere qui da un momento all'al... ah, ecco».

Kay si voltò mentre la porta si apriva e Gavin e Laura entravano di fretta, i loro volti affaticati dalla corsa frenetica all'aeroporto.

«Com'è andata?» chiese.

«Li abbiamo separati alla dogana», rispose Gavin. «A entrambi sono stati letti i loro diritti, e non appena ci hanno fornito i dettagli del loro avvocato, abbiamo fatto in modo che il centro di controllo si mettesse in contatto con loro. Il primo è appena arrivato di sotto e dice che il suo collega non è molto lontano».

«Chi li rappresenta? Qualcuno che conosciamo?»

«Uno studio con sede nella City, capo. Non ho mai avuto a che fare con loro prima... hanno sede a Shoreditch. L'uomo di sotto è uno dei soci, Bernard Crossley. La sua collega, Diane Higgsworth, è una socia junior».

«Accidenti, hanno portato i pezzi grossi», disse Barnes, poi rivolse la sua attenzione a Gavin. «Meglio sperare che tu abbia ragione su tutto questo».

«Lo spero anch'io», fu la risposta mormorata.

«Ormai è troppo tardi». Kay si alzò e tirò verso di sé una pila di cartelline di cartoncino. «Ok, mentre voi due facevate da autisti al signor e alla signora Brassick per riportarli qui, abbiamo preparato fascicoli informativi per ciascuno di voi. Laura, tu interrogherai Stephen con

Barnes, e io e Gavin interrogheremo Penelope. Gavin, guiderai tu questo interrogatorio date le circostanze».

Gli mise una delle cartelline in mano con decisione. «Buona fortuna».

———

Quando Kay entrò nella sala interrogatori con Gavin alle spalle, Penelope Brassick si ritrasse sulla sedia e strinse un cardigan di cashmere più forte intorno al petto.

Nonostante il volo di sette ore e il successivo arresto, i suoi capelli e il trucco erano impeccabili, e dopo la reazione iniziale si riprese velocemente e rivolse la sua attenzione al suo avvocato, che mormorò a bassa voce.

Dopo aver tranquillizzato la sua cliente, estrasse un biglietto da visita dalla tasca della giacca e lo consegnò a Kay. «Bernard Crossley».

«Signor Crossley, grazie per essere venuto con così poco preavviso. Procediamo?»

Dopo aver verificato il nome e l'indirizzo di Penelope e letto l'avvertimento formale, Gavin aprì la cartellina delle prove e trascorse i successivi secondi a rivedere la sua calligrafia scarabocchiata.

Kay attese pazientemente, con la penna sospesa sopra una pagina vuota del suo taccuino, sperando silenziosamente che l'ipotesi del suo collega fosse corretta.

Dopotutto, era l'unica che avevano.

Dopo un po', Gavin alzò lo sguardo dai suoi appunti e tirò fuori l'articolo di giornale.

«Mi parli della sua amicizia con Jackie Nithercott», disse.

«Jackie?» Penelope passò la lingua sul labbro superiore, poi guardò la fotografia al centro della pagina. «Siamo solo conoscenze occasionali. I nostri mariti lavorano insieme, ma questo lo sapete già».

«Quando è stata l'ultima volta che ha visto Jackie?»

«Beh, siamo stati fuori dal paese da aprile quindi suppongo sia stato a marzo. Eravamo tutti a una festa organizzata dall'azienda dopo l'assemblea generale annuale per celebrare i risultati dell'anno».

«Intende l'azienda per cui lavora suo marito, Stephen?»

«Esatto». La bocca di Penelope quasi formò un sorriso. «Sono piuttosto generosi in questo senso. Era stata invitata persino la receptionist, anche se capirete che non ci siamo mescolati con il personale amministrativo».

«Questa fotografia è stata scattata l'anno scorso a un evento di beneficenza. È stato organizzato anche quello dall'azienda?»

«No». Il volto della donna si colorò. «Era un evento organizzato da un'associazione benefica di cui Jackie si occupa. Raccolta fondi e cose del genere; sa, cercano di aumentare la loro visibilità pubblica».

«Se siete solo conoscenze occasionali, perché era lì?»

«Io... uhm...» Le spalle di Penelope si irrigidirono, e Kay la vide lanciare un'occhiata di lato al suo avvocato. «Suppongo che mi abbia invitato lei».

«Accetta spesso inviti da persone che conosce appena?»

La donna alzò lo sguardo. «Era per una buona causa».

«Quanto ha donato quella sera?»

«Non ricordo; ha detto lei stesso che era l'anno scorso».

«Niente», disse Gavin, con voce piatta. «La nostra squadra ha parlato con la sede centrale dell'associazione benefica oggi pomeriggio, e hanno confermato che non hanno mai ricevuto un centesimo da lei. Il che mi sembra vanificare lo scopo dell'esercizio, non è d'accordo?»

Penelope non disse nulla.

«Perché ci è andata?»

«Jackie ha detto che sarebbe stato utile per fare networking».

«Networking per cosa?»

Penelope fece un respiro profondo. «Non lo so. Guardi, mi ha telefonato all'improvviso e ha detto che sarebbe stato divertente. Potevamo vestirci eleganti e passare una serata fuori senza dover ascoltare i nostri mariti parlare di maledette acquisizioni ostili e di chi rappresenta chi alla prossima udienza di arbitrato o altro. È stato un bel cambiamento, ad essere onesta».

«Ha socializzato con Jackie Nithercott da allora?»

«Una o due volte».

«Dove?»

«Ad un altro evento di gala poco prima di Natale, e poi uno a febbraio che è stato un po' deludente, ad essere sincera».

«Frequenta Jackie al di fuori di questi eventi?»

Kay vide Penelope lanciare un'occhiata di traverso al suo avvocato e stringere le labbra in risposta.

Gavin si sporse in avanti e puntò il dito sulla fotografia nell'articolo. «Chi è quella accanto a lei?»

«N…non sono sicura.»

Kay socchiuse gli occhi mentre osservava la donna agitarsi sulla sedia.

A suo merito, Gavin riuscì a soffocare lo sbuffo che gli era sfuggito, ma la sua incredulità era evidente.

«Non le credo» disse. «Quindi lei ricordo che è in arresto e questa è un'indagine su un triplice omicidio in cui al momento è coinvolta. Quindi, glielo chiedo di nuovo. Chi è questa donna?»

Le sfuggì una lacrima solitaria, e Penelope la asciugò, emettendo un forte singhiozzo mentre il suo viso si deformava.

«È la sorella di Jackie, Rosalind. Ed è tutta colpa loro.»

CAPITOLO 53

Kay attese finché Gavin non si fu ripreso abbastanza dalla risposta di Penelope per rivolgersi a lei in cerca di indicazioni.

Gli fece un leggero cenno con la testa, poi osservò attentamente la donna di fronte a lei.

Prima che potesse procedere, però, Penelope emise un sospiro tremante.

«Temevo che sarebbero andati troppo oltre», disse. «Ma uccidere Katrina in quel modo... a casa mia...»

«Chi ha ucciso Katrina?» chiese Kay.

In risposta, Penelope guardò l'articolo di giornale, poi lo spinse di nuovo verso Gavin come se fosse infetto.

«Immagino sia stata Rosalind. Non credo che nemmeno Jackie potrebbe fare qualcosa di così malvagio». Penelope portò un pugno tremante alla bocca. «Oh Dio, cosa ho fatto?»

Kay le concesse qualche momento per ricomporsi, poi si sporse in avanti. «Torniamo all'inizio. Cosa sta succedendo tra voi tre e come è iniziato tutto?»

«Non stavo mentendo su come ci siamo conosciute», disse Penelope. «Jackie e io ci incontravamo spesso agli eventi aziendali. Credo fosse giugno dell'anno scorso quando ci siamo trovate al bar a ordinare gin tonic nello stesso momento e lei si è girata verso di me dicendo che se avesse dovuto trascinarsi ancora dietro a suo marito, avrebbe perso la voglia di vivere».

«Stavano attraversando un brutto periodo?»

«Sì, e stava peggiorando». Penelope scosse tristemente la testa. «Non avrebbero mai dovuto sposarsi, a dire il vero. Grazie a Dio non hanno figli».

Fece una pausa mentre il suo avvocato si chinava per mormorarle qualcosa all'orecchio, poi annuì leggermente e affrontò di nuovo Kay. «Ci siamo incontrate per pranzo circa una settimana dopo, e Jackie mi ha detto che voleva lasciare Duncan, ma non poteva permetterselo. Disse che non lavorava e dipendeva economicamente da lui. Le dava un'indennità mensile da usare come voleva». Penelope fissò il tavolo tra loro e si stuzzicò una pellicina. «Avrebbe potuto descrivere il mio stesso matrimonio. Credo sia questo che mi ha colpito. Voglio dire, anche quando viaggio con Stephen di solito sono bloccata in qualsiasi appartamento la compagnia prenoti per noi, e lo shopping occupa il tuo tempo solo fino a un certo punto, credimi».

Kay non disse nulla, aspettando mentre la donna prendeva un fazzoletto di carta dal suo avvocato e tamponava delicatamente gli occhi che si stavano arrossando.

Alla fine, Penelope continuò.

«Stavo pensando a un modo per lasciare Stephen ma

non avevo la fiducia necessaria per provare, e non avevo i contatti giusti. Quindi quando Jackie mi ha detto che stava aiutando quella associazione benefica per uscire di casa, io... io le ho suggerito che poteva esserci un modo per usare i nostri assegni mensili per guadagnare qualche soldo extra e costruirci un gruzzolo. O un fondo di fuga, suppongo».

«Quindi avete preso di mira persone vulnerabili già indebitate, e avete prestato loro denaro illegalmente, è corretto?»

Penelope annuì. «Sì».

«Quanto interesse facevate pagare?»

«Ventidue percento». La donna alzò lo sguardo. «È comunque più economico di alcune carte di credito, e non avrebbero mai potuto ottenere prestiti da una banca. Li stavamo aiutando».

Kay deglutì per cercare di combattere la secchezza nella gola. «Quanti?»

«Non capisco».

«A quante persone avete prestato denaro?»

«Non lo so con certezza. Dovrebbe chiederlo a Jackie. È più brava di me con le scartoffie».

«Faccia una stima».

«Forse quindici, diciotto da luglio dell'anno scorso».

Un silenzio attonito accolse le sue parole, e persino Bernard Crossley si ritrasse visibilmente dalla sua cliente a quella rivelazione.

«Cos'è cambiato?» disse Kay. «Perché Preston Winford è stato assassinato?»

«Non sono sicura», sussurrò Penelope. «Non ero qui

quando è successo. Stephen era stato invitato a parlare a una conferenza ad Atlanta ed eravamo via quel fine settimana. Quando sono tornata, Jackie ha detto che uno dei clienti, così li chiamava, non aveva pagato le rate per tre settimane di fila, e un altro non aveva pagato nulla per due mesi. Disse che volevano spaventare il vecchio per fargli tirare fuori quello che doveva, ma...»

Si interruppe, con nuove lacrime che le rigavano le guance. «Oh Dio, non volevo che succedesse niente di tutto questo. È andato storto. Questo è quello che ha detto Jackie. All'inizio le ho creduto, ma poi...»

Kay guardò i suoi appunti, con il battito cardiaco che accelerava mentre ribolliva per le parole della donna. «Deduco da quanto ha detto che Angus Zilchrist fosse quello che non aveva pagato Jackie per tre settimane, e il debito di Preston Winford fosse in arretrato di due mesi?»

«Sì».

«Allora mi dica: cosa è andato storto? Hanno fatto a pezzi Preston Winford e hanno spinto il suo corpo in un armadio. Per me, questo suggerisce che qualcuno ha pensato molto attentamente a quello che gli sarebbe successo. Non è stato un incidente».

Penelope si rivolse al suo avvocato. «Non è vero. Hanno detto che è soffocato».

Trattenendo la rabbia, Kay osservò mentre Gavin apriva una delle altre cartelline accanto a lui e faceva scivolare un'altra fotografia sul tavolo verso Penelope.

«Questo è quello che è successo a Preston Winford», sputò lui.

Bernard Crossley si allontanò ulteriormente dalla sua

cliente, distogliendo lo sguardo dall'immagine raccapricciante.

«Quante di quelle vittime ha ucciso?» disse infine Kay.

Penelope i spalancò gli occhi. «Nessuna! Non ho fatto del male a nessuno. Le ho detto, non ero nemmeno nel paese quando è successo, Ispettrice Hunter, e posso assicurarle che non avevo idea di cosa avesse pianificato Jackie».

«Perché è coinvolta sua sorella Rosalind?»

«Non lo so. È stata un'idea di Jackie circa sei mesi fa». Alzò le spalle. «Forse verso Natale. Tutto quello che so è che all'inizio di gennaio, Jackie ha cambiato idea su tutta questa storia. Disse che le cose tra lei e Duncan erano peggiorate così tanto che doveva lasciarlo prima piuttosto che dopo, e questo significava recuperare tutti i soldi che avevamo prestato...»

«E gli interessi, suppongo?» disse Kay.

«Sì. Aveva bisogno di tutto per poterlo lasciare e affittare un posto dove stare mentre il divorzio procedeva». Penelope si sporse in avanti. «Può capirlo, vero? Era disperatamente infelice».

Estraendo altre fotografie dalla cartellina, Gavin le dispose sul tavolo.

Penelope singhiozzò silenziosamente mentre Kay nominava ciascuna delle vittime una dopo l'altra.

«Chi ha detto ad Angus Zilchrist cosa c'era nell'armadio nella sua unità di deposito?»

«Penso sia stata Jackie. Ha pensato che ricattarlo con quella informazione lo avrebbe fatto pagare. E poi lui è morto d'infarto a causa dello stress, immagino, e lei non ha

ottenuto nessun soldo comunque, da nessuno dei due».
Penelope si strinse il cardigan. «Ed è stato allora che mi ha
detto che Rosalind aveva un piano per ottenere
velocemente il resto dei soldi. Duncan non è un uomo
gentile, Ispettrice Hunter. Credo che Jackie fosse
preoccupata per ciò che avrebbe potuto fare se avesse
scoperto che lei aveva in mente di divorziare. Doveva
andarsene».

«Mi parli di Rosalind».

«È completamente pazza. Come quel maledetto marito
che ha».

«Cosa fa Rosalind? A parte macellare persone
innocenti?»

Penelope fece un respiro profondo, mentre il suo
sguardo esaminava le immagini. «Lavorava per un
chirurgo estetico a Londra. Tutto ciò che so è che qualche
anno fa è successo qualcosa. Non sono sicura cosa, ma
qualcosa è andato storto ed entrambi, lei e il chirurgo, sono
stati radiati dall'albo. Non è riuscita a trovare un lavoro
dopo, anche se credo che Miles guadagnasse abbastanza
per mantenere entrambi».

«Miles? È suo marito?»

«Sì».

«Cosa fa?»

«Sicurezza privata, cose del genere».

«È stato lui a fornire il sistema di sicurezza a casa
sua?»

Penelope annuì.

«Parli ad alta voce per la registrazione, per favore».

«Sì. Miles ha installato le nostre telecamere di
sorveglianza e tutto il resto. Non sapevo che stessero

pianificando di usarlo contro di noi però, le sto dicendo la verità».

«Come ha conosciuto Katrina?»

«Attraverso l'agenzia che usiamo per assumere donne delle pulizie quando aspettiamo ospiti».

«Era l'unica volta che ha fatto le pulizie per voi?»

Penelope si morse il labbro. «No. Un giorno stavamo parlando e mi disse che faceva fatica ad arrivare a fine mese, ma sperava che il suo lavoro principale avrebbe presto offerto un posto a tempo pieno. Era all'inizio di febbraio. Una cosa ha portato all'altra e le ho detto che Jackie poteva prestarle del denaro per aiutarla. Le ho detto che poteva fare le pulizie per me quando ero a casa per aiutare a ripagare il prestito. Stavo cercando di aiutarla, lo giuro».

Disgustata dalle scuse della donna, Kay indicò la fotografia di Katrina. «Cosa le aveva fatto di così terribile?»

«Ho detto a Jackie il mese scorso che non volevo più far parte di tutto questo. Non potevo. Non dopo che quell'uomo è stato ucciso. Sono andate troppo oltre. Ma Rosalind ha detto che non avevo scelta perché Jackie aveva bisogno di riavere i soldi e dovevano spaventare le persone per farsi ripagare. Ero terrorizzata che mi potesse far del male. Poi ho ricevuto una telefonata da Jackie all'inizio di quella settimana: doveva essere negli uffici dell'associazione benefica o qualcosa del genere perché non riconoscevo il numero. Mi ha detto che avrebbe lasciato Duncan quel fine settimana e aveva bisogno di un posto dove stare finché non si fosse sistemata», disse Penelope, con il viso chiazzato dal pianto.

«Cosa ha fatto?»

«Le ho dato gli ultimi codici della casa. E dopo, dopo che... hanno ucciso Katrina, mi hanno mandato un link a quel video. E Jackie mi ha detto che se avessi mai raccontato a qualcuno del nostro sistema di prestiti, avrebbero ucciso me dopo».

CAPITOLO 54

Kyle Walker fece scorrere il dito sotto il colletto e fece una smorfia mentre il sudore gli pungeva il collo.

Il pesante gilet antitaglio che indossava gli aderiva al petto e alla schiena, scavando nella carne sopra i fianchi e gravando sulle sue ampie spalle.

Entrambe le auto di pattuglia erano parcheggiate a cinque minuti dalla casa identificata come affittata da Rosalind e Miles Kirwen, e i suoi superiori non volevano correre rischi.

Alla squadra era stato ordinato di attendere fino al completamento dei controlli finali sui Kirwen, e su eventuali associati che potessero abitare nella proprietà e complicare un arresto già ad alta tensione.

Kyle diede un'occhiata agli altri tre agenti che stavano accanto alle auto, stiracchiando le gambe e parlando a bassa voce, mentre le loro chiacchiere scherzose nascondevano l'adrenalina che permeava l'aria, facendo formicolare i peli del collo in attesa.

Oltre la piazzola dove erano parcheggiate le auto c'era

una fermata dell'autobus abbandonata; il vecchio orario strappato pendeva attraverso la teca di plastica rotta e i pannelli di perspex erano stati rimossi per evitare che i vandali li rompessero. Sul lato opposto della strada, una fila di grandi case a schiera li fronteggiava, con le tende tirate, anche se notò un movimento ad una di esse di tanto in tanto.

Un leggero profumo di ibisco si diffondeva nell'aria tiepida della sera verso di lui, portando con sé un fragrante ricordo di una vacanza in climi più miti più di un anno fa.

Prima di tutto questo.

Prima che il suo collega, Philip, fosse accidentalmente ucciso durante una situazione con ostaggi.

Prima che il suo turno lo portasse qui, fradicio di sudore e chiedendosi se questa volta toccasse a lui.

Con la bocca secca, appoggiò la mano sulla radio mentre venivano trasmessi gli ultimi ordini dalla centrale operativa, poi sorprese Dave Morrison che lo fissava.

«Tutto a posto lì?» disse il poliziotto più anziano. «Come va?»

«Sto bene» disse con voce roca, poi si schiarì la gola. «Sto bene.»

«Non correremo rischi, non preoccuparti.» Dave indicò col pollice oltre la spalla verso gli altri due agenti. «Questi due sono esperti quanto noi, e abbiamo appena ricevuto l'autorizzazione dal quartier generale per usare i taser se necessario.»

Kyle annuì in risposta, riluttante ad aprire la bocca nel caso riuscisse a produrre solo un misero squittio, e poi l'attenzione di Dave fu catturata da una nuova serie di ordini che uscivano dalla sua radio.

Strinse i pugni, affondando le unghie corte nella carne morbida dei palmi, e fece un respiro profondo.

La consulente che Kay gli aveva raccomandato era brava, doveva ammetterlo.

Gli esercizi di respirazione aiutavano, anche se si rese conto che fino ad ora vi aveva fatto meno affidamento nelle ultime settimane.

Il familiare conteggio di sei respiri dentro, otto fuori lo calmò, allontanando parte della paura che lo avvolgeva.

«Bene, ci siamo.» Dave abbassò la radio da dove stava parlando. Fece cenno agli altri due agenti di avvicinarsi, poi guardò ciascuno di loro a turno. «Dobbiamo presumere che entrambi i sospetti siano armati e sappiano come usare un coltello quindi non correremo rischi. Abbiamo ricevuto conferma dal proprietario che la porta sul retro della proprietà conduce a un giardino che non ha accesso. Oltre la recinzione posteriore c'è un'altra proprietà e quella porta alla strada principale. Il controllo ha un'altra auto là fuori dalla vista nel caso in cui uno dei sospetti tenti la fuga. Tutti e quattro entreremo dalla porta principale. Io per primo, poi tu, Kyle. Steve, tu vieni con me, ci occuperemo di Miles Kirwen e se abbiamo bisogno di aiuto aggiuntivo allora potrai intervenire, Tom. Useremo le auto per bloccare la loro, che è parcheggiata in una piazzola privata direttamente di fronte alle case a schiera. Domande?»

Kyle scosse la testa mentre gli altri due agenti mormoravano di aver capito, e poi Dave li condusse alla loro auto.

Si fermò quando avviò il motore e guardò dall'altra parte. «Pronto?»

«Come sempre», mormorò Kyle. «Facciamolo.»

La sua testa si reclinò all'indietro mentre Dave accelerava, e lui si aggrappò al telaio della porta per stabilizzarsi mentre l'agente più anziano affrontava l'incrocio a tutta velocità, le luci dell'altro veicolo lampeggiavano attraverso la tappezzeria mentre li seguiva.

Nel giro di pochi minuti, si fermarono con un sussulto davanti a una brutta fila di case a schiera.

Spingendo un cancello fatiscente, Kyle seguì Dave lungo un breve sentiero bordato da erba incolta e una lavatrice abbandonata, il suono di passi pesanti dietro di lui erano un accompagnamento gradito mentre gli altri due agenti li raggiungevano.

Il pugno di Dave colpì la porta con tale forza che Kyle si chiese se avrebbero dovuto preoccuparsi di sfondarla, e poi voci arrabbiate filtrarono attraverso i sottili vetri delle finestre e una luce si accese in una delle stanze al piano superiore.

Poi ci furono grida, passi tuonanti, e improvvisamente sentì il bisogno di vomitare.

Fece un passo indietro, sbattendo contro Tom, che emise un grugnito confuso prima di spingerlo nella schiena mentre Dave abbatteva la porta.

Senza altra scelta che seguirlo, Kyle oltrepassò la soglia ed entrò nella casa dei Kirwen.

Dave stava già percorrendo il corridoio verso il retro della casa, urlando a squarciagola a Miles, con Steve alle calcagna.

Kyle si fermò ai piedi delle scale per un momento, poi si rivolse a Tom. «Lei è ancora qui sopra.»

Corsero su per i gradini, l'odore di fumo di sigaretta e un odore corporeo stantio lo investirono mentre raggiungeva il pianerottolo, giusto in tempo per vedere una porta sbattere alla sua sinistra.

«Si è chiusa in bagno» disse Tom.

«Dio solo sa cosa ha là dentro. Dovremo sfondarla.»

«Aspetta, potrebbe avere un coltello.»

«Esatto. Temo che possa usarlo su se stessa.»

Con queste parole, Kyle puntò il suo scarpone numero quarantasei contro il lato della maniglia della porta e colpì con tutta la forza che poté raccogliere.

Il sottile pannello si spaccò all'impatto, e con un altro calcio la serratura si torse e la porta si aprì.

Spingendo via il pannello di legno residuo, si precipitò in avanti.

Rosalind Kirwen era piegata sulla vasca da bagno, le mani tremanti mentre teneva un coltello contro la coscia.

Kyle si lanciò mentre lei si girava verso di lui, i suoi occhi si spalancavano mentre le sfuggiva un grido straziato.

CAPITOLO 55

Kay si stropicciò gli occhi stanchi e si appoggiò al muro di blocchi di cemento fuori dalla porta sul retro della centrale di polizia.

Accanto a lei, Gavin scorreva le e-mail sul suo telefono, il volto segnato dalla stanchezza.

Nessuno dei due aveva parlato da quando avevano concluso l'interrogatorio e predisposto l'incriminazione di Penelope Brassick, e ora Kay chiuse gli occhi e inspirò l'aria calda che le sollevava i capelli dalle spalle e faceva ondeggiare delicatamente i documenti che teneva sotto il braccio.

Sbatté le palpebre al suono della porta che si apriva per vedere uscire Barnes e Laura, entrambi con un'espressione cupa.

«Stephen Brassick nega categoricamente di avere qualcosa a che fare con il piano di sua moglie», disse il sergente detective. «E si è lavato le mani di lei, per dirla educatamente. Ha anche accettato di fornire pieno accesso a tutti i registri finanziari per mostrare i soldi che versava

354

mensilmente a Penelope, e qualsiasi tabulato telefonico di cui abbiamo bisogno. A quanto pare paga anche la bolletta del suo cellulare».

«Grazie», disse Kay. «Avete avuto l'impressione che stesse mentendo sul suo coinvolgimento?»

«Io no», rispose Laura. «Onestamente, a un certo punto pensavo che stesse per vomitare».

«E voi due?», disse Barnes. «La teoria di Gavin ha retto?»

«Sì». Kay sorrise. «E abbiamo abbastanza informazioni da Penelope per arrestare Jackie Nithercott: abbiamo mandato una pattuglia in uniforme a prenderla, e anche suo marito».

Gavin alzò lo sguardo dal telefono. «Capo, anche Rosalind e Miles Kirwen sono stati rintracciati in un indirizzo a Leybourne. La centrale ha mandato un paio di auto per arrestarli quindici minuti fa».

«Ok, grazie». Kay controllò l'orologio. «Considerati i tempi, vorrei concludere tutti questi interrogatori stasera. Qualcuno di voi ha problemi con questo?»

«Non io, capo», disse Barnes. «Possiamo trattenere Sophie solo per altre poche ore a meno che lei non faccia autorizzare a Sharp altre dodici, e se vuole mantenerla al sicuro...»

«Esattamente quello che pensavo, e non voglio nemmeno che altre vittime di questo schema illegale di prestiti siano messe in pericolo. Prima possiamo fare questi interrogatori formali, meglio è. Ho chiesto a Hughes di verificare con Sophie quanto abbiamo appreso finora per capire meglio come venivano prese di mira le vittime. Inoltre possiamo assicurarci di avere qualcosa da consegnare al quartier generale domattina, con un po' di fortuna».

«Sarebbe ottimo». Laura si fece avanti. «Contate su di me».

«Io resto, capo», disse Gavin, arrossendo poi. «Voglio dire, è un po' colpa mia se state tutti lavorando fino a tardi stasera».

«E non pensare che te lo lasceremo dimenticare». Laura sorrise. «Andrà bene, finché non crolli. Quando è stata l'ultima volta che hai mangiato qualcosa?»

«Oh Dio, non parlare di cibo», disse Kay, poi si girò quando la barriera di sicurezza ronzò alzandosi e tre auto di pattuglia entrarono nel parcheggio. «Sembra che i nostri ospiti siano arrivati».

Il suo stomaco ebbe un sussulto quando Kyle Walker scese dalla prima auto, le luci degli altri veicoli che illuminavano il sangue che gli rigava la guancia mentre camminava verso di loro conducendo una donna ammanettata, i cui occhi scuri ardevano di rabbia.

«Stai bene?», riuscì a chiedere.

«La signora Kirwen ha deciso di reagire, capo», disse lui cupamente. «Mi ha preso con uno dei suoi artigli».

Rosalind lo guardò con occhi socchiusi. «Peccato che non avessi un coltello».

Kyle accennò un sorriso. «Potrei averla persuasa a lasciarlo cadere».

«Bel lavoro. Ok, vai a registrarla».

Si spostò mentre uno dopo l'altro, Miles Kirwen, Jackie Nithercott e un Duncan Nithercott dall'aria stordita venivano condotti all'interno, poi si rivolse alla sua piccola squadra di detective.

«Bene, Gavin e Laura, ho bisogno che interroghiate prima Miles Kirwen, poi Duncan Nithercott. Voglio sapere tutto sull'attività di sicurezza di Miles, ammesso che lo sia. Dio solo sa in quante altre case qui intorno sia in grado di introdursi, o chi altro potrebbe aver minacciato. Quanto a Duncan, vediamo cosa sa della relazione di Jackie con sua sorella. Barnes, tu sei con me».

Spalancò la porta sul retro in tempo per vedere Rosalind essere condotta nella prima delle sale interrogatori, poi si fermò mentre Gavin e Laura accompagnavano Miles Kirwen in un'altra.

Jackie Nithercott stava in piedi a testa china, strofinandosi i polsi mentre il sergente di servizio le parlava a bassa voce, assicurandosi che ogni elemento dei suoi gioielli fosse preso e registrato nel sistema di archiviazione. Suo marito stava a qualche passo da lei, con la mascella serrata mentre fissava il retro della sua testa.

Poi ci fu movimento dalla porta interna che conduceva alle celle, e Hughes emerse con Sophie Anderley.

«La porto di sopra per ora», disse. «Sta diventando affollato qui sotto».

«Nessun problema», disse Kay, poi si voltò per seguire Barnes. «Saliremo più tardi. Puoi...»

«Puttana!», urlò Sophie.

Kay si girò di scatto, osservando i lineamenti angosciati di Sophie e il modo in cui si dibatteva contro la presa di Hughes, poi guardò Jackie.

La donna era diventata pallida, e deglutì mentre il sergente in uniforme persuadeva Sophie ad allontanarsi, conducendola verso le scale.

«Aspetta». Kay si affrettò verso di loro. «Sophie, cosa succede? La riconosci?»

«No», Sophie deglutì. «Ma è lei, lo so. Quella donna là fuori. È una di loro».

Kay incrociò le braccia, con tono paziente. «Se non la riconosci, come puoi esserne così sicura?»

«Perché me lo ricordo. È quel profumo che indossa». Sophie si liberò dalla presa di Hughes e lanciò a entrambi uno sguardo di sfida. «È lo stesso odore che c'era dentro quell'auto di cui vi ho parlato».

CAPITOLO 56

Una Jackie Nithercott sotto shock fissò Kay e Barnes quando si sedettero di fronte a lei.

Mentre Barnes avviava il registratore e leggeva l'avvertimento formale, Kay cercava negli occhi della donna un qualsiasi segno di rimorso.

Invece, tutto ciò che vide fu un risentimento ardente che cresceva ogni secondo che passava.

«Jackie, quando l'abbiamo intervistata ieri, lei ci ha informato che la notte in cui Katrina Hovat è stata assassinata, lei e Suo marito stavate festeggiando il vostro anniversario di matrimonio in un pub. Ha anche dichiarato di non avere idea di chi fosse Katrina quando l'ha affrontata il giorno prima nel parcheggio fuori dal negozio dove lavorava» iniziò Kay. «Desidera modificare qualcosa nella sua precedente dichiarazione?»

«No.» Jackie sollevò il mento con aria di sfida. «Non lo desidero.»

«Ma lei la conosceva, vero?» disse Kay. «Perché l'ha identificata attraverso il suo cosiddetto lavoro di beneficenza come un bersaglio perfetto per il suo schema di prestito illegale di denaro.»

Jackie sbatté le palpebre, poi incrociò le braccia sul petto. «Non ho idea di cosa stia parlando.»

Un sorriso predatorio attraversò le labbra di Kay. «Sfortunatamente, abbiamo la sua amica Penelope che ci racconta qualcosa di completamente diverso. In effetti, Penelope è stata *molto* utile nello spiegare esattamente come è iniziato lo schema.»

«Non solo,» disse Barnes, facendo scivolare sul tavolo una stampa di un documento della Motorizzazione, «ma dato che una delle sue vittime l'ha appena identificata insieme all'auto che guida come la stessa che Rosalind Kirwen e suo marito hanno usato quando minacciavano le persone, possiamo anche presumere che lei fosse complice dell'omicidio di Katrina, nonché degli omicidi di Preston Winford e Alec Mingrove.»

«A meno che non sia in grado di dirci *esattamente* cosa diavolo sta succedendo,» concluse Kay. «Cosa sceglierà di fare, Jackie? Così come stanno le cose, chiederemo per lei la pena detentiva massima. Soprattutto perché la nostra squadra di investigatori forensi sta, mentre parliamo, esaminando la sua auto. Pensa che troveranno prove che dimostrino che Alec Mingrove era al suo interno prima di essere ucciso? E Preston Winford? La sua auto è stata usata anche per trasportare il suo corpo?»

«Non lo so!» Jackie si pulì la saliva che le era sfuggita dall'angolo della bocca, poi si rivolse al suo avvocato. «Voglio un accordo.»

Kay ridacchiò. «Non so quali programmi televisivi abbia guardato, ma qui non funziona così.»

«Soprattutto quando abbiamo i suoi complici in arresto e sotto interrogatorio, e prove sufficienti per accusarla insieme a loro,» disse Barnes. «Questa intervista è solo una formalità date le circostanze. Non abbiamo bisogno di una confessione per incriminarla.»

«Ma ci piacerebbe capire che diavolo sta succedendo,» aggiunse Kay.

L'avvocato fece cenno silenziosamente alla sua cliente che concordava, poi si chinò e le mormorò all'orecchio.

Kay osservò impassibile mentre il volto della donna impallidiva ulteriormente, e poi alzò un sopracciglio quando Jackie si voltò verso di loro.

«Vorrei modificare la mia dichiarazione,» deglutì. «Mi sono sbagliata l'ultima volta che ho parlato con voi.»

«Mi dica cosa è successo veramente,» disse Kay. «Dall'inizio.»

Jackie tirò su col naso. «Quando ho incontrato Duncan per la prima volta, era fantastico. Lo stimavo moltissimo, davvero. Stava già facendo carriera nella City all'epoca. Ci siamo incontrati a un evento con cocktail una sera. Io lavoravo in un'azienda di design grafico e cercavo nuovi clienti, e credo che la sua azienda stesse valutando l'acquisizione di una delle agenzie di marketing presenti. Non ci ho pensato due volte quando mi ha chiesto di firmare un accordo prematrimoniale quando ci siamo fidanzati. Sembrava giusto.»

Il suo labbro superiore si arricciò. «Non immaginavo quanto potesse essere freddo e controllante. Per un po' ho trovato scuse per il suo comportamento, dicendo alle persone che non era bravo nelle situazioni sociali o che era spietato solo perché era abituato così al lavoro. Credetemi, questo diventa estenuante dopo un po'. Così ho deciso durante un pranzo con Penelope un giorno che l'avrei lasciato.»

«Quando si sono incontrate per la prima volta lei e Penelope?»

«A uno degli eventi aziendali di Duncan qualche anno fa. Non stavo mentendo su questo, Ispettrice. Ma circa due anni fa, abbiamo iniziato a vederci per pranzi occasionali o drink serali, soprattutto se lei non viaggiava con Stephen mentre lui era all'estero, o se Duncan e lui stavano chiusi per un weekend cercando di negoziare qualche affare o altro.» Jackie abbassò lo sguardo sulle sue mani perfettamente curate, flettendo le dita. «Le ho accennato che non ero felice, ma che non potevo andarmene a causa dell'accordo prematrimoniale. Se me ne fossi andata, non avrei avuto nulla. È stato allora che mi ha suggerito di prestare i soldi che lui mi dà come assegno mensile, così avrei potuto mettere da parte il profitto e crearmi un gruzzolo.»

«Come sceglieva le sue vittime?»

Jackie sussultò. «Preferisco chiamarli clienti.»

«Non m'importa cosa preferisce,» sibilò Kay, sparpagliando le fotografie scattate sulla scena di ciascun crimine. «Questo è quello che ha fatto loro.»

«No, no, non sono stata io!» Jackie scosse la testa. «È stata tutta colpa di Rosalind. Lei e quello stupido marito. È stata una loro idea.»

«Perché? Cosa le hanno fatto queste persone?»

Jackie fece un respiro profondo. «Niente. Erano solo... solo un modo per ottenere i soldi di cui avevo bisogno, tutto qui. Venivano all'ufficio dell'associazione benefica in città per chiedere aiuto. Angus è stato il primo. Era così disperato per i soldi, credo che avrebbe accettato qualsiasi cosa.»

«Cosa gli ha detto?»

«L'ho sentito per caso mentre parlava con uno dei consulenti. Non era difficile, gli uffici sono vecchi e le pareti sono sottilissime.» Si fermò e si guardò intorno. «Non come qui. Si può sentire tutto dalla stanza accanto se si sta in silenzio.»

«Continui.»

«Ho aspettato che se ne andasse, poi ho inventato una scusa su un appuntamento dal dentista a cui ero in ritardo e l'ho seguito.» Jackie forzò una risata. «L'ho trovato fuori dall'agenzia di scommesse, che stava decidendo se entrare o meno. Onestamente, si sarebbe dovuto comportare meglio. Sapevo che il consulente dell'associazione non gli avrebbe prestato denaro, non con i suoi precedenti, quindi gli ho fatto un'offerta che non poteva rifiutare. Trecento cinquanta euro lì sul momento, con altri quattromila seicento due giorni dopo. Per poco non mi strappava la mano mentre prendeva i soldi da me.»

«Le ha restituito il denaro?»

«Una parte, sì. All'inizio.» Il viso di Jackie assunse un'espressione di meraviglia. «Questo mi ha dato la fiducia per aiutare più persone. E lentamente, settimana dopo settimana, il mio piccolo gruzzoletto ha iniziato a crescere. Finalmente potevo vedere una via d'uscita dal mio dannato matrimonio.»

«Quando è andato storto?»

Jackie aggrottò la fronte. «Quando ho scoperto che

Duncan aveva una relazione con la sua assistente esecutiva.»

«Perché non divorziare semplicemente?» disse Barnes. «Sicuramente avrebbe avuto i motivi.»

«Li avrei, se non fosse che c'è una clausola nell'accordo prematrimoniale secondo cui non ottengo nulla se il matrimonio finisce dopo dodici anni. C'è una clausola senza colpa, anche se quel bastardo mi tradisce.» Si asciugò gli occhi. «Non avrei mai firmato quella maledetta cosa se avessi saputo che sarebbe diventato così. Dovevo solo lasciarlo il prima possibile.»

«Quindi ha deciso di chiedere la restituzione di tutti i debiti?» disse Kay.

«Sì.»

«Come?» Kay sfogliò i suoi appunti. «Secondo Penelope, lei ha prestato denaro a più di una dozzina di persone.»

«Facile,» disse Jackie, con un sorriso contorto che tagliava attraverso le lacrime. «Ho mandato Rosalind a riscuotere.»

CAPITOLO 57

Kay non stava correndo rischi con la sorella minore di Jackie, specialmente dopo aver visto il danno che la donna aveva provocato alla guancia di Kyle.

Due agenti erano di guardia fuori dalla stanza mentre un avvocato d'ufficio si incontrava con Rosalind, e li avrebbero accompagnati durante l'interrogatorio.

Nel frattempo, Kyle sedeva su una sedia nella stanza di c tamponandosi il viso con una salvietta antisettica mentre Hughes stava accanto a lui, con una medicazione fresca dal kit di pronto soccorso in mano.

«Assicurati di fare il vaccino antitetanico e alcuni esami del sangue», disse Barnes, con un'espressione cupa mentre osservava il giovane agente applicarsi il cerotto sulla mascella. «Non si sa mai».

«Lo farò». Kyle allentò il gilet antitaglio e sospirò stancamente. «Sono solo felice di essere riuscito a disarmarla. Penso davvero che avrebbe usato quel coltello contro di me».

«Voleva suicidarsi?» disse Kay. «Ho sentito Tom dire

che stava per tagliarsi quando avete fatto irruzione nel bagno».

«Credo fosse un bluff per farci avvicinare, capo. Non credo avesse alcuna intenzione di arrendersi senza resistenza».

Barnes fischiò sottovoce. «E il marito, Miles? Cosa avete scoperto?»

«Posso aiutare io con quello». Laura apparve sulla porta, il volto pallido. «Abbiamo appena fatto una pausa dall'interrogatorio ma è venuto fuori che ha un precedente da minorenne per aver quasi ucciso un altro ragazzo in una rissa a scuola quando aveva tredici anni. Ecco perché non riuscivamo a trovarlo nel sistema, è un fascicolo sigillato. Quando ce l'ha detto, sembrava quasi orgoglioso».

Kay sospirò. «Cristo. Come diavolo ha fatto a entrare nel settore della sicurezza, allora?»

«Sa raccontarla bene», disse Gavin, raggiungendo Laura e porgendole un bicchiere d'acqua. «È stato rilasciato quando ha compiuto diciotto anni, e ha messo a frutto ciò che aveva imparato in prigione. Secondo lui, ha iniziato lavorando per un elettricista che assumeva "ragazzi problematici", parole sue, e ha visto un'opportunità di mercato nell'installazione di sistemi di sicurezza. Considerando il tipo di persone che frequentava in prigione, era un venditore convincente».

«C'è una bella differenza tra installare sistemi di sicurezza e torturare e uccidere persone», disse Barnes.

«Dave ha dato un'occhiata al portatile che abbiamo sequestrato quando li abbiamo arrestati», disse Laura. «La sua cronologia è piena di video paramilitari, tecniche di sopravvivenza e così via. C'è anche altro materiale, ma dice che lo lascia alla squadra di Andy Grey al quartier generale. Da quello che ha detto, è piuttosto raccapricciante, capo».

Kay rabbrividì, ricordando i commenti di Andy sul numero di membri del personale che stava perdendo a causa dello stress. «C'è altro che volete dirci prima che interroghiamo sua moglie?»

«Si sono conosciuti sei anni fa a una festa di amici a Rochester», disse Gavin. «Anche se penso che l'unica cosa che hanno in comune sia la tendenza alla violenza».

«Ha ammesso qualcosa?»

«Finora solo di aver guidato l'auto quando Sophie li ha visti». Laura bevve l'acqua e rivolse un sorriso grato a Hughes mentre lui prendeva il bicchiere vuoto dalle sue mani. «Adesso torniamo da lui e gli chiediamo dell'armadio in cui ha messo il corpo di Preston».

Kay osservò i due detective tornare verso le sale interrogatori, poi lanciò un'occhiata a Barnes. «Che ne pensi?»

«Penso che avremo tutti degli incubi per qualche settimana, capo».

———

I due agenti in uniforme entrarono nella sala interrogatori dopo Kay e Barnes, prendendo posizione accanto alla porta e tenendo d'occhio la donna seduta al tavolo spoglio rivestito di plastica.

L'avvocato d'ufficio nominato per rappresentarla aveva posizionato la sua sedia il più lontano possibile dalla sua cliente, ma ora la trascinò riluttante più vicino, pronto a iniziare la procedura.

Dopo aver avviato la registrazione e assicurato che tutte le presentazioni formali fossero state registrate correttamente, Kay rimase seduta in silenzio per un momento mentre Barnes disponeva le fotografie di ciascuna vittima davanti a Rosalind Kirwen.

L'avvocato d'ufficio impallidì alla vista delle immagini, ma per suo merito si riprese rapidamente e abbassò lo sguardo sul suo blocco legale, mentre la sua penna scriveva furiosamente sulla pagina.

«Rosalind, voglio iniziare chiedendole se è stata una sua idea o di qualcun altro torturare e uccidere queste persone?» disse Kay.

«Jackie ha detto che voleva spaventarli».

La voce della donna aveva una musicalità di fondo che fece domandare a Kay se avesse goduto di ciò che aveva fatto, e se avrebbe continuato la sua scia di omicidi se non fosse stato per l'intuizione di Gavin su Jackie Nithercott.

Non furono né negazione, né isterie, né rimorso nella sua risposta.

C'era solo un freddo che trasudava dai pori della donna e si insinuava attraverso il tavolo fino a dove era seduta Kay.

«È legata a sua sorella?»

«Farei qualsiasi cosa per lei».

«C'è un grande salto tra spaventare qualcuno e fargli questo», disse Kay, battendo sulla fotografia del corpo spezzato di Katrina. «Perché l'ha torturata? Cosa le aveva fatto?»

«Aveva bisogno di imparare la lezione», disse Rosalind, con un tono ormai annoiato. «Tutti loro».

«Perché?»

«Perché hanno rotto la promessa fatta a Jackie. Avevano detto che l'avrebbero ripagata».

«E lo stavano facendo, non è vero?» Kay sfogliò i documenti davanti a lei finché non trovò ciò che stava cercando. «Questi sono gli estratti conto bancari di Preston Winford. Stava effettuando pagamenti mensili regolari, a giudicare da questi prelievi di contanti. Fino ad aprile, che è quando l'avete ucciso, non è così?»

Rosalind non disse nulla.

«Perché mai avreste dovuto uccidere qualcuno che stava fornendo a sua sorella il denaro che stava cercando di raccogliere per lasciare suo marito? Perché è questo che stava succedendo, vero? Gli interessi su questi prestiti sarebbero stati il suo gruzzolo». Kay si voltò verso Barnes, fingendo un'espressione confusa. «Questo è quello che ci ha detto, comunque».

«Ha ucciso la gallina dalle uova d'oro, Rosalind?» disse Barnes in tono beffardo. «Jackie l'ha mandata a spaventarlo per fargli restituire i soldi più velocemente, e la situazione è degenerata?»

Lo sguardo di Rosalind cadde sulla fotografia di Preston, con la mascella serrata. «È stato un incidente».

«Cosa?» disse Kay.

«Non doveva morire. È stata colpa sua. Si è mosso, ed è andata così. Non sono riuscita a fermare l'emorragia. Volevo solo tagliarlo un po'», Rosalind fece il broncio. «Jackie era davvero incazzata».

«Dove è successo?»

369

La donna scrollò le spalle. «Miles conosce un posto vicino a Tenterden. Deserto, capisce? È stato un bene, perché ci sono voluti alcuni giorni per capire cosa fare con lui dopo».

«Intende l'armadio».

Rosalind sorrise, e non era un bel sorriso. «Miles pensava che sapere di Preston avrebbe fatto pagare il vecchio più velocemente, ma lui continuava a non sborsare quello che doveva».

«Si riferisce ad Angus Zilchrist?»

«Sì».

«Abbiamo una testimonianza secondo cui suo marito ha minacciato Angus al circolo di golf dove giocava. È successo prima o dopo l'uccisione di Preston?»

«Dopo». Sogghignò. «Jackie era furiosa per la sua morte, quella di Preston, ma cambiò presto idea quando alcuni degli altri iniziarono a ripagarla quella settimana. È stato allora che abbiamo notato che Angus non aveva ancora pagato nulla. Lei ha chiesto a Miles di andare a scambiare due parole».

«Questo "scambiare due parole" includeva minacce alla sua vita?»

«Non lo so. Non ero presente».

«Ma perché l'armadio? Perché metterlo nell'unità di deposito di Angus?»

«Quello è tipico di Miles. Pensava che sarebbe stato divertente insistere affinché Angus conservasse alcune cose per noi, per poi dirgli cosa c'era veramente dentro. Suppongo credesse che se l'avesse saputo, avrebbe pagato. Abbiamo trovato dei mobili economici gratis, abbiamo infilato il corpo di Preston nell'armadio e poi abbiamo fatto aiutare Miles da Angus». Una risata stridula eruppe da Rosalind. «Non mi aspettavo però che il vecchio avesse un attacco di cuore quando glielo abbiamo detto. Doveva solo pagare. Lei era *così* arrabbiata».

«Chi?»

«Jackie, ovviamente. Ora aveva due clienti che non l'avrebbero mai ripagata». Rosalind sospirò. «E poi Penelope l'ha scoperto».

Lo sguardo di Kay si sollevò di scatto dai suoi appunti. «Mi parli di questo».

«Oh, andava tutto bene mentre diceva a Jackie come fare tutti questi soldi, come mantenere tutto normale a casa mentre pianificava di lasciare Duncan e costruirsi il suo piccolo gruzzolo». La donna sbuffò. «Ha cambiato presto idea quando ha scoperto che qualcuno si era fatto male. Cioè, cosa pensava che sarebbe successo? Mia sorella non è un'opera di beneficenza, sa. Comunque, Penelope è tornata dagli Stati Uniti alla fine di aprile, ha scoperto che Jackie aveva deciso di provare a recuperare tutti i suoi soldi da quelle persone, e suppongo che una cosa abbia portato all'altra...»

«Cosa ha fatto?»

«Ha minacciato mia sorella», disse Rosalind, sporgendosi in avanti. I suoi occhi si oscurarono. «E *nessuno* può farlo».

Kay deglutì, percependo la rabbia palpabile della donna. «Come l'ha minacciata?»

«Ha detto che sarebbe venuta da voi in forma anonima. Anche se significava rischiare di essere scoperta prima o poi. Ha detto che le persone non dovevano morire, e che ci eravamo spinti troppo oltre».

«Cosa avete fatto?» Kay trovò la fotografia di Katrina e la sollevò. «L'avete torturata e uccisa per far tacere Penelope?»

«Ha funzionato, no? Penelope non vi ha mai detto cosa stesse succedendo, vero? E non poteva fare nulla per fermarci, non una volta che suo marito è stato rimandato negli Stati Uniti. Quella stupida stronza pensava di poter tornare qui e iniziare a dirci cosa fare», sbottò Rosalind. «Poi quando ci ha minacciato, ho capito che dovevo fare qualcosa».

«Quindi è andata a casa sua quando sapeva che Katrina sarebbe stata lì...»

«Be', Jackie aveva il codice di sicurezza, dopotutto».

«Davvero?»

«Certo che sì. Penelope glielo aveva dato, nel caso avesse mai voluto un posto dove stare quando Duncan si comportava da stronzo».

Kay fece una pausa per un momento, avendo bisogno di tempo per controllare la repulsione che l'aveva invasa. Alla fine, allungò la mano e toccò la fotografia di Alec Mingrove. «Mi parli di lui».

«Non mi piaceva».

«Perché no?»

Rosalind sospirò, il suo sguardo si posò sulle luci fluorescenti del soffitto. «Perché mentiva, sempre. Faceva una promessa a Jackie e continuava a infrangerla. Era uno dei peggiori. Voglio dire, anche dopo aver visto il video che abbiamo caricato, non ha comunque pagato. Non posso farci niente se le persone sono stupide, no?»

«Cosa avete fatto?»

«L'abbiamo trovato, alla fine. Cioè, cosa *pensava*, andare a mangiare in un ristorante elegante quando era in ritardo di due mesi sul debito con Jackie?» Rosalind abbassò il mento e contemplò un'unghia del pollice frastagliata. «Si stava prendendo gioco di noi».

«Quindi l'avete torturato e gettato il suo corpo nel fiume. Perché? Perché lì?»

La donna dall'altra parte del tavolo sogghignò. «Pensavamo che avrebbe attirato l'attenzione di tutti gli altri, ovviamente. Sorprendentemente, molti di loro non hanno pagato dopo aver visto cosa è successo a Katrina. Io e Miles abbiamo pensato che qualcosa di più pubblico avrebbe potuto attirare la loro attenzione».

«Un bel rischio».

«Ha funzionato». Rosalind si appoggiò allo schienale della sedia, rilassando le spalle. «Solo altre tre persone devono ancora soldi a mia sorella».

Kay guardò l'avvocato d'ufficio, che sedeva immobile, con lo sguardo fisso sulle immagini davanti a lui. Poteva solo presumere che lei stessa avesse la stessa espressione scioccata.

«Perché l'avete fatto?» riuscì a dire, maledicendo il tremore della mano mentre girava la fotografia di Katrina verso la luce. «Perché uccidere tutte queste persone innocenti?»

Rosalind inclinò la testa di lato, come se stesse ponderando la domanda per un momento. Poi sorrise. «Suppongo che mi piacesse farlo».

Kay lasciò cadere la fotografia mentre Barnes si

RACHEL AMPHLETT

agitava sulla sedia, chiedendosi se avrebbe mai smesso di
essere disgustata da alcuni dei criminali che affrontava.

Sperava di no.

Lo doveva alle loro vittime.

CAPITOLO 58

Kay sollevò l'ultimo fascicolo di cartoncino dalla scrivania e lo lasciò cadere in una scatola d'archivio ai suoi piedi, si strofinò la base della schiena con le nocche, e poi si voltò a guardare dietro le spalle sentendo voci nel corridoio.

Barnes apparve per primo, la cravatta già storta nonostante l'ora mattutina, seguito a breve distanza da Gavin e Laura e dal distinto aroma di salatini.

«Il bar aveva un'offerta speciale, capo», sorrise Gavin, passandole un sacchetto unto. «Ho immaginato che stamattina non ti fossi preoccupata della colazione, quindi ecco qui».

«Grazie». Kay scartò il rotolo di salsiccia e diede un morso. «Qualcuno di voi è riuscito a dormire molto dopo essere andato via da qui?»

«Un paio d'ore», disse Barnes. «Non riuscivo a smettere di pensare a Sophie, e a quanto sia stata fortunata. Qualche giorno in più, e...»

Laura rabbrividì. «Non dirlo», sergente.»

«Ottimo lavoro con quella pista, Gav», disse Kay, prima di leccarsi le briciole dalle dita.

«Solo un colpo di fortuna», rispose l'agente con una scrollata di spalle, prima di bere un sorso da una lattina di energy drink.

«Stronzate». Barnes finì il suo cibo e gettò l'involucro nel cestino accanto alla scrivania di Kay. «È stato più di un semplice colpo di fortuna».

Kay inghiottì l'ultimo pezzo di rotolo di salsiccia e si pulì le mani. «Che cosa» avete in programma oggi?»

«Andrò a Northfleet per incontrare Andy Grey», disse Laura. «Gli farò sapere che abbiamo incriminato tutte e tre le donne oltre a Miles Kirwen, e gli dirò che avremo bisogno dell'analisi dei computer prima che la Procura della Corona diventi impaziente. Questi sono i fascicoli che andranno a loro?»

«Alcuni di essi. Avrò bisogno che completiate tutti i vostri rapporti entro venerdì, per favore». Si voltò verso Barnes. «Non devi essere in tribunale alle dieci?»

«Sì, ma è un caso semplice, capo. Dovrei essere di ritorno all'una, al massimo».

«Va bene, ti vedo prima che tu vada. Gav, posso dirti una parola?»

Kay osservò gli altri due detective allontanarsi verso le loro scrivanie, poi si girò verso Gavin con un sorriso. «Dobbiamo fare una chiacchierata.»

Lui abbassò l'energy drink e la fissò. «C'è qualche problema, capo?»

«Niente affatto. Vieni, l'ufficio di Sharp andrà bene».

Facendosi strada tra le scrivanie, Kay sorrise. L'energia

nervosa che emanava dal giovane detective era palpabile, ma lei non voleva parlargli davanti agli altri.

Non di questo.

«D'accordo», disse, chiudendo la porta dietro di lui e incrociando le braccia. «Quando hai intenzione di fare domanda per una promozione?»

«Eh?»

«Andiamo, Gav. Hai sergente detective scritto dappertutto addosso, ed è così da un po'».

«I…io non lo so, capo». La sua fronte si corrugò. «Suppongo di vedere quello con cui tu e Barnes dovete fare i conti ogni giorno e mi chiedo se sono pronto per questo».

«Oh, sei assolutamente pronto. E se ti dicessi che c'è sentore di una voce riguardo a un ruolo da sergente detective che si aprirà qui a Maidstone? Ti convincerebbe questo?»

«E Barnes?»

«Non ho intenzione di lasciarlo andare». Sorrise. «Ho già parlato con Sharp e gli ho detto che c'è abbastanza carico di lavoro qui per entrambi. Questa indagine l'ha dimostrato».

Gavin abbassò lo sguardo ai suoi piedi e gonfiò le guance prima di tornare a guardarla negli occhi. «Per essere sincero, capo, stavo pensando se dovessi parlarti di una promozione.»

«Ed eccoci qui». Inclinò la testa da un lato. «Solo, non farti venire in mente di sparire a Northfleet proprio adesso, okay? Ho bisogno di te qui».

Lui le lanciò un sorriso storto. «Non preoccuparti. Non

credo che Leanne mi voglia lì. Non mi vedrebbe mai, giusto?»

«Giusto». Kay fece un brivido teatrale e aprì la porta, facendogli cenno di rientrare nella stanza operativa. «Inoltre, immagina il pendolarismo. E non ci sono bar nelle vicinanze. Nemmeno pizze decenti».

«Andrei in pezzi, capo».

«Probabilmente. Già stai iniziando a sembrare troppo magro comunque».

Lui rise, poi si fermò accanto alla fotocopiatrice malconcia. «Grazie, capo. Terrò d'occhio l'avviso di posto vacante nelle mie e-mail.»

«E se nel frattempo sento qualcosa, ti avviserò».

«Affare fatto».

Le lanciò un saluto ironico prima di attraversare la stanza verso la sua scrivania, rivolgendo immediatamente l'attenzione al telefono che aveva iniziato a squillare.

«Va tutto bene, capo?» Barnes le si avvicinò, indicando con un cenno del mento il suo collega. «Hai parlato con lui?»

«Sì, e credo che resterà con noi per ora. Specialmente se quel posto da sergente detective si libererà qui.»

«Buono a sapersi.»

Si voltarono sentendo voci concitate dall'esterno e si avvicinarono alla finestra per vedere Rosalind Kirwen e sua sorella Jackie che venivano condotte verso un furgone blindato.

Entrambe le donne erano ammanettate, i capelli di Jackie scompigliati dopo una notte in cella, mentre Rosalind dimenava le spalle cercando di liberarsi dalla presa di un robusto agente in uniforme.

Dietro di loro, Penelope Brassick seguiva in silenzio, accompagnata da un'agente donna che la guidava verso il veicolo di trasporto carcerario.

«Che liberazione», mormorò Kay.

«Quando ci incontreremo di nuovo noi tre?» Barnes sghignazzò.

Kay gemette, gli pose una mano sul braccio e lo guidò verso la porta. «Se hai intenzione di iniziare a citarmi Shakespeare, avrò bisogno di un altro caffè.»

FINE

L'AUTRICE

Prima di dedicarsi alla scrittura, Rachel Amphlett, autrice di romanzi polizieschi tra i più venduti di USA Today, ha suonato la chitarra in una band, ha lavorato come comparsa in TV, al cinema e nell'editoria come assistente editoriale.

Ora impugna una penna al posto del plettro e scrive polizieschi. Ha oltre 30 romanzi e racconti all'attivo che vedono come protagonisti spie, detective, giustizieri e assassini.

Appassionata di viaggi e investigatrice privata per caso, Rachel ha la cittadinanza australiana e britannica.